Eine ausführliche Liste der Triggerwarnungen
befindet sich auf Seite 272.

WREADERS

Über die Autorin

Eileen Dierner wurde im Jahr 2000 in Süddeutschland geboren und verließ die Region für ein Jahr, um in Schottland ein Literaturstudium zu absolvieren. Danach kehrte sie in die Heimat zurück und sammelte dort Erfahrungen als Lehrerin, um sich anschließend wieder den Büchern zuzuwenden. Heute studiert sie Buchwissenschaft und Amerikanistik & Anglistik.
Mehr Informationen über die Autorin und ihre Bücher gibt es auf eileen-dierner.de

EILEEN DIERNER

DIE KRONE AUS SCHATTEN

KÖNIGSSTURZ

WREADERS

WREADERS TASCHENBUCH
Band 182

Dieser Titel ist auch als E-Book erschienen

Vollständige Taschenbuchausgabe

Verlagsleitung: Lena Weinert
Druck: Sowa Sp. z o.o.
Bestellung und Vertrieb: Nova MD GmbH, Vachendorf
Umschlaggestaltung: Emily Bähr
Illustrationen: Miriam Schwardt
Lektorat: Hannah Dornseiff, Annina Anderhalden
Satz: Elci J. Sagittarius

www.wreaders.de

ISBN: 978-3-98595-311-0

Für alle, die auf ihr Herz hören, und auch für diejenigen,
denen das nicht immer gelingt.

Freesa Simmens

Die Geschichte der Menschheit

Vom Scheinkrieg bis in die Gegenwart

Für Tam ♡

Trotz ihrer Ähnlichkeit untereinander darf man nicht glauben, die Calita seien ein einheitliches Volk. Ein markantes Unterscheidungsmerkmal bietet ihre Augenfarbe, anhand derer lassen sie sich in sieben Kategorien unterteilen, die im Folgenden kurz aufgelistet und später ausführlich erläutert werden.

CAELI Calita der geistigen Welt, siehe S. 104
(helle Blautöne, evtl. mit Weißstich)

DORRAEVES Calita der Tarnung, siehe S. 106
(Brauntöne)

FLANDACTES Calita der Körperwellen, siehe S. 107
(Grüntöne)

NODIFAEX Calita der Atome, siehe S. 109
(Grautöne, evtl. mit Silberstich)

PHASNES Calita des Lichts, siehe S. 111
(Gelbtöne, evtl. mit Goldstich)

REMEX Calita der Schatten, siehe S. 112
(Schwarztöne)

SCUTELLAX Calita der Elektrizität, siehe S. 114 (Blautöne)

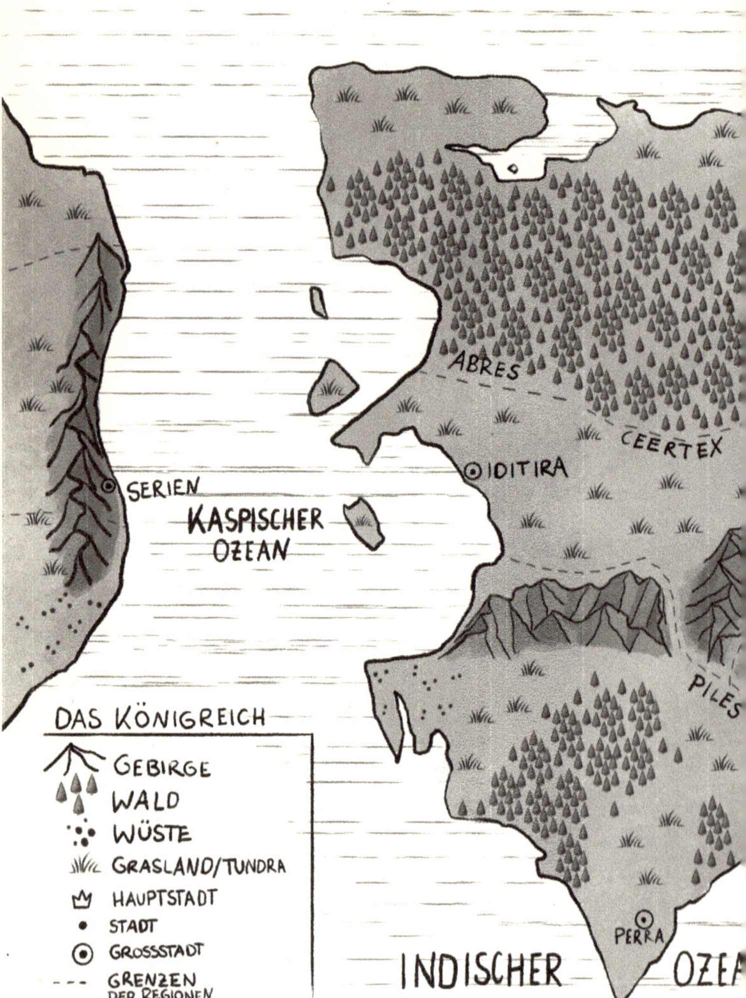
ABRES
CEERTEX
IDITIRA
SERIEN
KASPISCHER OZEAN
PILES
PERRA
INDISCHER OZEA
DAS KÖNIGREICH
GEBIRGE
WALD
WÜSTE
GRASLAND/TUNDRA
HAUPTSTADT
STADT
GROSSSTADT
GRENZEN DER REGIONEN

ARKTISCHER OZEAN
SAETRES
AGLER
NIS SANA
IMALAYA
NODRINDES
NEX
SOELDAM
MAR
TAU
RUXIA
FENRIES
PAZIFISCHER OZEAN
N
W
O
S
ANGKOR

Prolog

(vor den Geschehnissen des ersten Bandes)

Der Mann, der zwischen den Welten ging, wartete vor dem Forschungsinstitut. Das Gebäude hatte er eine lange Zeit als Lagerhalle gekannt, weshalb es ihm immer noch schwerfiel, es als das zu betrachten, was es inzwischen war. Hier lagerten nicht länger Baumaterial und Abdeckplanen. Die Halle war in mehrere Stockwerke und Räume unterteilt worden, von denen jeder demselben Zweck diente: die Forschung zu vertiefen. Auf dem obersten Stockwerk schliefen die Forscher mit den blauen Mustern, während unter ihnen in Laboren mit Äther experimentiert und in Operationsräumen die Forschungsergebnisse auf die Probe gestellt wurden.

Aus ebenso einem Operationsraum kam die Flandactes, auf die der Mann wartete. Sie war nicht allein, neben ihr trottete ein Mädchen, das offiziell als ihre Nichte galt. In Wirklichkeit waren die beiden nicht miteinander verwandt.

Der Mann blickte ihnen entgegen und fragte unmittelbar, nachdem sie sich begrüßt hatten: »Wie lief es?«

Die Flandactes schüttelte den Kopf. Währenddessen bemerkte der Mann, dass die falsche Nichte seinem Blick nicht begegnete, was ungewöhnlich für sie war. Seiner Erfahrung nach war ihr Schüchternheit prinzipiell fremd.

»Was ist passiert?« Die Frage richtete er mehr an die Nichte als an die Flandactes, doch es war Letztere, die antwortete.

»Die Wunde hat sich nicht so gut geschlossen, wie wir hofften. Der Junge ist gestorben.«

Dem Mann entfuhr ein Seufzer, woraufhin der Nichte Röte ins Gesicht stieg. Dabei schrieb er ihr keine Schuld zu. Sie mochte ein wenig vom Heilen verstehen, aber das machte sie zu keiner Heilerin. Es waren schon viele Versuchspersonen gestorben, was sich bei einer neuartigen Operation wie dieser kaum verhindern ließ. Sie alle meldeten sich freiwillig in dem Wissen, dass sie sterben könnten, ohne jemals den Zweck der Operation zu erfahren.

»Weiß das Buch inzwischen, wie man das verhindern könnte?« Die Frage des Mannes war rhetorisch. Um die Operation durchzuführen, brauchten sie einen fähigen Heiler – kein Buch. Aber die einzige infrage kommende Person für diese Berufsbeschreibung befand sich abgeschottet auf einem Berg.

»Ich bin noch nicht dazugekommen, Merritt zu besuchen, aber wenn ich es mache, lese ich die Neuerungen.« Die Flandactes unterbrach sich, um ihre Nichte nach Hause zu schicken. Sobald das Mädchen außer Hörweite war, fuhr sie fort: »Vielleicht solltest du wirklich die anderen zusammenrufen. Wir brauchen Famiren.«

»Du weißt doch, wie sie ist. Sie kommt nicht von ihrem Berg runter.«

»Wenn wir sie nicht fragen, werden noch mehr Leute sterben. Der König braucht Magie, früher oder später. Faris kann ihn nicht für immer schützen.«

Der Mann seufzte noch einmal. Bèl meinte manchmal scherzhaft, dass er aufpassen müsse, sich mit seinen Seufzern nicht die Lunge aufzureiben. »Denkst du wirklich, wir können sie umstimmen?«

»Wenn ihr alle drei hingeht, oder zumindest du und Bèl, stehen die Chancen gut. Famiren wird sich wie in alten Zeiten fühlen. Ich werde versuchen, euch zu begleiten, kann aber nichts versprechen.«

Er erklärte sich einverstanden. Nachdem sie sich verabschiedet hatten, stieg er in die geistige Welt, damit er auf dem Rückweg nicht gesehen wurde.

Er pendelte regelmäßig zwischen Cruxia und Soeldam, ohne ein ständiges Zuhause zu haben. Während Bèl und Abraxas ihr sesshaftes Leben genossen, lebte er in ständigem Austausch beider Städte. Er musste sicherstellen, dass alles funktionierte. Seine Rolle war es, den Mund und die Hand des Caelirats zu verkörpern. Die anderen beiden hatten auch ihre Aufgaben, aber diese führten sie fernab der Öffentlichkeit durch. Es hatte einmal eine Zeit gegeben, in der der Caelirat in seiner vollen Zahl gesprochen und gehandelt hatte, aber seitdem sie zwei Mitglieder verloren hatten, befanden sie es für die sicherste Vorgehensweise, mehr Karten zu verdecken als offenzulegen.

Im Geiste zählte er die verbliebenen Trümpfe. Viele waren es nicht.

1

Kelsei

(nach den Geschehnissen des ersten Bandes)

Ich weiß.«

Das war alles, was Nyina sagte.

Zuerst brachte Kelsei kein Wort heraus. Von der anderen Seite des Küchentischs aus starrte sie die Strähne an, die der nachtzerzausten Frisur ihrer Tante entwischt war.

»Du weißt?«, wiederholte sie und zwang sich, den Blick auf Nyina zu richten.

Das Licht in der Küche stammte von einer einzigen Kerze zwischen ihnen. Die Vorhänge waren zugezogen und die Türen abgeschlossen.

Nicht nur bezüglich ihrer Vorsichtsmaßnahmen hatte sich ihre Tante in den letzten Jahren nicht verändert. Im Großen und Ganzen ähnelte sie Kelsei und Tauce, doch waren ihre dicken Haare nicht geflochten, wie Kelseis Mutter sie gehalten hatte, sondern verfilzt und in einem winterlichen Blond gefärbt. Nachdem sie Kelsei vor einer halben Stunde aus der finsteren Nacht ins Haus gewunken hatte – nicht ohne ein kurzes Zögern –, hatte sie sich entschuldigt, um ihre Brille zu holen. Auch die war noch dieselbe mit dem eckigen Rahmen und den roten Bügeln.

Kelsei seufzte. »Natürlich weißt du es.«

Dieses eine Mal hatte sie gedacht, ihrer Tante, die über alles und jeden Bescheid wusste, ein Geheimnis voraus zu sein, aber wenn Nyina nicht gewusst hätte, dass sie überwacht wurde, wäre sie nicht Nyina. Das Dokument in Merritts Schreibtisch, das Kelsei gefunden hatte, hätte dort ebenso gut verstauben können.

Nyina zog den Ärmel ihres Nachthemdes hoch und lenkte damit Kelseis Aufmerksamkeit auf einen Armreif aus grauem Metall. »Sie haben mich wissen lassen, dass sie mich überwachen. Sie vermuten, wer hinter den Morden steckt, haben aber keine Beweise.«

Bei genauerem Hinsehen fiel Kelsei auf, dass der Armreif kein Schmuckstück war. Dafür war er zu schlicht und zu eng, um abgenommen zu werden.

»Was ist das?«

»Sie nennen es Ätherstahl. Zu Coziels Zeiten haben ihn die Aufständler entwickelt und heute ist er Eigentum vom Cruxianer Stadtrat.« Sie beugte sich über den Tisch, sodass ihr Gesicht in einem goldenen Braun erstrahlte. Um ihre Augen warf das Licht gespenstische Schatten. »Der Armreif macht mich menschlich.«

Kelsei unterdrückte ein Schaudern. Auch wenn sich ihre Tante machtlos präsentierte, ging eine einschüchternde Präsenz von ihr aus. Wenn Kelseis Eltern die besten Spione gewesen waren, war Nyina die skrupelloseste gewesen. War sie immer noch.

Kelsei nahm ihren Mut zusammen, um die Frage zu stellen, die ihr schon eine Weile auf der Zunge brannte. Eigentlich war es keine Frage, sondern eine Schlussfolgerung, die Nyina bestätigen musste, und zwar mit der Wahrheit, die sie Kelsei bisher vorenthalten hatte. Das, was sie in der Apotheke mithilfe der Namensliste unter der Kasse nebenher getan hatten ... Nyina hatte es als *Familiengeschäft* bezeichnet, ohne jemals verraten zu haben, weshalb sie die Inhaber der Namen vergifteten.

Kelsei brachte es nur schwer über die Lippen, aus Angst, es könnte etwas ändern. Was ändern? Ihre Beziehung? Die war beschädigt worden, als Kelsei aus Cruxia abgehauen war.

Sie gab sich einen Ruck. »Tötest du immer noch für den Kindkönig?«

Das war es. Das Geheimnis, das Kelsei nun endlich kannte.

Nyina ließ sich keine Überraschung anmerken. Kelsei wünschte, sie wäre überrascht. Sie wünschte, sie würde irgendeine Reaktion zeigen, die ihr verriet, dass es ihr leidtat, Kelsei ausgenutzt zu haben.

Schließlich reckte Nyina das Kinn. »Für die Prinzessin. Der Kindkönig ist tot.« So hochmütig, wie sie sich präsentierte, bestand kein Zweifel, dass es die Wahrheit war.

»Und die Prinzessin nicht?«, hakte Kelsei vorsichtig nach. War Nyina womöglich verrückt geworden?

Die Prinzessin. Die Schwester des Kindkönigs. Sie war ein Mysterium, um das sich zahlreiche Gerüchte rangen. Das änderte jedoch nichts an dem traurigen Kern ihrer Geschichte: Vor drei Jahrzehnten war sie gestorben.

»Es gibt Gerüchte.«

Kelsei brummte, ihre Gedanken woanders. Eine Weggabelung tat sich vor ihr auf: Wahrheit oder Lüge.

Wenn sie gestand, dass der Kindkönig am Leben war, könnte sie genauso gut Luft in eine standhaft glimmende Glut blasen. Nichts anderes war Nyina: der letzte Rest einer Familie voller Spione und Mörder, die loyal dem verlorenen Königshaus diente. Noch ein paar dutzend Jahre länger und die Glut würde verglühen, aber wenn Kelsei ihr nun erzählte, dass der Kindkönig lebte, dass er sich in Cruxia befand ... Die Glut in Nyina würde zu neuem Leben erwachen. Niemand, am wenigsten Kelsei, könnte ein Feuer wie dieses kontrollieren oder gar ersticken.

Sie seufzte leise. Vermutlich sollte sie aufhören, alles ins Dramatische zu ziehen. Aller Wahrscheinlichkeit nach würde ihre Tante Einsicht zeigen, wenn Kelsei die Wahrheit berichtete und dabei erzählte, wozu Kaetan fähig war. Was er ihr angetan hatte. Dass er niederträchtig war wie eh und je.

Noch dazu lieferte Nyina ihr in diesem Moment die perfekte Überleitung, denn sie fragte: »Woher weißt du von meiner Überwachung?«

Kelsei nahm einen tiefen Atemzug und entschied sich für die Wahrheit. »Ich bin heute Nacht in Kaito Merritts Haus eingebrochen.«

Die Geschichte über die letzten Wochen kam anfangs zögernd über ihre Lippen, dann sprudelten die Worte. Sie legte all ihren Hass und Schmerz in die Silben, auf dass Nyina dasselbe spüren würde.

»Dann hat er mich gepackt – mit seinen Schatten. Ich habe vier Tage lang mit ihm auf See verbracht, mehr als einmal habe ich mich wegen ihm in Lebensgefahr begeben. Und die ganze Zeit hat er mir ins Gesicht gelogen. Dieser Verrat. Er–er wusste, wer ich bin, Nyina. Er *wusste*, wer meine Eltern sind, und hat mir nicht vertraut. Er war schon damals eine schlechte Person, aber jetzt ist er wie eine Ruine. Verstehst du das? Er ist nicht mehr der Remex, den wir alle verehrt haben. Damals durfte er Fehler machen und wir haben ihm verziehen, aber jetzt …«

Nyina blieb unbewegt, deshalb entschied sich Kelsei dafür, dicker aufzutragen.

»Er hat sich als Mensch getarnt. Kannst du das glauben? Als *Mensch*. Er hat genau dort Schutz gesucht, wo er noch vor dreißig Jahren Feuer geschürt hat.« Ein letzter Versuch: »Er ist nicht mehr der Kindkönig.«

Sie fühlte sich, als hätte sie ihren Atem weggeredet. Da Nyina immer noch schwieg, stand Kelsei auf und holte sich ein Glas Wasser.

»Der Kindkönig ist am Leben?«, fragte Nyina nach einer Weile.

Kelsei, die an der Küchenzeile lehnte, nickte. Das Glas zitterte in ihrer Hand. Die lange Nacht machte sich bemerkbar.

Nyina stand auf und begann, unruhig umherzulaufen. »Das

ändert alles«, murmelte sie. »Er hat Vorrang. Wir müssen herausfinden, wohin sie ihn gebracht haben. Wir müssen ihn befreien.«

Kelsei stellte das Glas so schnell zurück, dass sie ein Teil des Inhalts verschüttete. »Hast du mir nicht zugehört? Ich helfe ihm nicht!«

»Aber Kelsei, er ist der rechtmäßige Herrscher.«

»Und wenn er ein Gott wäre. Ich helfe ihm nicht!«

Nyina blieb stehen. »Dass deine Eltern gestorben sind, ist nicht seine Schuld. Dafür kannst du ihn nicht verurteilen.«

»Ach ja? Er hat deine Schwester und ihren Mann in einen Hinterhalt geschickt. Mach mir nicht weis, dass das nicht seine Schuld war. Er ist vollkommen verrückt!«

»Achte auf deine Wortwahl.«

Kelsei kehrte ihr den Rücken zu. Hasste es, dass sie sich wie ein zurechtgewiesenes Kind fühlte. Stumm betrachtete sie ihr verzerrtes Spiegelbild im Hängeregal über der Küchenzeile. Sie sah, wie Nyina an sie herantrat und eine Hand ausstreckte, sie jedoch im letzten Moment sinken ließ.

»Dann hilf mir nur, mehr herauszufinden.«

»Ich helfe dir nie wieder.« Ihre Stimme bebte. »Du hast mich gezwungen, für den Mörder meiner Eltern zu töten.«

»Kelsei. Ich werde dich als Abgeordnete in den Stadtrat schmuggeln. Du musst sie nur belauschen. Den Rest erledige ich, Schätzchen.«

Kelsei schüttelte den Kopf, denn sie vertraute ihrer Stimme nicht. Warum hatte sie Nyina unbedingt warnen müssen? Ohne ihr schlechtes Gewissen wäre alles einfacher gewesen. Sie hätte zu Ceria zurückkehren können, mit dieser Stadt und ihrer Tante für immer in der Vergangenheit. Dort war ihr Platz, nicht hier.

Ein Seufzen. Dann berührte die Hand doch ihre Schulter. »Du brauchst Geld, oder? Ich biete dir welches im Gegenzug.«

Kelsei legte den Kopf in den Nacken, schloss die Augen. Bereits

Kaetan war ihr auf diese Tour gekommen. »Warum spioniert mich alle Welt aus?«

»Weil du das Kind einer Familie bist, die dem Thron treu ergeben ist. Hast du erwartet, einfach von deinen Pflichten davonlaufen zu können, um dein Leben auf einer Bühne zu verbringen?«

Kelsei tat sich schwer damit, den anklagenden Tonfall zu überhören. Fast automatisch wollte sie sagen, dass es ihr leidtat, aber sie war kein Teil dieser Familie mehr. Der Tod ihrer Eltern hatte alles verändert.

»Ein einziger Brief, Kelsei. Das hätte mir gereicht.« Sie wartete, doch Kelsei blieb stumm. »Aber stattdessen rennst du mitten in der Nacht mit diesem Mädchen davon, um Schauspielerin zu werden. Hättest du das meiner Schwester auch angetan?«

Kelsei schloss die Augen. Ceria ... Mit ihr hatte sie zu sich selbst gefunden, war dieser Stadt entflohen. Sie brauchte Geld für Cerias Heilung, das war die unausweichliche Tatsache. Auf die Belohnung des Einbruchs konnte sie wohl nicht mehr hoffen, jetzt, wo alles schiefgelaufen war.

Sie öffnete die Augen und fixierte das Spiegelbild ihrer Tante mit so viel Widerstand in ihrem Blick wie möglich. »Ich helfe dir noch ein einziges Mal.«

Danach würde sie sich nie wieder mit Geld bestechen lassen, das schwor sie sich.

2

Tamiel

Ich werde dich finden, wenn du den Auftrag abgeschlossen hast. Mehr hatte die Auftraggeberin bezüglich der Übergabe nicht gesagt. Wie waren die Worte gemeint? Soeldam war eine große Stadt. Noch dazu konnte die Auftraggeberin nicht wissen, wann Tamiel zurückkehrte. Sie reiste mit keinem Schiff, das ihre Ankunft bestätigen, und durch keinen Bergpass, der sie registrieren würde.

Wenn sie gefunden werden wollte, hatte sie entschieden, dann war das Crin der beste Ort dafür. Hier wurden Geschäfte abgeschlossen und Geheimnisse ausgetauscht – der richtige Ort für die zwielichtige Auftraggeberin.

Ihr Tisch war kaum beleuchtet. So spät am Morgen war Tam die Einzige hinter dem Scherbenvorhang. Auf der Tanzfläche hielt sich eine Gruppe Calita auf. Die verbliebenen Teilnehmer einer wilden Nacht. Deren Zeitgefühl war vermutlich durch einige Gramm Täuscher gedehnt worden und sie waren noch so in ihrer Trance gefangen, dass sie Tam nicht bemerkten.

Tam holte das gestohlene Buch aus der Tasche und strich über den Einband. Auf dem Buchrücken prangten sechs Buchstaben, die ein fremdes Wort bildeten: *Akasha*. Sie raunte es mehrmals, jedes Mal mit einer anderen Betonung. Es wollte nicht so recht über ihre Zunge rollen. Wie Sand blieb es an ihrem Gaumen hängen und verfing sich zwischen ihren Zähnen.

Die blauen Muster auf dem Einband waren nicht die einzige Besonderheit. Viel eigenartiger war, dass das Buch sich nicht öffnen ließ, keinen Fingerbreit weit. Als klebten die Seiten aneinander. Selbst wenn sie die Fingernägel unter die Buchdeckel schob und daran zerrte, missachtete es ihre Bemühungen.

Wie hing das Buch wohl mit der Seele des Abgeordneten zusammen? So sehr Tam sich auch vorgenommen hatte, sich aus den Angelegenheiten ihrer Auftraggeber rauszuhalten – sie konnte ihr Interesse nicht leugnen. Wenn sie daran zurückdachte, wie sie Kaito Merritt am Morgen nach dem Einbruch aufgelauert hatte ... wie sich die Bogensehne gegen ihre Wange gedrückt hatte, die vom Weinen um Kaetan noch feucht gewesen war ... Es steckte mehr hinter diesem Auftrag als das bloße Gieren einer Sammlerin nach einer schönen Seele.

»Nun?«, fragte jemand am anderen Tischende.

Unwillkürlich spannte sie sich an und blieb verkrampft, auch dann, als sie ihre Auftraggeberin erkannte. Ein langer Umhang, der das meiste ihrer Gestalt verdeckte, kombiniert mit der einzigartigen Fähigkeit, sich an die Jägerin heranschleichen zu können.

»Ich habe beides«, sagte Tamiel und zwang sich, der Dunkelheit unter der Kapuze entgegenzublicken.

»Vortrefflich. Dann lass uns nach den Normen vorgehen, ja? Du hast das Gut beschafft, du verkaufst es mir.«

Ihre Stimme wurde bei Fragen nicht höher oder nach Aussagen tiefer. Sie bewegte sich auf einer einzigen Tonhöhe, als wäre sie nicht von dieser Welt. Als wäre ihr die Welt fremd geworden.

Dieselbe Hand, die Tamiel bei ihrer ersten Begegnung geschüttelt hatte, griff in das Innenfutter des Umhangs und förderte einen Geldbeutel zu Tage. Tamiels Finger zitterten ehrfürchtig, als sie ihn entgegennahm. Er war schwer genug, um zwanzigtausend Sphee zu beinhalten. So viel auf einmal hatte sie noch nie besessen.

Nachdem sie ihn aufgeschnürt und geprüft hatte, dass er unter der Oberfläche nicht mit Kieselsteinen gefüllt war, stellte sie Merritts Seele auf den Tisch. Die Auftraggeberin betrachtete das Glas. Tamiel konnte unmöglich feststellen, ob sie zufrieden war, dafür hätte sie zumindest einen Mund erkennen müssen.

»Gut. Jetzt das Geheimnis gegen das Buch.«

Zwanzigtausend Sphee und ein Geheimnis gegen eine Seele und ein Buch, so lautete die Abmachung. Tamiel nickte und schluckte. Sie hatte das Gefühl, reinen Tisch machen zu müssen.

»Es gibt etwas, das du wissen solltest«, begann sie. »Beim Einbruch hatte ich Hilfe, allein hätte ich es nie –«

Sie schnitt ihr das Wort ab. »Du hast nichts von mir preisgegeben, so wie wir vereinbart hatten.«

Es war keine Frage, sondern eine Feststellung. Wenn die Auftraggeberin damit einverstanden war, sollte Tamiel erleichtert sein, aber das Gegenteil war der Fall. Ihr wurde mulmig zumute. Woher hatte diese Frau ihre Informationen?

»Wie lautet das Geheimnis?«, presste Tamiel hervor.

Die Auftraggeberin krümmte ihren Zeigefinger. Eine subtile Aufforderung: ein Geheimnis gegen die Bezahlung.

Tamiel schob das Buch über den Tisch.

»Ausgezeichnet.« Die Auftraggeberin strich über den Einband. »Genauso habe ich es mir vorgestellt.«

Neugierde kribbelte in Tamiels Nerven, aber sie ermahnte sich, dass sie die Gründe der Auftraggeberin nichts angingen.

Ihr Gegenüber schien sich nur schwer von den glühenden Mustern lösen zu können. Erst als Tamiel ihr Gewicht verlagerte und ein Knarzen verursachte, kehrte deren Aufmerksamkeit zurück.

»Du weißt, wie man ein Geheimnis hütet?«, vergewisserte sie sich.

Tamiel nickte knapp. »Man sagt nichts.«

»Man sagt nichts«, wiederholte die Auftraggeberin, als wägte sie die Worte ab. »Exakt. Man sagt nichts. Weißt du, was das bedeutet, kleine Jägerin? Man verkauft es für nichts, was seiner Größe nicht angemessen ist. Wie legt man die Größe eines Geheimnisses fest?«

Tamiel erinnerte sich an Bruchstücke, die Kaetan hier und da fallen gelassen hatte. »An den Mitwissern und an der Bedeutung.«

»Wieder richtig. Bei diesem Geheimnis ist es so, dass nur ich davon weiß, und es bedeutet mir sehr viel. Aus diesen Gründen ist es dieses Buch wert.«

Sie machte eine Pause. An der Art, wie sie den Kopf hob, erkannte Tamiel, dass sie fixiert wurde. Ein Schauer lief über ihren Rücken. Sie wünschte, sie wäre nicht allein hinter dem Scherbenvorhang. Wäre Kaetan nur hier.

Angespannt beobachtete sie, wie die Auftraggeberin die Hände hob und ihre Kapuze nach hinten strich. Alles, was sie sah, waren schwarze Augen. Der Rest ging angesichts der Schatten, die sich darin bewegten, unter.

Die Worte, die darauf folgten, waren ein Wispern, das den Radius des Tisches nicht verließ. »Ich bin das erstgeborene Kind von König Coziel Viar dem Sechsten. Das ist mein Geheimnis.«

Tamiel war sich nicht sicher, ob sie atmete. Sie konnte nicht einmal mit Überzeugung behaupten, dass ihr Herz weiterschlug. Ihr Geist hatte sich in den endlosen Tiefen der Zeit verfangen.

Über die Caeli kursierten viele Gerüchte, sogar mehr als über die Jägerin. Man munkelte, dass sie gefährliches Wissen hüteten und sich deswegen von der Zivilisation fernhielten. Dass es keine Nachkommen mehr gäbe und sie kurz vor dem Aussterben stünden. Einige meinten sogar, dass Caeli keine Calita mehr wären, weil die Abgeschiedenheit sie mit einem höheren Bewusstsein gesegnet hätte. Tam war in ihrem Leben vier Caeli begegnet und konnte mit absoluter Sicherheit sagen, dass die Gerüchte größtenteils nur Gerüchte waren.

Über die Remex gab es andere Legenden. Eine davon besagte, dass der Remex, der später als der erste Schattenkönig bekannt geworden war, seine Artgenossen ausgelöscht hätte, mit Ausnahme seine Familie. Das wäre der Grund, weshalb man nie einen Remex ohne königliches Blut antraf.

Als Tamiel in die schattenumwobenen Augen der Auftraggeberin blickte, konnte sie sich vorstellen, dass diese Legende stimmte. Kaetans Stimme mochte meistens kalt und emotionslos klingen, aber seine warmen Augen vertrieben den Schauer, den seine Stimme verursachte. Seine Schwester hingegen sonderte keine Wärme ab. Ihre Wimpern waren dicht und hätten an jedem anderen lieblich gewirkt, aber an ihr vermehrten sie nur die Schatten.

Kaetans Schwester.

Tamiel holte tief Luft und merkte, wie ihr Herz weiterschlug. »Ihr seid tot.«

»Unsinn.«

Die Prinzessin neigte den Kopf und präsentierte damit dieselben kantigen Gesichtszüge, die auch Kaetans Gesicht zierten. Allerdings war ihre Haut dunkler, als hätte sie die letzten Jahre an einem sonnigen Ort verbracht, und ihre langen Haare waren zu dicken Zöpfen verheddert, wie Tamiel sie bekäme, wenn sie nicht hin und wieder ihre Haare auskämmen würde.

Prinzessin Iuvanis war am Leben.

Das Geheimnis war nicht nur wertvoll. Es war wohl das wichtigste Geheimnis im Königreich, noch wichtiger als das Überleben des Kindkönigs. Denn der Kindkönig war beim Volk verhasst – doch die Prinzessin hatte es ins Herz geschlossen.

Tam wünschte, sie hätte niemals davon erfahren.

Mit aller Kraft schob sie die Jägerin auf ihre Züge und stand auf. »Ihr habt Euch versteckt, während den Remex der Thron gestohlen wurde.«

Das waren nicht die Worte, die sie hatte sagen wollen, sondern diejenigen, die Kaetan seiner Schwester ins Gesicht geworfen hätte.

»Und du hast einen Remex versteckt«, konterte die Prinzessin.

Tamiel erstarrte. Es stimmte zwar, dass sie Kaetan gesund gepflegt hatte, aber woher …?

»Ich weiß einiges über dich, Tamiel. Vielleicht solltest du dir überlegen, wo deine Loyalitäten liegen.«

Kaetan wäre hier geblieben. Er hätte Fragen gestellt. Er hätte angebissen. Aber als sie ihren Namen hörte, gefror das Blut in ihren Adern und ein einziger Gedanke schoss durch ihren Kopf: *Flucht*. Niemand durfte den Namen der Jägerin kennen.

Der Scherbenvorhang klimperte, als sie die düstere Welt verließ. Die Musik passte sich dem Wummern ihres Pulses an. Sie wünschte, sie hätte den Auftrag nie angenommen. Wenn der Einbruch waghalsig gewesen war, war das Geheimnis lebensgefährlich. Unvorstellbar, dass jemand mit diesem Wissen normal weiterleben konnte. Sollte sie zu einem Flandactes gehen, um die Erinnerung zu löschen?

Kaum hatte sie die Schwelle zwischen Crin und Straße übertreten, traf sie etwas am Kopf. Sie torkelte. Alarmbereitschaft ließ sie nach ihrer Harfe greifen, doch ihr war so schwindelig, dass sie das Holz nicht zu fassen bekam. Panisch schlug sie um sich, aber das gleißende Sonnenlicht blendete sie. Ihre Angreifer waren überall und nirgends. Dann: ein zweiter Schlag. Ihre Knie gaben nach, etwas Kaltes schloss sich um ihre Handgelenke. Als Letztes sah sie die matschigen Stiefelspitzen eines Soldaten.

3
Kelsei

Schließlich kam der Tag, an dem sich der Stadtrat versammelte, weil der König in Cruxia war und ein Anliegen hatte.

Der Morgen war zu jung, um Gesellschaft zu bedürfen, doch Kelsei war gegen ihren Willen geweckt worden. Über einen ihrer geheimen Wege hatte Nyina rechtzeitig von der Notfallsitzung erfahren und einen Abgeordneten entführt. Betäubt lag er auf dem Sofa, sodass Kelsei seine Gestalt annehmen konnte. Er war ein Mensch. Nicht der erste, den sie imitierte, aber als sie in seine Haut schlüpfte, erschauderte sie trotzdem.

Während sie sich im Spiegel überprüfte, ihr ergrautes Haar hinter die Ohren strich und ihren Kragen richtete, lieferte Nyina ihr die Basisfakten über den Abgeordneten. Mensch, einundfünfzig Jahre alt, Otto Flening mit Namen, Frau verstorben, kinderlos. Kelsei speicherte in ihrem Kurzzeitgedächtnis, mit wem er bei Ratstreffen verkehrte und welche Abgeordneten er mied, von denen es jedoch wenige gab. Abgeordneter Flening hatte keine Feinde.

»Letan wird anwesend sein. Du weißt noch, wie man sich in der Gegenwart eines Königs verhält?«, vergewisserte sich ihre Tante auf dem Weg zur Haustür.

»Ich lebe bei Schauspielern, Nyina. Nicht bei Vagabunden.«

Der Stadtrat kam im Rathaus zusammen, aber statt den Säuleneingang zu passieren, blieb Kelsei im Schatten eines Springbrunnens stehen. Sie beobachtete, wie Abgeordnete durch die Flügeltür strömten, Menschen wie Calita. Unwillkürlich presste sie eine Hand auf ihren Bauch. Nein. So sehr sie auch das Schauspielern liebte, kein Geld der Welt würde sie dorthinein bringen. Seite an Seite mit Menschen, als wäre das völlig richtig. Und dann auch noch König Letan gegenüberzutreten ... Das würde sie nicht tun, schon gar nicht Nyina zuliebe.

Sie machte kehrt. Nicht, um aufzugeben – natürlich nicht, hier ging es um Cerias Leben –, sondern für Plan B. In Otto Flenings Taschen hatte sie eine Treuekarte gefunden. Das Gasthaus, dessen Name darauf stand, lag ganz in der Nähe. Kelsei wettete die sieben Sphären darauf, dass sich Otto nach einer Sitzung dort mit seinen befreundeten Abgeordneten traf.

Sie musste nicht lange an einem der mit Bierflecken und Krümeln überzogenen Tische warten. Nach zwei Stunden flog die Tür auf und sowohl die wenigen Gäste, die um diese Zeit hier waren, als auch die Wirtsfrau drehten sich erschrocken um.

»Otto!«, schallte es, wofür Kelsei dem Neuankömmling am liebsten die Tür ins Gesicht geschlagen hätte.

Stattdessen setzte sie ihr sympathischstes Otto-Lächeln auf und winkte den schnurrbarttragenden Mann mit Zylinder heran. Sie erkannte ihn durch Nyinas Beschreibung: Ottos bester Freund im Stadtrat, der Scitellax Orin.

»Mann, wo warst du denn?«, fragte er anstatt einer Begrüßung, als er sich auf die Bank gegenüber schob. »Du hast die großen Neuigkeiten verpasst!«

Kelsei zog eine Grimasse, als sich Orin über den Tisch beugte und ihr in die Schulter boxte. »Hab mir heute morgen ganz blöd den Arm ausgerenkt«, brummte sie. »Die Behandlung hat bis eben gedauert, deswegen hab ich's nicht geschafft.«

Orin sog wehleidig Luft ein. »Das tut mir echt leid. Komm, ich spendiere dir was. Dann bring ich dich auf den neusten Stand.«

Über ihren Metkrug gebeugt, lauschte Kelsei seinem Bericht und freute sich innerlich, wie redselig er war. Das mochte zum Teil an seinem Charakter liegen, aber auch an den Neuigkeiten selbst. Hätte der Stadtrat die Informationen nicht unter Verschluss gehalten, hätten sie sämtliche Schlagzeilen dominiert.

Das Erste, womit Orin herausplatzte, kam für sie nicht länger überraschend: »Coziel der Siebte ist am Leben!« Er machte eine Pause, wohl um seinem Freund Zeit zu geben, die Enthüllung zu verdauen. Kelsei tat ihren Teil, um schockiert auszusehen. »Er wurde enttarnt, als er bei Kaito eingebrochen ist. Ich wette, er hat auch irgendwas mit seinem Mord zu tun, aber dafür gibt es keine Beweise, sonst hätte Letan was gesagt.«

Kelsei speicherte sich dieses Detail für später ab. Wenn Merritt tot war, hatte Tamiel ihren Auftrag also doch ausgeführt.

»Wird er exekutiert?« Den hoffnungsvollen Tonfall musste Kelsei nicht vortäuschen.

Ihr Herz sackte schwer ab, als Orin den Kopf schüttelte. »Seine Komplizen haben *Akasha* gestohlen. Dieses Buch …« Wieder ein Kopfschütteln. »Kaito hätte es nie bei sich haben dürfen. Die Macht, die es Coziels Anhängern verleihen wird …«

Um ihre Ungeduld zu überspielen, trank Kelsei einen Schluck. Wenn dieser Scitellax nur in ganzen Sätzen reden würde.

»Welche Macht?«, drängte sie.

»Machst du Witze? Denk doch mal nach! Wenn sie unsere Forschungen beenden können, wenn sie herausfinden, weshalb die Magie aus den Sphären verschwunden ist … Die Aufständler hätten die Antwort auf eine jahrtausendealte Frage! Was denkst du, wie viele Calita sich ihnen anschließen würden, nur um davon zu profitieren?«

Kelsei fing an zu verstehen. »Letan hofft, dass der Kindkönig seine Komplizen verraten wird, bevor sie das Buch lesen können.«

»Ich weiß, ich war auch zuerst skeptisch – aber wenn erstmal das Schild über seinen Gedanken gebrochen ist?« Orin zuckte mit den

Schultern. »Na ja, solange sitzt er in Nex. Ha, ich würde zu gern sehen, wie er dort in der geistigen Welt zappelt.«

Fast hätte Kelsei sich am Met verschluckt. In Nex? Kein Calita hatte die Sphären seit dem Magieverfall betreten!

Orin lachte. »Alles viel auf einmal, ich weiß. Aber ich glaube, wir müssen uns keine Sorgen machen. Letan wird das Ganze schnell über die Bühne bringen. Ich glaube, er hat Angst vor den Caeli.« Den letzten Satz raunte er hinter vorgehaltener Hand.

Vor welchen Caeli? Kelsei überlegte noch, wie sie elegant nachhaken konnte, ohne Misstrauen zu erregen, als er schon fortfuhr.

»Wir wollten noch eine Abstimmung halten, aber dann ist seine Lieblingsspionin reingeplatzt. Anscheinend ist die Seelenfresserin in Soeldam gefasst worden. Ich dachte immer, sie sei nur ein Märchen, aber Letan hält sie für sehr real. Er ist sofort abgereist.«

Orin leerte den Krug mit einem Grinsen, das verriet, wie sehr er das alles genoss. Kelsei hatte Mühe, ihre Verwirrung zu verbergen. Sollte sie sich freuen, dass Kaetan außer Gefecht war und Tamiel im Kerker saß? Oder zornig sein, dass er der Exekution entgangen und sie so dumm war, sich hatte fangen zu lassen?

Nyina leuchtete voller Euphorie, als Kelsei ihr erzählte, dass für Kaetan keine Exekution geplant war. Oder *König Coziel*, wie ihre Tante ihn nannte.

Nach Kelseis Bericht hatte sie nach Stift und Papier gegriffen, um die wichtigsten Erkenntnisse festzuhalten. Für Kelsei standen die Wörter auf dem Kopf, aber mit leicht zusammengekniffenen Augen konnte sie die Sätze entziffern:

In Nex. Wie? Und wo ist sein Körper?

Anfangs hatte Nyina ihre geschrieben Worte mitgemurmelt, aber inzwischen war sie verstummt. Kelsei knetete ihre Finger – es waren wirklich ihre, nicht länger Ottos –, zählte bis zehn, dann bis zwanzig, aber erst, als sie fünfzig erreicht hatte, öffnete sie den Mund.

»Nyina?«

Der Stift flog weiter über das Papier. *Vermutung von Stadtrat falsch: Coziel hat Buch nicht für Forschung gestohlen.*

»Tante.«

Wer hat den Auftrag gegeben?

»Du ignorierst mich absichtlich.«

Der Stift hielt inne, Nyina sah auf. »Was hat dieser Orin gesagt? Das über die Caeli?«

»Dass König Letan Angst vor den Caeli hätte?«

Nyina nickte und senkte den Kopf. *Was für Caeli? Verbindung zum Stadtrat?*

»Nyina, wir hatten eine Vereinbarung.«

Der Stift bewegte sich weiter, aber dieses Mal wurde er von Worten begleitet. »Vielleicht gibt es Dokumente, die wir stehlen können. Wer auch immer die Caeli sind, irgendwie müssen sie kommunizieren. Bestimmt haben sie etwas mit Coziel zu tun, es kann nicht anders sein. Die geistige Welt ist die Verbindung.«

Kelsei war nahe daran, die Augen zu verdrehen. »*Nyina.*«

»Was?« Ihre Schreibhand stoppte.

»Ich möchte ihm nicht helfen.«

Sie zuckte zusammen, als Nyina hochschoss und sich über den Tisch lehnte. Ihre Augen blitzten, als sie den Stift wie eine Waffe auf Kelsei richtete.

»Weißt du, wie lange ich schon daran arbeite? Seit dreißig Jahren. In der Zeit, in der du mit Wohnwägen durch die Weltgeschichte gereist und auf Bühnen herumgetanzt bist, habe ich alles getan, um ... na ja, du weißt es jetzt. Um die Feinde der Remex aus dem Weg zu räumen. Ich war überzeugt, dass zumindest eines der Geschwister am Leben ist.« Nach einem Atemzug setzte Nyina sich zurück. »Ich habe daran gedacht, dich zu kontaktieren, aber ich wusste nie, wo du warst. Wir hätten die Sache ausdiskutieren können. Wir –« Sie brach ab und presste die Augen zusammen. Ein

Schluchzer entfuhr ihr, zusammen mit ein paar Tränen.

Kelsei blieb unbeeindruckt. Das Talent zum Schauspielern kam nicht von irgendwoher.

»Du wolltest mir Geld geben«, erinnerte sie ihre Tante.

Mit einem Mal war Nyina wieder normal. Ihr Mund verzog sich kritisch, selbst als die Tränen noch in ihren Augen glitzerten.

»Geld ist dir wichtiger als das Erbe deiner Eltern?«

Kelsei biss die Zähne zusammen. *Ruhig bleiben.* Sie musste sich zusammenreißen, wenn sie Nyinas Hilfe wollte.

»Wegen diesem *Erbe* sind meine Eltern gestorben. Wegen diesem *Erbe* habe ich überhaupt erst für dich gemordet.« Sie zwang sich zu einem Lächeln. »Also ja: Das Geld ist mir wichtiger. Ich bin aus der Sache raus.«

Nyina betupfte ihre trockenen Augenwinkel. »Wie viel brauchst du?«, fragte sie mit einem Schniefen.

Ein langer, kontrollierter Atemzug. »Dreitausend Sphee.«

Sie stand tatsächlich auf. Es interessierte sie nicht mal, wofür Kelsei das Geld brauchte.

Die Übergabe verlief in anklagendem Schweigen. Auch als Kelsei ihre Sachen packte, stand Nyina wortlos daneben und genauso still begleitete sie sie zur Ladentür.

Kelseis Hand verweilte auf der Klinke. So konnte es nicht enden. Wenn es nach ihr ginge, würde sie Nyina nie wiedersehen, aber im Streit zu scheiden?

Widerstrebend drehte sie sich um, doch bevor sie etwas sagen konnte, nutzte Nyina die Chance für einen letzten Versuch.

»Ich weiß nicht einmal, was ich falsch gemacht habe. Kelsei, wenn du es mir erklären würdest, könnten wir darüber sprechen. Ich habe dich nie ungerecht behandelt. Du warst immer meine Ebenbürtige. Also sag mir bitte, warum du mich so hasst.«

Kelsei schüttelte den Kopf. »Du begreifst es nicht.«

»Was? Was begreife ich nicht?«

Ein unsichtbares Gewicht drückte auf ihre Kehle, das sie vom Sprechen abhalten wollte. Sie presste die Worte trotzdem hervor. »Das ist ja das Problem. Du denkst, dass ich als Erwachsene zu dir gekommen bin, aber ich war nur ein Kind. All das Gift ... Wenn ich Ceria nicht gefunden hätte, würde ich dir und dem Kindkönig vielleicht jetzt noch helfen.«

Als keine Erwiderung mehr kam, begegnete sie Nyinas Blick. Er war fassungslos. Das sagte Kelsei alles. Ihre Tante würde sie nie verstehen. Sollte sie doch mit Kaetan glücklich werden.

4

Lokur

Lokur wäre gern sofort abgereist, aber Salar hatte als königlicher Berater bei der Sitzung anwesend sein müssen, die der König mit dem Stadtrat von Cruxia abgehalten hatte.

Nun, einige Tage später, waren sie endlich in Soeldam angekommen. Während sie die dreckigen Straßen durchfuhren und die Palasttore immer größer wurden, dachte Lokur an diese eine Nacht auf dem Schiff zurück, als er von Mara geträumt hatte. Der tosende Wind hatte die Wellen in riesenhafte Mäuler verwandelt, die von allen Seiten an dem Gefährt genagt hatten. Der Boden hatte sich von rechts nach links und wieder zurück geneigt, sodass Lokur sich an den Wänden hatte festhalten müssen, um geradeaus zu laufen. Doch diesmal hatte er schnell zur Ruhe gefunden, denn er hatte in der Kajüte neben Mara geschlafen. Bei der Erinnerung wurde er auch jetzt noch rot. Vielleicht hatte es daran gelegen, dass er sie so lange nicht gesehen hatte. Er berührte seine Lippen. Es war ein schönes Stück Fantasie gewesen, aber wenn er jetzt Mara ansah, in der realen Welt … Sie war unerreichbar. Sie, die Tochter des königlichen Beraters mit einer glänzenden Zukunft. Und er, der ehemalige Straßendieb.

Er schluckte einen Kloß hinunter, als die Wagen vor dem Palast hielten. Es wäre ihm lieber gewesen, das Verhör daheim durchzuführen, an einem vertrauten Ort.

Bisher hatte er den Sitz des Königs nur von weitem gesehen, und dann auch nur das flache Dach mit den Erkern zu beiden Seiten, weil die Mauer den Rest verdeckte. Er hatte sich verzierte Dachvorsprünge, gemeißelte Steinbögen und filigrane Säulen vorgestellt, zu Skulpturen geschnittene Hecken und schäumende Springbrunnen. Ja, der sandfarbene Putz war makellos, nirgends Schmutz oder Beschädigungen, und die Fenster glänzten, als wären sie frisch geputzt. Doch nirgends gab es die erwarteten Dekorationen.

Als Lokur ausstieg – er beeilte sich, die Tür selbst zu öffnen, weil er schon einen Sklaven auf sich zueilen sah – roch er altes Heu. Auf der Suche nach dessen Ursprung entdeckte er einen verstaubten Stall, dessen Boxen von großen Wagen belegt waren. Aus einem vor grünen Pflanzen übersprießenden Gewächshaus hörte er fließendes Wasser und schnappte kurz den Geruch von Sommer auf, der den Herbst zeitweise verdrängte, ehe der Wind sich legte. Ein Ruf brachte ihn dazu, sich um hundertachtzig Grad zu drehen und zu einer langen, niedrigen Hütte zu blicken, die sicherlich Platz für fünfzig Betten bot. Ein Soldat lehnte am Türrahmen und legte sich eine Uniform an. Neben seinen nackten Füßen standen frisch polierte Lederschuhe. Das musste die Kaserne sein.

Lokur kam zu einem Entschluss: Salars Villa war schöner als das hier.

Mara zupfte an seinem Ärmel. »Kommst du?«

König Letan und Salar waren bereits vorausgegangen. Der Sklave, der ihn hatte bedienen wollen, stand immer noch in der Nähe, starr und stumm wie eine Statue. Als Lokur seinem Blick begegnete, neigte er den Kopf und trat zur Seite, wie um einen Durchgang zu schaffen.

Beim Betreten des Palasts hielt sich Lokur nah bei Mara. Sie war sein sicherer Anker in der Fremde. Aus dem Augenwinkel stellte er fest, dass der Sklave ihnen folgte, deshalb ging er schneller, aber der Mensch passte sich seinem Tempo an. Während sie eine Treppe, die eine gesamte Halle einnahm, nach oben stiegen, zog Mara an seinem Arm, damit er langsamer wurde. Der Sklave brachte sie zu einer blau gestrichenen Tür, bevor er sich an die Wand stellte und den Blick senkte. Das Holzrelief der Tür bot eine willkommene Abwechslung zum tristen Rest des Palasts. Lokur streckte seine Finger aus, um über das Holz zu fahren, als er den strengen Blick der daneben postierten Wache auffing und die Hand schnell wieder einzog.

Die Wache klopfte an. Daraufhin setzte eine unangenehme, wartende Stille ein.

Mara versuchte, die Stille zu füllen. »Ich hätte nie gedacht, dass ich mal die königlichen Gemächer betreten würde.«

Lokur wusste nicht, wie viel Begeisterung angemessen war, deshalb nickte er mehrmals, als würde er Maras Politikversessenheit teilen. Wegen des Helms sah er nicht viel vom Mienenspiel der Wache, aber Lokur war sich sicher, ein amüsiertes Schnauben gehört zu haben.

Die Tür wurde von Salar geöffnet, der sofort nach Lokur griff und ihn über die Schwelle zog.

Ihm stockte der Atem.

Einen Herzschlag lang begegneten sich ihre Blicke. Die junge Frau mit den blassblauen Augen wirkte ebenso überrascht wie er. Schnell schaute Lokur weg, um Fassung bemüht.

Der Raum war so still, dass nur das Knistern eines Kaminfeuers zu hören war. Die Hauptattraktion war eine kleine, gemütlich wirkende Sitzgruppe. An den Fenstern bändigten goldene Schleifen die dicken, dunkelroten Vorhänge. Trotzdem wirkte der Raum nicht sonderlich einladend. Die Ecken waren dunkel genug, dass die Vorstellung leichtfiel, die Geister verstorbener Schattenkönige könnten daraus emporsteigen.

Die Tür stand noch offen. »Mara, du wartest draußen«, wies Salar seine Tochter an. »Es geht um Regierungsgeschäfte.«

»Aber Vater –«

»Das ist ein Befehl.«

Mara kniff die Augen zusammen, als würde sie protestieren wollen, aber ein Blick auf die Wache brachte sie zur Vernunft. Sie lächelte Lokur an.

»Sag einfach die Wahrheit. Dann können wir das alles vergessen.«

Er brachte nur ein Nicken zustande. Sein Mund war trocken. Mit klopfendem Herzen wandte er sich dem Stuhl vor dem Kamin zu. Es war an der Zeit, die Existenz der jungen Frau anzuerkennen, die dort angefesselt war.

Die Jägerin wurde von einem Soldaten flankiert. Sie wirkte fehl am Platz. In seiner Vorstellung konnte niemand die Seelenfresserin fangen. Was war passiert?

Bevor sich seine Füße entscheiden konnten, in welche Richtung sie gehen wollten, manövrierte Salar ihn zum Sofa. Die Polster schienen ihn verschlucken zu wollen. Bevor sein Unbehagen ihm die Übelkeit in den Bauch treiben konnte, trat König Letan durch eine weitere Tür. Er war formlos in Hemd und Hose gekleidet, nur die Goldfäden in seiner Robe verrieten seinen hohen Stand. Lokur hatte ihn bisher nie mit Krone gesehen, weder in Person noch auf Bildern. Wobei – doch. Während der Krönung vor dreißig Jahren war die Schattenkrone auf seinen blonden Haaren gethront. Seitdem nie wieder.

Letan nahm in einem Sessel gegenüber von Lokur Platz.

»Meine Soldaten haben vor einigen Tagen dieses Mädchen aufgelesen, deshalb führen wir das Verhör hier im Palast durch. Das erschien mir das Leichteste.«

Lokurs Blick schweifte wie von selbst zu Tamiel, die auf den Boden starrte, als befände sie sich in einer anderen Realität, fernab von politischen Spielchen.

Letan korrigierte seine Sitzhaltung. »Eine Quelle behauptet, dass es sich hierbei um die Jägerin handelt. Dieselbe Quelle hat beobachtet, wie die Jägerin und der Emporkömmling zusammenarbeiten.«

Lokur besaß genug Geistesgegenwart, um die richtigen Schlüsse zu ziehen. »Irin? Die Frau, die uns auf das Schiff gefolgt ist?«

Er hatte gewusst, dass Irin für jemanden spionierte, aber dass dieser jemand der König war ... Seit sie ihn im Gefängnis befragt hatte, war er davon ausgegangen, dass sie für den Stadtrat arbeitete. Doch anscheinend schien sie mehr Einfluss zu haben.

Letan nickte und wies zur Seite. Lokur folgte seiner Geste und zuckte zusammen, als er im Halbschatten des Kamins eine schmale Gestalt entdeckte. Irin zeigte keine Regung, sondern erwiderte Lokurs Blick mit kalter Bedrohlichkeit.

Er hatte Mühe, sich auf Letans nächste Worte zu konzentrieren. Gerade rechtzeitig, um die Frage zu verstehen, riss er sich los und zwang sich zur Besinnung.

»... solltest du die Jägerin also kennen. Ist sie das?«

Trotz ihrer Fesseln erschien Tamiel nicht wehrlos. Vielmehr wie ein lauernder Fuchs. Womöglich hatte sie sich absichtlich festnehmen lassen.

»Lokur. Ist das die Jägerin? Diese Seelenfresserin?« König Letan beugte sich vor, als könnte er sich nur schwer beherrschen, die Antwort nicht aus ihm zu schütteln.

Lokurs Stimme klang farblos. »Das ist Tamiel.«

Salar musste seinen aufgewühlten Zustand spüren, denn er legte ihm eine Hand auf den Rücken. Der warme Druck fühlte sich beruhigend an. »Wir möchten einfach die ganze Geschichte hören. Du hast niemanden umgebracht, Lokur, aber die Jägerin hat viele Leben auf dem Gewissen. Du könntest ein Zeuge sein.«

»Warum? Was – warum ist sie hier?«

»Du weißt doch, was man sich über sie erzählt.«

Erst da verstand er, dass sie nichts von Tamiels Beteiligung am Einbruch wussten. Nicht deswegen war sie hier, sondern wegen der Gerüchte, die über sie kursierten.

»Beginnen wir am Anfang«, ergriff Letan wieder das Wort. »Die Jägerin arbeitet mit dem Emporkömmling zusammen – oder ist es eher eine Freundschaft? Wie viel vertrauen sie sich gegenseitig an?«

»Ähm. Ich meine ... Sie arbeiten zusammen, aber sie sind auch Freunde. Das glaube ich zumindest, es ist echt schwer, die beiden –« Er schnitt sich selbst das Wort ab, bevor er noch mehr Unsinn reden konnte. »Ich weiß es nicht. Wollt Ihr – wollt Ihr nicht vielleicht Irin befragen, wenn sie so viel weiß?«

»Irin wurde nicht wie du in Kaetans Vertrauenskreis aufgenommen.«

Die sanfte Art, mit der Letan ihn ansprach, flößte ihm Ruhe ein. Ließ ihn Irin vergessen. Das hier war anders als die Befragungen im Gefängnis. Es war nur ein Gespräch. Deshalb holte er tief Luft und bemühte sich um klare Antworten. »Ich weiß nicht, ob man das sagen kann. Dass Kaetan mir vertraut, meine ich.«

»Bei wie vielen Gelegenheiten hast du Tamiel getroffen? Hast du miterlebt, wie sie mordet?«

Er schüttelte den Kopf. Versuchte, Tamiels Blick einzufangen, aber es schien, als wäre sie in Gedanken weit, weit weg.

»Sie war bei jedem Treffen dabei«, berichtete er. »Überall, wohin er ging. Sie ... ist aber ganz anders als in den Geschichten.«

Letan hob eine Augenbraue, als hätte Lokur etwas Interessantes preisgegeben. Es war klar, dass Lokur ausführlicher werden sollte.

Er machte eine Pause, denn er erkannte eine Chance. Eine Chance, mit der er Tamiel helfen könnte. Immerhin war er ein Zeuge, der König hatte es selbst gesagt. Wer könnte die Jägerin besser beurteilen als ein Zeuge?

»Sie hatte eine Bombe, die sie einsetzen sollte, aber sie hat es nicht getan. Sie hätte viele töten können, aber sie hat es nicht getan.«

Sowohl Salar als auch der König richteten sich auf.

»Wann hatte sie eine Bombe?«, fragte Letan, auf einmal schärfer. In dem Moment erkannte Lokur seinen Fehler: Er war zu ausführlich geworden. Er hatte von Tamiels gutem Herzen erzählen wollen, aber die Natriumbombe war die falsche Einführung gewesen.

Er versuchte zurückzurudern, das Geschehene rückgängig zu machen. »Ich habe nie gesehen, wie sie mordet.«

»Lokur«, sagte Salar leise. »Das ist wichtig. Wann hatte sie eine Bombe?«

Sein Blick senkte sich. »Ich habe nur davon gehört. Tut mir leid.«

Letan lehnte sich zurück und faltete die Hände über seinem Bauch zusammen, offensichtlich um Lockerheit bemüht. Doch an seiner geraden Haltung erkannte Lokur, dass die Zeit dafür verstrichen war.

»Also gut Lokur, sprechen wir von etwas anderem. Ich weiß, dass der Emporkömmling dich getäuscht hat. Aber wusste die Jägerin, wer er in Wahrheit ist?«

Lokur hatte den Eindruck, dass sich Tamiels Kopf ein wenig gehoben hatte. Ob ihr dieselben Fragen gestellt worden waren? Oder hatte sie von vornherein geschwiegen?

Er dachte nach. Es war möglich, dass sie es gewusst hatte, immerhin war sie Kaetans engste Vertraute.

»Ich bin mir nicht sicher.«

Ohne mit der Wimper zu zucken, wechselte Letan das Thema. »Kannst du mir sagen, wie Merritts Seele entfernt wurde?«

Tamiel hatte es doch geschafft? War sie zurückgekehrt, nachdem man Kaetan und ihn abgeführt hatte? Etwas juckte ihn im Nacken, aber er zwang sich, ruhig zu bleiben. Warum schützte er sie überhaupt? Sie hatte ihren Namen nicht umsonst: Sie stahl Seelen.

»Es gab da eine Caeli. Sie hat uns in Cruxia getroffen.«

»Eine Caeli? Wer?«

Er sollte auf Mara hören. Nur noch dieses Verhör und er könnte die letzten Wochen vergessen. Er sollte nicht für eine Mörderin lügen.

»Ich habe nie nach ihrem Namen gefragt.«

»Und hast du gesehen, was mit dem Buch passiert ist? Könnte diese Caeli es haben?«

»Nein, sie – sie war nicht bei uns im Arbeitszimmer.« Er spürte, wie Letan ungeduldig wurde, auch wenn er keine Miene verzog. »Ich habe nur gesehen, wie Kaetan es hatte, und dann hatte er es nicht mehr.«

Die Lüge schmeckte bitter. Er wagte es nicht, in Salars Richtung zu blicken, aus Angst, dieser könnte ihn durchschauen. Wie konnte er den Mann anlügen, der ihn aufgenommen hatte? Dessen Tochter er mehr als jede andere bewunderte?

Letan gab ein Zeichen, woraufhin ein Sklave mit einem Tablett Tee herantrat. Lokur lehnte das Angebot ab. Er brächte keinen Schluck hinunter.

»Irin hat berichtet, dass ihr zu dritt auf dem Schiff wart«, fuhr Letan fort, nachdem er eine Tasse Tee entgegengenommen hatte. »Du, der Emporkömmling und die Dorraeves. Wo ist sie?«

»Das habe ich doch schon Irin gesagt. Ich weiß es nicht. Kelsei ist einfach verschwunden.«

Auf einmal wurde ihm die Tatsache bewusst, dass er keinen Obsidian am Körper trug. Damals in Cruxia hatte er sich keinen leisten können und als Salar ihm einen angeboten hatte, hatte er abgelehnt. Zum ersten Mal wünschte er sich, er hätte angenommen. Könnte er in Salars Gegenwart genauso gut ausweichen wie im Gefängnis, wenn sie einen Flandactes hinzuholten?

»Könnte Kelsei das Buch haben?«

Das Buch, um das alle einen so großen Wirbel veranstalteten. Er hätte gern gefragt, was für ein besonderes Buch das war, aber er traute sich nicht.

»Nein. Das ... das Buch war noch da, als sie verschwunden ist.«

»Wer hat es dann?«

Als er schwieg, drückte Salar seine Schulter. »Lokur.«

Beide sahen ihn an, deshalb merkten sie nicht, wie Tamiel kurz den Kopf hob. Er konnte nichts in ihren Augen lesen, bemerkte aber eine Beule an ihrer Stirn.

Warum deckte er eine Mörderin? Moral wäre einfacher, wenn die Leute äußerlich so aussähen, wie sie im Inneren waren. Wenn Mörder wie Mörder aussähen.

»Ich weiß es nicht.«

»Willst du behaupten, der Erdboden hätte es verschluckt?«

Es gab Dinge, über die man lügen musste, selbst wenn es dem guten Karma widersprach. Er konnte sie nicht verraten, obwohl es das Richtige gewesen wäre.

»Du warst dabei.« Aus Letans Mund klang es wie eine Anklage. »Laut des Berichts standest du direkt hinter Coziel. Du musst doch gesehen haben, wo es hin ist.«

Lokur hob die Schultern, senkte den Blick. »Er ist ein Remex, vielleicht hat er es zu einem Schatten gemacht.«

Als es still blieb, wagte er es hochzuschauen. Letans Stirn lag in Falten.

»Die Jägerin hat uns überrascht. Sie behauptet nämlich, dass das Buch gar nicht für ihn bestimmt war. Ist es wahr, dass es noch jemand anderen gibt?«

»Könnte schon sein. Ich wurde in wenig eingeweiht.«

Letan stellte seine Teetasse zurück. »Eine letzte Frage, Lokur, dann bist du entlassen. Weißt du, zu welchem Flandactes der Kindkönig gegangen ist?«

Erleichterung durchströmte ihn, als er wie bei der Frage zuvor ebenfalls die Wahrheit sagen konnte. Nein. Nein, er kannte keinen Flandactes. Aber dabei konnte er weder dem König noch Salar in die Augen sehen. Bestimmt wünschten sie sich, sie hätten ihn im Gefängnis gelassen.

»Danke, Lokur. Ich werde die Ergebnisse dem Stadtrat mitteilen, damit du ein für alle Mal aus der Sache raus bist. Salar, du hast für heute frei. Kümmere dich um ihn.«

Während sich Lokur langsam aufrichtete, ging Letan vor der Jägerin in die Hocke. Tamiel senkte den Blick, um seinem zu begegnen. Es war, als wäre Lokur schon vergessen.

Der König sagte etwas zu ihr, laut genug, damit Lokur die Worte aufschnappte. »Lass uns reden, Jägerin. Vielleicht überdenkst du dann, auf welcher Seite du stehst.«

Lokur verharrte auf der Stelle, obwohl er wusste, dass Salar auf ihn wartete. Der Soldat kettete Tamiel vom Stuhl los, aber die Handschellen behielt sie an.

Es fühlte sich falsch an, jetzt zu gehen. Er konnte sie nicht hierlassen. Seine Freiheit für ihre Geheimnisse, das erschien ihm ungerecht. Zu Beginn der Reise hatte er sich vor ihr gefürchtet, aber sie hatte ihm nie ein Haar gekrümmt. Auch sie war ein Opfer der Umstände.

Im Vorbeigehen streifte sie ihn und stolperte, wie durch Zufall. Instinktiv bückte er sich, um ihr aufzuhelfen.

»Wo ist er?«, zischte sie, sodass nur er sie hören konnte.

Er nahm ihre gefesselten Hände, bot ihr eine Stütze. Als sie merkte, dass er keine Antwort parat hatte, drehte sie sich um und ließ sich in Richtung der Tür wegführen, aus der Letan vorhin gekommen war.

Sie mochte ein Opfer der Umstände sein, aber ihre Loyalität galt trotzdem Kaetan. In dem Bezug war sie anders als Lokur oder Kelsei. Der König hatte einen Grund, sie festzuhalten und Lokur nicht: Sie stahl Seelen und Bücher. Vielleicht war es doch gerecht.

Sein Herz war gespalten und sein Kopf ein Chaos.

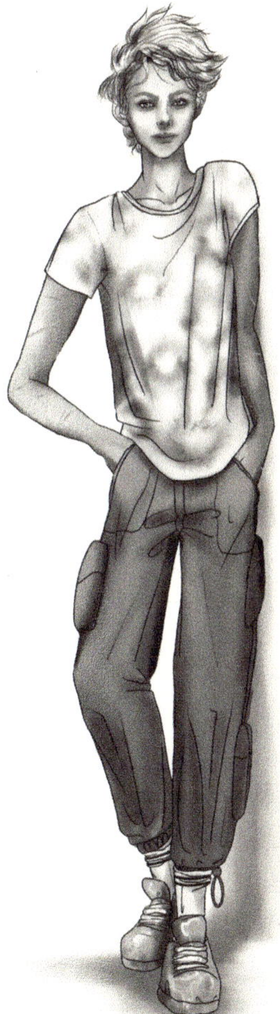

5

Tamiel

Ihre Haut brannte immer noch an der Stelle, die Lokur berührt hatte. Die Nächte im Kerker hatten sie ausgekühlt, doch seine Berührung war wie ein Lagerfeuer gewesen. Eines, das viel zu schnell erloschen war.

Er hatte sie gedeckt ... obwohl er einer anderen Partei angehörte. Sie konnte es nicht fassen. Ja, er war Kaetan gegenüber verpflichtet, weil dieser ihm ein neues Leben in Soeldam ermöglicht hatte. Aber Tam schuldete er nichts. Seine Tat folgte keiner Logik und genau das rührte sie.

Nur warum hatte er auf ihre einzige, ihre wichtigste Frage geschwiegen?

Ihr Bewacher stieß sie unsanft durch eine Tür und riss sie dadurch aus ihren Gedanken. Aus dem Augenwinkel registrierte sie, wie Irin ihnen folgen wollte, aber von König Letan zurückgehalten wurde. Das erleichterte sie. Die Spionin klebte an Letan wie ein zweiter Schatten – als hätte sie Angst, dass Tam ihm in diesem Zustand etwas antun könnte.

Letan schloss die Tür, sodass nur sie beide hier waren. Um sie ein Labyrinth aus Papier. Er lotste sie am Arm durch das Chaos. Selten hatte sie sich so hilflos gefühlt – gefesselt und ihrer Magie beraubt, hatte sie keine andere Wahl, als sich zu fügen. Ihre Schritte raschelten zwischen losen Buchseiten und zerknüllten Papierkugeln.

Sie nahm vor einem vergleichsweise ordentlichen Schreibtisch

Platz und arrangierte ihre Körperteile, so gut sie konnte, während Letan den Tisch umrundete und in einem großen Ledersessel Platz nahm. Genauso roch es hier: nach Leder, Büchern und Staub. Sie drehte den Kopf, versuchte, alles wahrzunehmen, aber es war zu viel für ein einziges Augenpaar. So stellte sie sich das Büro eines Archivars vor, aber nicht das eines Königs.

Trotzdem besser als der Kerker. Seit ihrer hinterhältigen Festnahme war sie dort gewesen. Tagelang, bis heute. Die Wachen vor ihrer Tür hatten ein Würfelspiel gespielt, das Tams einzige Ablenkung gewesen war. Sie hatte Hoffnung geschöpft, als sich eines Morgens ihre Zellentür geöffnet hatte, aber es war nur ein Phasnes gekommen, um zu verkünden, dass sich Coziel nach wie vor in Cruxianer Gefangenschaft befand. Er hatte sich als Faris vorgestellt. Sie sollte ihm einige Fragen beantworten – im Gegenzug würde er versuchen, Coziels Umstände zu verbessern. Natürlich hatte sie ihm nicht geglaubt, aber manchmal trotzdem geantwortet, wenn sie keine Gefahr darin sah. Faris war davon ausgegangen, dass Kaetan das Buch für seine eigenen Zwecke verwenden wollte. Tam hatte ihm widersprochen, aber anscheinend hatte niemand ihr Glauben geschenkt, sonst wäre Lokur nicht dasselbe gefragt worden.

Durch das Verhör mit Faris hatte sie eine wichtige Sache erfahren: Kaetan hatte sich bisher nicht befreit. Vielleicht hatte er darauf spekuliert, durch seine Festnahme nahe genug an König Letan zu gelangen, um ihn zu töten. Doch Letan war unversehrt. Tam hatte die Erkenntnis getroffen wie ein weiterer Schlag auf den Schädel: Kaetan steckte in ernsthaften Schwierigkeiten. Er konnte sich nicht befreien. Ob er es wollte oder nicht, er brauchte Hilfe.

Aber wie sollte Tam ihm helfen, wenn sie sich nicht selbst helfen konnte? Die Handschellen blockierten ihre Magie. Woher hatten die Soldaten überhaupt gewusst, dass sie sich im Crin befand? Warum waren sie ihr so präzise aufgelauert?

Letan legte eine Akte auf die polierte Tischplatte.

»So, Tamiel. Lass uns auf das alberne Titelspiel verzichten.« Er wartete ihre Reaktion ab, vergeblich. »Tamiel, Tamiel. Ich frage mich, wie du so auf Abwege geraten konntest.«

Sie konzentrierte sich mehr auf seine Haut als auf seine Worte, die ihr wohl Vertrauen vorheucheln sollten. Etwas daran stimmte nicht. Seine Gesichtsporen waren kaum zu erkennen und die Haut an seinen Händen schimmerte wie eine heiße Straße im Sommer.

»Ich habe mit deinem Vater zusammengearbeitet, wusstest du das?«

Mit einem Schlag verlor seine merkwürdige Haut ihr Interesse.

»Ich kannte ihn gut. Seine Frau auch. Allerdings habe ich euch Kinder nie kennengelernt.« Er lächelte, als er merkte, dass Tam hellhörig geworden war. »Durch ihn wurde ich am Ende sogar befördert. Er war ein ehrlicher Mann, voller vorbildlicher Grundsätze und Träume. Er hat sich mit aller Kraft für seine Werte eingesetzt. Wir dachten immer, er hätte seine Kinder auch so erzogen.«

Ein Vorwurf, offensichtlich. Doch was der König von ihr dachte, spielte keine Rolle. Sie konnte sich keinen Reim darauf machen, wie er einen einfachen Mann wie ihren Vater kennen sollte. Prun hatte mit Getreide gehandelt und auf seinen Handelsrouten viele Freundschaften geschlossen, aber mit König Letan? Unvorstellbar.

Tam kniff die Augen zusammen. »Ihr wart auch Getreidehändler?«

Letan lachte, ein überraschter Laut. »Getreidehändler? Tamiel, dein Vater war alles, aber kein Getreidehändler.«

Versuchshalber zerrte sie an ihren Handschellen, die sich jedoch nicht lösten. Ihr wurde mulmig zumute, denn Letan wollte auf etwas hinaus. Er hatte einen Trumpf im Ärmel, den sie nicht identifizieren konnte.

»Dein Vater war ein Kommandant. Ein Anführer.« Seine Stimme wurde leiser. »Ein Aufständler.«

Das Wort ließ sie erstarren. Es war die Art, wie der König es betonte. Preisend. Die Aufständler ... Sie hatten sich teilweise in Lebensgefahr begeben, um Kaetan – oder Coziel, wie er damals noch hieß – vom Thron zu stoßen. Doch Prun war ein einfacher Caeli gewesen. Es passte nicht zusammen.

Letan schob ihr die Akte zu. Tam blieb stumm, musterte sie wie eine Giftschlange. In winzigen Großbuchstaben stand der Name ihres Vaters darauf: *PRUN, CAELI, SAETRES*. Er hatte König Coziel nicht gemocht, aber das machte ihn zu keinem Aufständler. Davon hätte sie gewusst. So etwas konnte man nicht verheimlichen.

»Das ist seine Akte. Vielleicht traust du dem geschriebenen Wort mehr als mir.« Als Tam weiterhin regungslos blieb, fiel ihm der Grund dafür auf. »Oh, tut mir leid. Die Handschellen sind leider unumgänglich. Ich wollte dir nur einen Armreif geben, aber die anderen trauen dir nicht.«

Die anderen, natürlich. Ob er wirklich glaubte, ihr Vertrauen erlügen zu können?

Er schlug die Akte für sie auf. Als sie den Inhalt sah, musste Tam den Blick abwenden. Nach zwei tiefen Atemzügen hatte sie sich so weit gefasst, dass sie sich ihm stellen konnte.

Ein Dutzend Aufnahmen ihres Vaters blickten ihr entgegen, angeheftet an ein Dokument. Sie vermied es, sein Lachen oder sein Stirnrunzeln oder seine abwesende Miene anzusehen. Stattdessen rutschte sie näher, um die kleinen Buchstaben auf dem Dokument zu entziffern. Letan bemerkte ihre Anstrengungen und schob die Akte ein Stück näher.

»Eine Todesbescheinigung«, flüsterte sie. Adressiert an Freesa Simmens, ihre Mutter.

»Das ist nur eine Kopie.«

Tam hatte das Original nie zu Gesicht bekommen. Fünf Jahre vor dem Königssturz war ihre Mutter mit verquollenen Augen, aber gefasster Miene ins Kinderzimmer geschlurft und hatte ihnen gestanden, dass Prun bei einem Unfall verunglückt sei. Doch was sie hier las ... das konnte nur eine Lüge sein.

Todesart: Anhaltspunkte für einen nicht natürlichen Tod.

Sichere Zeichen des Todes: Ganzkörperliche Verbrennungen.

Todesursache: Feuer.

Weitere Angaben zur Klassifikation der Todesursache: Vertraulich.

Tam sah von der Akte auf. »Mein Vater ist von einem Wagen überfahren worden.«

Letan zog den zweiten Teil des Dokuments aus der Akte, diesmal mit dem roten Stempel VERTRAULICH:

Weitere Klassifikation der Todesursache: Genaue Umstände unklar. Es wird angenommen, dass er nach der Brandstiftung von einem Soldaten überwältigt und ihm der Ätherstahl, mit dem er ausgerüstet war, umgelegt wurde. So hatte er keine Möglichkeit, den Flammen zu entkommen. Sein Fehlen wurde erst später von Abgeordnetem (zensiert) Letan (zensiert) bemerkt.

Darunter eine Unterschrift, die mit einem F anfing. Der Rest ging in wilden Kreisen und Zickzack unter.

»Was ist Ätherstahl?«, fragte sie.

»Stahl, der mit Äther verbunden wurde. Er verhindert, dass Calita ihre Magie nutzen können.«

Das sollte unmöglich sein. Äther war ein Bestandteil der geistigen Welt. Wie konnte er in der Materie existieren? Doch ihre Handschellen waren Beweis genug, dass Letan die Wahrheit sagte.

Sie musterte die erste Seite, auf welcher der Todesort angegeben war. Erst jetzt las sie ihn richtig. Laut ihrer Mutter hatte er zu der Zeit Getreide in Angkor verkauft, aber hier stand etwas anderes: *Kunstplatz, Soeldam.*

»Was soll das?«, fragte sie.

»Dann hat deine Mutter auch dir nichts erzählt?«

»Warum *auch*?«

Letan überging die Frage. »Ich habe keinen Grund, dich anzulügen. Die Geschichte ist einfach. Dein Vater hat sich vor einhundert Jahren mit vier anderen Caeli zusammengeschlossen, um für ein freies Gebiet für die Menschen zu kämpfen. Und sie hatten Erfolg, denn der König gab ihnen Cruxia. Aber anstatt sich wieder aufzulösen, berieten sie zu fünft den Cruxianer Stadtrat. Und als der Kindkönig an die Macht kam, organisierten sie die Aufständler.«

»Woher solltet Ihr das alles wissen?«

Letan deutete auf eine Stelle im Dokument: *von Abgeordnetem (zensiert) Letan (zensiert).* »Ich gehörte zum Stadtrat. Mehrmals im Jahr hat der Caelirat uns besucht, deshalb kannte ich Prun. Und wie ich schon sagte, säße ich ohne ihn überhaupt nicht auf dem Thron. Ich habe ihm viel zu verdanken, deswegen will ich seiner Familie helfen.«

»Ihr hättet damals helfen sollen.« Damals, als ihre Mutter das Landhaus übernommen und es durch ihre Unerfahrenheit in den Ruin getrieben hatte.

»Das hätte ich. Ich hätte euch auch viel früher kontaktiert, wenn ich von eurer finanziellen Lage erfahren hätte. Aber nach Pruns Tod hat Freesa nicht mehr auf unsere Nachrichten geantwortet. Sie hat jeglichen Kontakt abgebrochen. Ich hatte keine Ahnung, was mit euch passiert ist.«

Tam betrachtete ihn lange. Für gewöhnlich fiel es ihr leicht, andere Leute zu deuten. Doch für gewöhnlich hatte nichts von diesen Deutungen mit ihrem Privatleben zu tun. Es war möglich, dass Letan log, aber wie er selbst schon sagte: Warum sollte er?

Wäre sie Kaetan, würde sie keines seiner Worte glauben. Aber die Beweise lagen vor ihr. Sie deckten sich mit einigen Fakten. Der Totenschein sah echt genug aus und das Feuer am Kunstplatz hatte Tote gefordert. Prun hatte zwar Getreide verkauft, aber seine Reisen waren lang genug gewesen, um ihm dabei Zeit für Politik zu lassen.

»Wie habt Ihr mich im Crin gefunden?«

»Habe ich nicht. Dem Kommandanten wurde diese Ehre zuteil. Du kannst dir nicht vorstellen, wie überrascht ich von deiner Gefangennahme war. Es sieht so aus, als hätte dich jemand verraten.«

Tam runzelte die Stirn, konnte sich keinen Reim darauf machen.

»Weißt du«, begann Letan vorsichtig. »Ich bin froh, dass ich dich gefunden habe. Ich möchte dir dasselbe Angebot unterbreiten wie Lamita.«

Bei der Erwähnung ihrer Schwester zog sich alles in ihr zusammen. »Was hat Lamita damit zu tun?«

»Sie arbeitet für mich. Schon seit einem knappen Jahr.«

Ohne die Handschellen wäre sie aufgesprungen. Wozu? Um ihn festzuhalten? Um mehr Informationen aus ihm zu schütteln?

Letan faltete die Hände auf dem Schreibtisch. »Lamita geht es gut. Dir könnte es auch besser gehen. Arbeite für mich. Wende dich vom Kindkönig ab, Tamiel. Dein Vater hat gegen ihn gekämpft. Und wenn Coziel wüsste, was deine Mutter ist ...«

»Kaetan«, murmelte sie.

»Wie bitte?«

»Er heißt jetzt Kaetan.«

»Und was will Kaetan? Macht?«

Sie hatte es satt, den Leuten die Vorurteile auszureden.

»Ich glaube, in deinem Innersten möchtest du nicht mehr als Jägerin sein Spiel spielen«, sagte Letan, als sie schwieg. »Es wäre so leicht, Tamiel. Wenn du für mich arbeitest, wärst du die ganze Zeit bei deiner Schwester. Du wärst in Cruxia, wir könnten also auch deine Mutter dazu holen. Das könntest du nicht mit Kaetan. Denkst du, er würde Rücksicht auf sie nehmen? In Cruxia wärt ihr drei wieder eine Familie.«

Es prickelte sie in den Fingerspitzen, etwas zu tun. Es wäre tatsächlich leicht, sein Angebot anzunehmen. Aber gleichzeitig war es unmöglich, die Jägerin fallenzulassen. Jedenfalls ... dachte sie das.

Da sie hartnäckig schwieg, schloss er die Akte und ging zur Tür, um die Wache hineinzulassen.

»Wir sind für heute fertig, bring sie zurück. Aber besorg ihr ordentliches Essen und saubere Kleidung. In Zukunft werden meine Gefangenen besser behandelt.«

Die Wache raunte eine Zustimmung und zog Tam aus dem Zimmer, Gänge und Treppen entlang, zurück in ihre Zelle. Die Tür fiel mit einem Schlag ins Schloss und der Schlüssel drehte sich um.

Der Gestank von getrocknetem Blut und Schimmel brannte in ihrer Nase. Es sah nicht so aus, als wäre hier in den letzten Jahrzehnten geputzt, geschweige denn jemand eingesperrt worden. Bis auf ihre Tür waren die anderen angelehnt und mit Rost überzogen.

Wenn sie Letans Angebot annähme, könnte sie zurück zu ihrer Familie. Für einen kurzen Moment erlaubte sie sich den Tagtraum. Sie und Lamita und ihre Mutter an einem gemeinsamen Küchentisch. Sie könnten Kekse backen, Karten spielen, musizieren – wie früher.

Doch dann überschatteten Fragen das fröhliche Wiedersehen in ihrer Fantasie. *Wie hast du das Geld verdient? Warum hast du nicht geschrieben? Wo warst du? Tam, was ist mit deiner Harfe passiert?* Sie stellte sich vor, wie Freesa die Harfe ansehen würde. Natürlich hatte sich äußerlich nichts daran verändert, aber Mütter hatten diese Eigenheit, Geheimnisse zu entdecken. Ihre Mutter würde wissen, dass etwas nicht stimmte.

Und dann? Sollte Tam von der Jägerin erzählen? Sollte sie die Mörderin zeigen, die sie sogar vor sich selbst versteckte? Oder mit einer Gegenfrage kontern: *Warum hast du über seinen Tod gelogen?*

Auf einmal erschien ihr Prun wie ein Fremder. Eigentlich hatte sie immer gedacht, ihn gut zu kennen. In all ihrer gemeinsamen Zeit hatte sie nie gemerkt, was er hinter ihrem Rücken trieb. Er hatte ihr Geschichten erzählt, sie durch Getreidefelder gejagt, mit ihr das Notenlesen geübt. Ihr wäre in hundert Jahren nicht eingefallen, dass er etwas mit Politik zu tun haben könnte. Aber er hatte gegen Kaetan gekämpft. Er war Kaetans Feind. Zu was machte sie das?

Irgendwann hörte sie Schritte. Es wurden Worte gewechselt, woraufhin sich jemand entfernte. Es kam ihr nicht so vor, als wäre es schon Zeit für den Wachwechsel, aber andererseits war ihr Zeitgefühl durch das Verhör durcheinandergeraten. Durch den Türschlitz sah sie ein Paar Stiefel und da fiel ihr wieder ein, dass Letan ihr Kleidung und Essen bringen lassen wollte. Doch als sich die Tür öffnete ... Den Kommandanten der Stadtwache erkannte sie an dem goldenen Abzeichen auf seiner Brust. Ein Schlüsselbund klapperte, als er die Zelle betrat.

»Komm her, Mädchen.«

Tam war klug, deshalb blieb sie, wo sie war.

Mit einem Seufzer kniete er sich hinter sie. Sie spannte sich an, auch als er ihre Handschellen aufsperrte. Den Ätherstahl, der ihr die geistige Welt verwehrte. Augenblicklich witterte sie eine Falle, doch dann stand er auf und sah sie an. Seine Augen waren so dunkelgrau wie die abgeschliffenen Felsen vor dem Himalaya, zwischen der Baumgrenze und dem Schnee. Ein Bartansatz bestäubte seine Wangen und ließ ihn sehr alt wirken. Er hatte schon unter Kaetan gedient und davor Kaetans Vater.

»Du hast einen verrosteten Nagel gefunden und dich befreit. Niemand hat deine Flucht bemerkt«, sagte der Kommandant ruhig. »Im ersten Zimmer links vor der Treppe findest du deine Harfe.«

Sie war sich ziemlich sicher, dass ihr Mund offenstand, aber als er sich umdrehte, verschwendete sie keine Zeit. Sie rappelte sich auf in die geistige Welt und flüchtete.

Es war eine Falle! Doch niemand stellte sich ihr in den Weg. Nicht, als sie den Kerker verließ, und auch nicht, als sie die Palasttore passierte. Erst auf den vertrauten Dächern Soeldams realisierte sie, was geschehen war. Sie tauchte aus der geistigen Welt auf und brach zusammen, die Harfe nutzlos auf ihrem Schoß. Mit beiden Händen umklammerte sie ihre Obsidiankette, die bei der Harfe gelegen hatte. So sehr, dass das Band in ihren Nacken schnitt. Innerlich leer gefegt starrte sie die Dachziegel an.

6

Lokur

Er war zu Hause. Endlich. Die Reise war vorbei, die Gefahren waren überstanden. Cruxia wirkte weit weg. Die kleine Küche, in der er das Geschirr trocknete, umso näher.

Mara war ihm näher. Seit seiner Rückkehr sah er sie klarer als zuvor. Ihm war bewusst, dass ein einziger Fehltritt reichte, um sie für immer zu verlieren. All die Jahre hatte er die Zeit vorbeifliegen lassen. Wenn er sie ansah, zog sich sein Herz schmerzhaft zusammen. Er wollte diesen Moment auskosten. Diesen und alle, die darauffolgten.

»Ich weiß nicht, warum du dich beschwerst«, sagte Mara.

Ihre Hände waren im schaumigen Wasser vergraben. Vorhin hatte sie Mona weggeschickt, um den Abwasch zu übernehmen, weil sie bei der Diskussion etwas zu tun haben musste.

Lokur stieß einen unglücklichen Laut aus. »Können wir das Thema nicht einfach auf sich beruhen lassen?«

Er hatte das Gefühl, in einem Kreislauf gefangen zu sein. Dabei wollte er alles, nur nicht mit Mara diskutieren. Es lief folgendermaßen ab: Er fragte Mara, ob sie gewusst hatte, dass er Tamiel verraten sollte. Sie erwiderte daraufhin, dass sie es nicht gewusst hatte, es aber keinen Grund zur Beschwerde gäbe, weil ein Verhör ein Verhör war und sie genau darum verhandelt hatten. Dann fragte sie ihn, warum es ihn kümmerte und ob er für Tamiel gelogen hätte, woraufhin er etwas Kluges sagen wollte – aber sie gab ihm keine

Gelegenheit und zählte all die grauenhaften Geschichten auf, die über die Jägerin im Umlauf waren. Das war zwar nicht das Ende des Kreislaufs, aber mittlerweile waren sie an dieser Stelle angelangt.

»Lokur, es ist wichtig, dass du den Ernst der Lage begreifst«, widersprach sie. »Jetzt, wo wir wissen, dass sie mit dem Kindkönig verbündet ist ... Ist dir überhaupt bewusst, was er alles getan hat?«

Daraufhin ratterte sie die Gerüchte runter, die über Kaetan, König Coziel, oder wie man ihn nennen wollte, kursierten. Lokur könnte sie auswendig aufsagen, denn die Erzählungen hatte er in den letzten Tagen in Dauerschleife gehört. Teils von Salar, teils von Mara, manchmal auch von Mona.

Alle drei hatten entsetzt reagiert, als er zugegeben hatte, dass das meiste neu für ihn war. Wie sollte er auch davon gehört haben? Während Coziels Herrschaft hatte Lokur sich in einem Dickicht aus Täuschern und illegalen Fechtkämpfen herumgetrieben. Das war vor Aira gewesen. Seine Erinnerung an diese Zeit war bestenfalls lückenhaft, im schlechtesten Fall überhaupt nicht vorhanden.

Die Grausamkeiten, von denen er gehört hatte ... Die Täuscher hatten seine Wahrnehmung so gedämpft, dass es ihn nie groß gekümmert hatte. Er hatte es für Politik gehalten, die für einen Straßenjungen wie ihn unbedeutend war. Die Erinnerung brachte den bitteren Geschmack von Reue auf seine Zunge. An manchen Tagen dachte er, sein altes Leben gehörte jemand anderem. An anderen schien es zum Greifen nah, als hätte er noch gestern mit einer Überdosis im Blut einen brutalen Kampf gefochten.

Maras Gesicht schob sich vor die düsteren Gedanken. Das schaffte sie jedes Mal. Es war wie Magie. Auch wenn ihre Worte weniger magisch waren.

»Bei den Sphären! Du solltest hin und wieder nicken, um mir wenigstens das Gefühl zu geben, du würdest zuhören.«

»Ich höre dir zu.« *Immer*, hätte er am liebsten hinzugefügt. *Ich will mein ganzes Leben lang deine Stimme hören.*

Mittlerweile hatten Salars und Maras Geschichten seine Erinnerungslücken gefüllt und er sah ein, dass seine Besorgnis um Kaetan ein wenig ungerechtfertigt war. Dass Kaetan sein Gefängnis vielleicht verdiente – und Schlimmeres. Lokur wollte nicht so heftig urteilen, aber in diesem Fall fiel ihm das zunehmend schwerer.

Stille breitete sich aus. Nur das Plätschern des Wassers war zu hören und das Klirren des Geschirrs. Sie hatte sich abgewandt, aber er konnte sich vorstellen, wie sie den Mund verkniff und die Brauen zusammenzog, während sie über das Geschirr schrubbte, als wäre der Schmutz eingebrannt worden. Als sie immer wieder mit ruckartigen Bewegungen über denselben Löffel fuhr, legte er das Geschirrtuch beiseite.

»Mara.«

Ihre Stimme schlug einen anderen Ton an. Fast ... wehleidig. »Du bist in all dem verwickelt. Denkst du, du kommst da irgendwann raus? Wenn der Kindkönig deine Hilfe braucht, wird er sie wieder anfordern, und wenn du ihm nicht hilfst, dann hat er seine Jägerin, die dich bedroht, und dann musst du es tun. Was soll ich denn machen, wenn –«

Sanft drehte er sie zu sich. Ihre Augen schimmerten. Ein paar Tropfen Schaum hingen an ihren Wimpern. Er strich sie mit dem Daumen weg. Mara blinzelte, dann berührte sie seine Wange. Spülwasser tropfte auf sein Hemd und brachte Seifengeruch mit sich. Darunter lag Maras Duft. Etwas Undefinierbares, das sein Herz anschwellen ließ. Wie von allein senkte er den Kopf, um ihr näher zu sein. Er wusste, dass Salar oder Mona jederzeit in die Küche platzen konnten. Doch dieser Moment gehörte ihnen. Zum ersten Mal seit langer Zeit spürte er dieses Prickeln in der Magengrube, sobald er jemanden berührte.

Er fuhr die senkrechte Kuhle in ihrer Unterlippe nach. Er zögerte, suchte in ihren Augen nach Zustimmung. Sie streckte sich zu ihm hoch. Ihre Lippen berührten sich. Sie schmeckte nach bitterem

Seifenschaum. Ihre Hände umfassten seinen Nacken und zogen ihn zu sich hinunter. Er streichelte über ihre Hüften, glitt über ihren Rücken zu ihrem Haar und strich ihr eine Strähne hinters Ohr.

Warum hatte das so lange gedauert? Wieso hatte er dem Gedanken vertraut, der ihm einredete, nicht gut genug für sie zu sein? Es war, als hätte er verlernt, seinen Gefühlen zu lauschen. Jetzt nahm er sie überdeutlich wahr. Sie schrien ihm entgegen. Spielte es eine Rolle, wer er gewesen war – was er getan hatte –, wenn er sie liebte?

»Du schmeckst nach Seife«, wisperte er. Als Antwort versetzte sie ihm einen leichten Klaps auf den Hinterkopf.

Er gab Gutes und im Gegenzug empfing er Gutes, das war der Grundsatz des Karmas. Doch all die Jahre über hatte er zu sehr an Aira gedacht, um zu merken, dass er schon längst Gutes erhalten hatte. Auf einmal war er sich nicht mehr sicher, ob er nach dem Tod wieder mit Aira vereint werden wollte. Das Glück hatte ihn mit ihrem Tod nicht verlassen. Denn er hatte es wiedergefunden, hier in dieser Küche.

7

Kelsei

In der Vergangenheit war sie auf viele falsche Heiler gestoßen. Nodifaex, die verletzte Haut mit Fremdpartikeln versiegelten und Verwunderung mimten, wenn die Wunde zu eitern begann. Phasnes mit Kräutern, Tinkturen und täuschenden Lichtspielen. Einmal war sie sogar zu einem Dorf an der Küste von Ceertex gereist, um einen Scitellax zu besuchen, der sich als Caeli ausgab. Es war bekannt, dass Caeli heilende Kräfte besaßen, aber niemand wusste, worin genau diese bestanden, deshalb war es eine gute Täuschung gewesen. Der Scitellax hatte den Kranken berührt und ihn zucken und zittern lassen, bis er schweißüberströmt am Rande der Bewusstlosigkeit lag, nur um dann zu verkünden, dass Heilung eingetreten war.

Kelsei hatte sie alle gesehen und bei jedem einzelnen Hoffnung geschöpft. Vielleicht würde diese Begegnung Ceria heilen ... oder die nächste. Es war grausam von ihrem Bewusstsein, immer wieder neue Hoffnung zu wecken, die ohnehin umsonst wäre. Niemand hatte Ceria helfen können. Aber all die Niederlagen brachten Kelsei nicht zum Aufgeben, sondern trieben sie nur weiter voran.

Bloß gab es da diesen kleinen Teil in ihr, der die Bruchstücke der zerstörten Hoffnungen sah und resignierte. Dieser kleine Teil wunderte sich, ob die blauen Muster, ob Ceria diese Anstrengung überhaupt wert war.

Sie blendete diesen Teil aus, während sie den Gebirgspass entlangwanderte. Der Berg, auf dem sie sich befand, war ein Ausläufer des Himalayas, ein junger Nachkomme oder ein verspäteter Nachbar, was ihn nicht davon abhielt, gigantisch zu sein. Sein eisbedeckter Gipfel glitzerte im Sonnenlicht. Eine seltsame Empfindung, der Sonne so nah zu sein und trotzdem vor Kälte zu zittern. In der Luft vor ihr bildeten sich Atemwolken, als sie sich an der Felswand neben dem Pass abstützte und hinter sich blickte. Der schmale Pfad verlor sich in einem Labyrinth aus spitzen Felskanten und hinterlistigem Gestein. Sie vergrub die Nase tiefer in ihrem Kragen und stieg weiter.

Es war der Handzettel in ihrer Schublade in Soeldam, der ihr Kraft gab. *Heilerin seltener Krankheiten.* Vor drei Monaten hatte sie ihn aufgelesen, irgendwo in Ceertex, kurz nach dem falschen Caeli. Sie hatte Leute darüber reden gehört. Über die Heilerin im Gebirge, die einen mühseligen Aufstieg und einen hohen Preis forderte, aber ihre Kunden mit Herzlichkeit und Balsam belohnte. Der kleine Teil in ihr schrie eine Warnung, *kehr um, kehr um, kehr um*, aber Kelsei stapfte weiter. Es konnte in der Welt nicht nur Enttäuschungen geben.

Schneller als sie sich wappnen konnte, erreichte sie eine Höhle. Die Sonne stand im Zenit und verjagte die Schatten. Ihre Stiefel schienen auf einmal in den Felsboden genagelt zu sein. Der Höhleneingang war nicht mehr als ein Riss im Felsen, ein Tor zu etwas Unbekanntem. Ein bunter Vorhang aus schwerem Stoff flatterte davor. Das einzige Anzeichen von Leben. Sie zwang ihre Stiefel, vom Boden loszutreten, und zupfte am Stoff.

»Hallo?«, fragte sie. Der Wind war so laut, dass er ihre Worte verschluckte.

Den kleinen Teil in ihrem Bewusstsein fest im Griff, lüftete sie den Vorhang und zwängte sich durch den Riss in einen unterirdischen Raum, der so warm und still war, dass Kelsei einen Moment lang die Augen schloss und Ruhe in ihre Glieder einkehren ließ.

Als sie leises Papierknittern hörte, riss sie die Augen auf und suchte nach der Quelle. Ein Durcheinander von Farben erstreckte sich vor ihr. Kissen in jeder Größe bedeckten den rauen Boden. An den Wänden standen Bücherregale, und weil es die Wände einer Höhle waren, passten sie nicht genau zusammen. In krummen Winkeln reihten sie sich aneinander und boten eine Herberge für so viele Bücher, wie man kaum in einem Leben lesen konnte, selbst wenn man in der Einsamkeit des Himalayas wohnte. In einer Ecke brannte ein Feuer in sicherem Abstand zu den Büchern und Kissen und tauchte alles in einen warmen Schein.

In der hintersten Ecke der Höhle ruhte eine Frau auf einem Sitzkissen, in ihrem Schoß die Quelle des Knitterns. Nicht im Mindesten von Kelsei überrascht, schloss sie das Buch und erhob sich in einer grazilen Bewegung, als wären ihre Knochen jünger, als ihr Körper aussah. Ihr langes, ergrautes Haar war zu einem Mittelscheitel gekämmt. Die vorderen Strähnen waren zurückgesteckt worden und gaben graue Federohrringe preis, die ihr auf die Schultern fielen. Ihr freundliches Lächeln betonte ihre Wangen und ließ sie mehr erstrahlen, als es ihre Armreife, Ringe und Ketten je könnten.

»Möchtest du Tee?«

Kelsei war so überwältigt, dass sie keine Antwort wusste.

Als die Frau auf sie zukam, riss sich Kelsei aus ihrer Starre und wich zurück in Richtung Ausgang. Die Alte hob beschwichtigend die Arme. Dann nahm sie einen Kessel vom Feuer und füllte etwas von dessen dampfendem Inhalt in eine Tasse. Wie ein Friedensangebot stellte sie diese auf ein Brett, das riskant auf mehreren Kissen balancierte. Zurück in ihrer Leseecke, faltete sie die Hände und beobachtete Kelsei.

»Wie heißt du, meine Liebe?« Ihre Stimme schien aus dem heißen Dampf einer frischen Teekanne zu bestehen.

Vermutlich wartete hier eine weitere Enttäuschung. Aber Ceria war es wert, dieses Risiko einzugehen.

Kelsei wusste nicht, wie sie dorthin gekommen war, aber schließlich saß sie auf einem Kissen und umklammerte die Tasse. Die Wärme stach in ihre kalten Finger, bevor sie zutraulich und betäubend wurde. Kelsei nippte am Tee – und verbrannte sich die Zunge.

Die Alte nahm ihren Fluch nickend zur Kenntnis. »Meine Nichte baut Kräuter an und bringt mir regelmäßig neue Mischungen. Ich behaupte ja, es ist der beste Tee, den man hier bekommen kann.«

»Hier im überbevölkerten Gebirge?«, fragte Kelsei, ehe sie ihre Zunge bändigen konnte.

Mit einem Lächeln wurde ihr Sarkasmus toleriert.

Kelsei räusperte sich. Ihr Körper und ihr Geist kamen allmählich wieder zur Besinnung. »Tut mir leid, ich habe etwas anderes erwartet. Ich bin wegen des Handzettels hier.«

Die Alte musterte sie. »Du bist nicht gut darin, Fragen zu beantworten.«

Sie wich ihrem Blick aus. »Ich heiße Kelsei.«

»Schön, dich kennenzulernen. Ich heiße Famiren. Du musst keine Angst vor mir haben. Ganz im Gegenteil: Du darfst mir vertrauen. Warum bist du hier?«

Statt zu antworten, las sie die Titel einiger Buchrücken. Alles Abenteuerromane oder Detektivgeschichten. Ihr Blick wanderte zurück zur selbst ernannten Heilerin. Sie wirkte wie eine Großmutter mit zu viel Freizeit.

»Welche Krankheiten hast du schon geheilt?«

Neben Famirens Augen erschienen Lachfalten. »Zustände, die dir nichts sagen. Drachenpocken und Lebergebrechen und Magenrisse. Zu mir kommen die Leute, wenn sie nicht mehr weiterwissen.«

»Das Geld nimmst du, bevor oder nachdem du diese außerordentlich seltenen Zustände geheilt hast?«

»Dir mögen zweitausend oder vielleicht auch dreitausend Sphee viel erscheinen für einen Akt der Heilung, aber siehst du eine andere Möglichkeit, wie ich überleben könnte? Wir alle würden den Leuten gerne umsonst helfen, aber das Leben ist teuer.«

»Das klingt sehr nach einer Rechtfertigung.«

»Heilen kann nur erfolgreich sein, wenn es auf Vertrauen beruht. Kelsei, sieh mich an. Nein, sieh mich genau an.«

Sie hielt ihren umherwandernden Blick fest, sodass Kelsei ihr direkt in die Augen sehen musste. In die blau und weiß getupften Augen. Scitellax genossen blaue Augen aller Art, aber kein Scitellax dieser Welt konnte solche Farben vortäuschen. Es sei denn ...

Kelsei hob eine Augenbraue. »Hübsche Kontaktlinsen trägst du da.«

Natürlich kam es ihr in den Sinn, dass Famiren die Wahrheit erzählen könnte. Aber die Wahrheit wäre zu perfekt.

Famiren erhob sich und drehte ihr den Rücken zu. Ihre Finger streichelten die abgenutzten Bücherrücken und fuhren die Buchstaben darauf nach, als wären sie alte Freunde.

»Es ist die Aufgabe eines jeden Heilers, das Vertrauen der Leute zu verdienen. Ich verstehe, dass es in diesem Königreich viele Falschspieler gibt. Warum, denkst du, wohne ich so abgelegen? Damit einfältige Kranke in meine Falle tappen? Wenn ich so etwas im Sinn hätte, würde mir ein Leben in der Stadt leichter fallen. Dort gibt es genug loses Geld. Aber ich lebe hier.«

»Kranke müssen nur verzweifelt genug sein, um auch zu den entlegensten Falschspielern zu reisen.«

Ein Stück weit war Kelsei erleichtert, dass ihr Kommentar Famiren kaltzulassen schien. Sie wollte der Alten nur zu gern glauben ... doch den Heilern davor hatte sie auch vertraut – und es bereut.

»Dann verstehst du das Geschäft von Falschspielerei nicht gut genug.« Famiren seufzte.

Der zweifelnde Teil von Kelseis Verstand vermutete, dass sie schwieg, weil sie erst eine Geschichte fabrizieren musste, um Kelsei in ihren Lügenkokon zu spinnen. Stattdessen verschwand sie, genau wie Tamiel es manchmal tat. Kelsei blinzelte. Es war keine Illusion. Als sie nach wenigen Herzschlägen wieder Gestalt annahm, stand sie nicht länger vor dem Bücherregal, sondern hatte sich auf die Kissen gesetzt, ohne dass Kelseis Augen es wahrgenommen hatten.

»Die Welt ist zu grob geworden für die meisten Caeli. Ich heile gern diejenigen, die feinsinnig genug sind, um sich der Welt dort unten zu entziehen und sich zu mir in die Lüfte zu gesellen.«

Famiren begegnete ihrem Blick. Etwas darin musste ihr verraten haben, dass Kelsei endlich verstand, denn sie lächelte.

»Warum hast du diesen Aufstieg auf dich genommen, Kelsei?«

Kelsei setzte sich aufrechter hin. Sie räusperte sich. »Meine Freundin ist seit fast zehn Monaten krank.«

Die Caeli nickte. »Welche Symptome hat sie? Ist sie bettlägerig?«

»Ja.« Kelsei räusperte sich erneut. Entweder die Heilerin würde sie verstehen oder den Begriff noch nie gehört haben. »Sie hat die blauen Muster.«

Famiren kannte den Begriff. Das war klar, als ihre herzliche Miene fiel und von Wolken ersetzt wurde. »Die blauen Muster sind keine Krankheit«, sagte sie knapp. »Ich kann dir leider nicht helfen.«

»Ceria schläft die ganze Zeit und isst und trinkt nichts, sie macht überhaupt nichts! Natürlich ist es eine Krankheit. Hier, ich habe Geld.«

Famiren sah das Geldbündel überhaupt nicht an. »Du bist nicht die Erste, die damit zu mir kommt, und ich gebe dir dieselbe Antwort wie deinen Vorgängern: Ich kann dir nicht helfen.«

Kelsei zitterte so sehr, dass ein Teil des Tees über den Tassenrand auf ihre Hand schwappte. Sie merkte nichts von dem Schmerz. »Aber du bist eine Heilerin!«

Sie hasste sich dafür, enttäuscht zu sein. Jedes Mal nahm sie sich vor, nicht zu hoffen, und jedes Mal scheiterte sie.

Famiren nickte auf die Tasse. »Ruh dich gern noch ein wenig

aus, aber nicht zu lange. Ich rieche einen Sturm und die Höhle wird tagelang eingeschneit sein.«

»Du bist keine normale Heilerin und das ist keine normale Krankheit. Hilf mir.«

»Du könntest auch gleich gehen. Stürme ziehen schneller auf, als man erwartet.«

Sie stand auf, aber Kelsei dachte nicht einmal daran. Sie nippte an ihrem Tee, während ihr Gehirn arbeitete. Es ratterte und ratterte und kam zu keinem Ergebnis, außer dem, Famiren in Grund und Boden zu starren. Doch da war ein Gedanke. Ein Impuls. Sie öffnete den Mund.

»Es hat etwas mit dem Buch zu tun, oder?«

Famiren gefror in ihren Bewegungen. Sie stützte eine Hand an der Wand ab. Langsam, sehr langsam, ließ sie sich zurück auf ihren Platz sinken.

»Ein Buch?«, fragte sie einen Herzschlag zu spät, um beiläufig zu klingen.

Innerlich machte Kelsei einen Luftsprung. Sie war einer Intuition gefolgt, einer Erinnerung an die blauen Muster auf dem Buch, das sie nur kurz gesehen hatte. Hinzu kam die Tatsache, dass sie einer Caeli gegenübersaß und Ottos Freund von Caeli gesprochen hatte.

Es gab zu wenige Caeli, um an Zufälle zu glauben.

Sie erlaubte sich ein Lächeln. »Das Buch mit den blauen Mustern.«

Famiren sah sie lange an. »Was weißt du darüber?«

»So einiges«, flunkerte sie. Sie befürchtete, dass Famiren zurückrudern würde, wenn sie das wenige preisgab, das sie tatsächlich wusste.

Famiren schüttelte den Kopf. »*Akasha* hätte niemals erschaffen werden sollen. Du bist die Dritte, die deswegen zu mir kommt. Aber es sind noch weit mehr betroffen, oder?« Sie seufzte. »Ich habe ihnen gesagt, dass es außer Kontrolle laufen wird.«

Kelsei legte den Kopf schräg. »Wem?«

Famirens Miene wurde weich. »Du scheinst mir eine gute Seele zu sein. Lass mich dir etwas über mich erzählen. Für den Großteil meines Lebens habe ich mit vier Freunden Pläne geschmiedet. Gewagte Pläne, von denen wir nie erwarteten, sie umsetzen zu können. Aber wir hatten Glück. Wir fingen den richtigen Moment ein und das richtige Publikum, und schließlich erschufen wir Cruxia.«

Einen Moment lang dachte Kelsei, sich verhört zu haben. Diese Frau sollte verantwortlich für die freie Stadt sein?

»Wir waren so überwältigt von unserem Erfolg, dass wir uns zu einem Rat zusammenschlossen. Die Leute bewunderten uns für unsere Weisheit und wir waren so geschmeichelt, dass wir gern diese Rolle einnahmen. Wir waren überzeugt, das Richtige zu tun. Die Menschen und die Calita suchten unsere Anleitung. Gemeinsam. Kannst du dir vorstellen, was das für ein Wunder war? Du warst bei der Revolution vor hundert Jahren nicht dabei. Du bist keine Jahrhunderte voller gespaltener Klassen und Unterdrückung gewohnt. Für dich ist es heute höchstens unwahrscheinlich, aber nicht mehr unmöglich, dass Menschen und Calita Hand in Hand leben. Als Cruxia eine freie Stadt wurde, war das für uns revolutionär.«

Eine Weile schien sie ihren eigenen Gedanken nachzuhängen, sodass Kelsei eine Frage stellte. »Warum erzählst du mir das?«

Famiren sah auf, ihr Blick wieder klar. »Weil es uns nie gereicht hat, dass die Menschen nur in einer einzigen Stadt frei waren.«

»Nur in einer einzigen Stadt?« Kelsei musste sich verhört haben. »Die Caeli wollen die Menschen befreien? Überall auf der Welt?«

Famiren nickte. »Die Menschen waren zuerst hier. Wir sind als Flüchtlinge zu ihnen gekommen und haben ihnen alles genommen. Ihren Besitz, ihren Planeten, ihre Freiheit. Das war nicht richtig. Wir haben versucht, es den Leuten klarzumachen, aber die meisten Calita sind zu egozentrisch. Sie denken, nur weil wir länger leben, hätten wir das Vorrecht. Deswegen haben wir ein Projekt gestartet, zusammen mit dem Stadtrat.«

»Was für ein Projekt? Das Buch?«

»*Akasha*. Benannt nach den Stimmen, die in der anderen Welt die Geschichten von Toten flüstern. Wir hofften, dass *Akasha* uns sagt, warum die Magie aus unseren Sphären verschwunden ist. Und wenn wir das erstmal wüssten, dann könnten wir die Magie zurückholen und die alten Zustände wiederherstellen. Das ist der einzige Weg zur Besserung. Wir müssen die Calita in ihre Sphären zurückschicken, erst dann können die Menschen in Frieden auf ihrer Erde leben.«

Es gab viele Einfälle, die in ihrem Kopf herumspukten. Kelsei griff wahllos nach einem. »Und die Erde? Die Menschen haben sie das letzte Mal nicht gerade gut behandelt. Die Calita mussten den ganzen Müll wegräumen. Wer sagt, dass das nicht wieder passieren wird? Sie bringen sich noch gegenseitig um, wenn wir nicht – «

»Das war damals ein Punkt unserer Debatten, aber wir hatten schon immer geplant, ihnen ein wenig von unserer Magie hierzulassen. Damit sie nicht ihre alten, schmutzigen Technologien nutzen müssen. Nur wussten wir nie, woher sie überhaupt kommt. Doch mit den neusten Ergebnissen ...«

Das klang, als wäre die Magie ein Gegenstand. Kelsei wurde schwindelig. Sie nahm einen Schluck Tee. Danach fühlte sie sich klarer. Sie musste nachdenken, wie sie ihre Fragen formulieren konnte, ohne dass auffiel, dass sie rein gar nichts über dieses *Akasha* wusste.

»Und ... das Buch betreibt Forschungen in der geistigen Welt? Es – es schickt Calita dorthin?« »Indirekt. Das Buch ist ein Spiegel, aber man gelangt dadurch nicht in die Spiegelwelt. Du siehst damit nur, was auf der anderen Seite vor sich geht. Du liest das, was die Forscher in der geistigen Welt herausfinden. Aber deine Forschungsergebnisse werden nur in *Akasha* gedruckt, wenn dein

Blut darin fließt. Deswegen steigen nur ausgewählte Leute in die geistige Welt – unter bestimmten Bedingungen und ausschließlich mit der Hilfe eines Caeli. So war es jedenfalls gedacht, aber nach dem, was ich gehört habe ... Ich vermute, dass sich die Schwelle zwischen den Welten inzwischen so stark verdünnt hat, dass Äther hindurchsickert und ungeplant zart besaitete Leute nach oben zieht. Wie deine Freundin.«

Kelseis Herz setzte einen Schlag aus. Ein Versehen. Ceria, die Monate voller Schmerz und Trauer und die stickige Luft im Wohnwagen ... das war alles ein Versehen.

»Wie kann ich sie zurückholen?«

Famiren lächelte, aber dabei zogen sich ihre Mundwinkel nach unten. »Dieser Schritt musste erst noch entwickelt werden, als ich ging.«

Enttäuschung stach tief in ihre Brust. Sie hätte es wissen müssen.

»Warum bist du ausgerechnet dann gegangen, als –« *Als das kam, was mir hätte helfen können.* Famiren kannte fast das ganze Puzzle. Ausgerechnet das Stück, welches Kelsei brauchte, fehlte.

»Ich habe etwas Schreckliches herausgefunden. Und ich bin gegangen, damit ich es niemandem erzählen kann. Denn wenn ich es aufgedeckt hätte ... dann sähe unsere Welt heute noch dunkler aus.«

»Du hast etwas Schreckliches gefunden und nichts dagegen unternommen?«

»Kelsei, das Schreckliche ist nur eine Facette des Ganzen. Leute tun schreckliche Dinge, um ein Ziel zu erreichen, das sogar gut sein könnte. Wen kümmert es, wie der Weg dahin aussieht?«

Die Worte klangen falsch. Sie erinnerte sich an ein menschliches Sprichwort, das sie von Ceria aufgeschnappt hatte. »Der Weg ist das Ziel, oder nicht?«

»Du bist eine gute Seele, aber glaub mir. In diesem Fall war das Ziel das Ziel.«

»Wovon sprichst du?«

»Ich mag dich, aber ich weihe dich nicht in Regierungsgeheimnisse ein.«

Nach dieser Zurückweisung dachte Kelsei darüber nach, weshalb sie hergekommen war. Und plötzlich fiel ihr auf, dass Famiren ihr sehr wohl geholfen hatte. Sie wusste nicht nur, wohin sie musste, um Ceria zu helfen. Sie wusste auch, wen sie dafür brauchte.

Zurück in Cruxia verfasste sie eine Nachricht. *Triff mich am Revier in Cruxia. Ich weiß, wo er ist.*

8

Tamiel

Die Freiheit brachte eine Mission mit sich.

Nach ihrer unerwarteten Flucht – sie konnte sich nicht erklären, wieso der Kommandant sie befreit hatte – trugen ihre Füße sie zu dem Haus, das für sie womöglich Antworten bereithielt. Lokur hatte ihr zwar im Palast nicht geantwortet, aber er musste etwas wissen. Von allen Leuten auf dieser Welt vereinigte er als Einziger zwei wichtige Fakten. Erstens: Er war der Letzte, der Kaetan gesehen hatte. Und zweitens: Er würde leicht brechen.

Ihr Magen zog sich bei dem Gedanken zusammen, doch sie zwang sich, ihn zu Ende zu denken. Kaetan brauchte Hilfe und ihr fiel keine bessere Lösung ein.

Der Zaun glänzte, als wäre er kürzlich gestrichen worden. Der Geruch von frischer Farbe hing in der Luft und trug zu ihrer Übelkeit bei. Sie umklammerte ihren Bogen so sehr, dass sie das Gefühl hatte, das Holz zusammenzupressen. Eine Gestalt mit einem bunten Haarschopf trat ans Fenster.

Sie konnte nicht sagen, ob er sie entdeckte, weil die Spiegelung den Blick auf sein Gesicht verhinderte. Als er sich nicht regte, hob sie die Hand und winkte, woraufhin er vom Fenster verschwand. Nach endlos langen Sekunden wurde die Haustür geöffnet.

Ihr Herz flatterte bis hoch in ihre Kehle.

Etwas an der Art, wie Lokur sie betrachtete, hatte sich verändert. Sie konnte erkennen, dass er sie nicht mehr fürchtete, aber die Emotion, die sie stattdessen sah, verwirrte sie so sehr, dass sie vermutete, sich verlesen zu haben.

»Du wurdest freigelassen?«, fragte er.

Keine Furcht. Keine Wut und kein Bedauern.

»Du willst ihm immer noch helfen, oder?«

Es war unwahrscheinlich, dass sie ein Gesicht falsch las, aber es war unmöglich, dass sie sowohl ein Gesicht als auch eine Stimme missverstand. Sie war so verblüfft, dass sich kein Filter über ihre Worte legte, als sie sprach.

»Hast du Mitleid mit mir?«

Selbst aus dieser Entfernung sah sie, wie sich seine Kiefermuskeln bewegten, als würden zwei Mächte gegeneinander um Kontrolle ringen. »Sag mir, warum du ihm helfen willst.«

Ihr Mund stand bereits offen, aber die richtigen Worte fehlten. »Weil sie kein Recht hatten, ihn zu verhaften«, antwortete sie schließlich.

Offenbar hatte eine der Mächte kurzfristig gesiegt, denn er kam ans Gartentor. Von außen mussten sie wie zwei Freunde wirken. Sie könnte den Arm ausstrecken, um ihn zu berühren.

»Er hat gemordet. Er hat Leute ohne Gerichtsverfahren bestraft, einfach nur aus einer Laune heraus. Er hat das Leben von Calita und Sklaven unnötig schwer gemacht und wollte die Rebellen abschlachten. Er *hat* sie abgeschlachtet.«

»Das war Coziel.« Sie wusste nicht, weshalb sie alles erklären musste. War sie die Einzige, die nicht von der Vergangenheit geblendet war? »Du kennst Kaetan doch. Du hast ihn nur als Kaetan gekannt. Er hat sich geändert.«

»Tut mir leid, Tamiel. Ich glaube zwar, dass Leute sich ändern können, aber nicht Kaetan.«

Sie legte den Kopf schief.

»Merkst du nicht, wie er immer mit seinen Messern spielt? Wie misstrauisch er ist? Er hat in seiner Kindheit einiges durchgemacht.

Der König war nicht gerade Vater des Jahres und seine Mutter hat Suizid begangen. Das sind Erlebnisse, die einen prägen. Die kann man nicht ändern.«

Erst als sie blinzelte, merkte sie, dass Tränen in ihre Augen geschossen waren. Lokur hatte sich umgedreht und befand sich auf dem Weg zurück zum Haus.

Es ging schnell. Der Bogen schmiegte sich an ihren Körper, ein Pfeil wanderte in Position. Zitternd zog sie die Sehne zurück, versuchte durch den Tränenschleier ihr Ziel zu erkennen.

»Sag mir, wo er ist.«

Lokur blickte hinter sich. »Ich bin es gewohnt, dass Leute ihre Waffen auf mich richten.«

Eine Träne kitzelte sie an der Nase. »Sag mir. Wo er ist.«

Er breitete die Arme aus. »Schieß, Seelenfresserin. Er wäre stolz auf dich.«

Ihre Arme waren starr gefroren. Das war nicht der Lokur, den sie kannte. Sie sah zu, wie er rückwärts die Stufen hochging und im Haus verschwand. Erst als die Haustür schon lange ins Schloss gefallen war, ließ sie den Bogen sinken. Ein ersticktes Schluchzen presste sich durch ihre Kehle. Ihr Herz schmerzte. Sie bekam keine Luft. Ihre Kraft verließ sie, sodass ihre Beine nachgaben. Den Seelenpfeil an sich gepresst, fiel sie zu Boden.

»Wo ist er?«, wisperte sie.

Eine Hand legte sich auf ihre Schulter. Sie wusste, wem sie gehörte, denn nur eine Person auf der ganzen Welt konnte sich so unbemerkt an sie heranschleichen.

»Spar dir deine Tränen für eine Beerdigung«, sagte die Prinzessin. »Wir haben Arbeit zu erledigen.«

9

Tamiel

Prinzessin Iuvanis schwieg, während sie Tam zu den Ruinen am Stadtrand führte. Gezielten Schrittes ging sie voran und blickte nicht einmal zurück. Sie schien ganz genau zu wissen, dass Tam ihr folgte.

Eine außergewöhnliche Aura umgab Iuvanis. So, als würde sie nicht vollständig zur Materie gehören. Die meiste Zeit über war sie wie jedes andere Wesen greifbar und undurchsichtig, aber manchmal machte ihr Körper Ausnahmen. Wenn zum Beispiel das Licht in einem bestimmten Winkel fiel, verschwamm sie zu einem Schatten. Bewegte sie sich zu schnell, hinkten ihre Umrisse ihren Bewegungen nach.

Was war in der Zeit seit dem Königssturz mit ihr geschehen?

Auf eine der Ruinen hielt die Prinzessin zu. Glassplitter ruhten zwischen Steinen, Metallstreben und verstaubten Vasen. Etwas knirschte, malmte, brach bei jedem Schritt. Während Tam sich einen Weg durch die Trümmer bahnte, fiel ihr Blick auf bunte Farbkleckse zwischen den Steinen. Sie schob ein wenig Geröll beiseite und entdeckte dort grüne, blaue und schwarze Edelsteinsplitter. Die Ruinen erzählten die Geschichte einer ganzen Ära, wenn man ihnen nur genau lauschte.

Tam dachte an den Schrotthändler zurück, bei dem sie die Natriumkabel für die Bombe gekauft hatte. Er durchstreifte die Ruinen, die sonst niemand betreten wollte. Wie viele Schätze der

Menschheit lagen hier wohl begraben?

Unter einem gut erhaltenen Torbogen blieb Iuvanis stehen. Tam musste dicht an ihr vorbei, um ihn zu passieren. Ein Schauer lief ihr über den Rücken, was nicht an dem abgeschiedenen Ort lag.

Der Raum dahinter hatte noch seine Grundmauern. Auch die Überreste eines Kamins waren vorhanden. Die frischen Rußspuren wiesen darauf hin, dass er kürzlich benutzt worden war. Die Zimmerdecke fehlte, dafür war der Boden bedeckt mit Steinbrocken. In einer Ecke waren sie zur Seite geräumt worden, sodass sie einen Fleck toter Erde offenbarten. Eine ausgeleierte Wolldecke lag zusammengefaltet über einem Stein.

Wohnte hier die Prinzessin?

Unschlüssig blieb Tam am Eingang stehen, während Iuvanis an ihr vorbeiging. Sie kniete sich vor den Kamin und berührte einen Steinklumpen. Er unterschied sich von den restlichen Trümmern. Seine Konturen waren glatt und verformt, als hätte man versucht, ihn unter großer Hitze zu schmelzen. Rechts und links davon waren weitere solcher seltsamen Trümmer: eine rußgeschwärzte Steinplatte und graue Brösel.

»Feuer, Säure, Gewalt.«

Tam begriff erst, wovon sie sprach, die Prinzessin auf die drei verfremdeten Trümmer deutete. »Alles gescheiterte Versuche, das Buch zu zerstören. Ich dachte, dass es empfindlich wäre, aber ich könnte es in einen Waldbrand werfen und es würde überleben.«

Sie hob den Blick. Wieder erschauerte Tam, als sich ihre pechschwarzen Augen in ihre bohrten. Am liebsten hätte sie weggesehen.

»Du weißt, wie man *Akasha* zerstört.« Aus ihrem Mund klang alles, sogar eine Frage, wie ein Befehl.

Jeder Moment in ihrer Gegenwart fühlte sich bedrohlich an. Tam hatte eine Person nie so schlecht einschätzen können. Zuerst hatte sie ihr einen waghalsigen Auftrag gegeben. Dann hatte sie ihr – ausgerechnet ihr – ihre Identität offenbart. Und jetzt das.

Tam wagte es, eine Frage zu stellen, auch wenn sich jede Faser ihres Körpers dagegen wehrte. »Warum wollt Ihr es zerstören?«

»Weil es gefährlich ist.«

Gefährlich. Was konnte für die Prinzessin eine Bedrohung darstellen?

Iuvanis bot ihr einen kleinen, rechteckigen Gegenstand an. Tam konnte nicht sagen, woher das Buch gekommen war; es war plötzlich in ihren Händen gelegen.

»Sieh, was du damit machen kannst. Das Blaue ist Äther, falls du es nicht erkannt hast. Vielleicht kannst du es öffnen.«

Die Prinzessin behandelte sie, als wären ihre Anwesenheit und ihre Dienste eine Selbstverständlichkeit. Tam traute sich nicht zu protestieren.

Außerdem war ihr Interesse geweckt, das konnte sie nicht leugnen. Äther ... Als sie einen Finger auf die Muster legte, hörte er auf zu fließen. Ihre Haut kribbelte ein wenig.

In der geistigen Welt war der Äther wie das Wasser im Meer. Man kam nicht auf den Gedanken, dass man es beeinflussen könnte, bis man es mit an Land nahm. Da war zwar der heilige Äther im Palast, aber er war nicht umsonst heilig: Er galt als der Einzige seiner Art.

Seit wann war so etwas möglich? Äther in ein Buch einbinden, Äther mit Stahl verweben. Gab es weitere solcher Experimente?

Tam war so in die Betrachtung vertieft, dass sie ihre Befangenheit vergaß. »Warum könnt Ihr es nicht öffnen?«

Als sie aufblickte, sah sie kurz so etwas wie gespanntes Erwarten auf Iuvanis' Zügen – einen Herzschlag später war ihre Miene so kalt und beherrscht wie zuvor. »Die Seele von Kaito Merritt ist damit verbunden. Deswegen konnte nur er es öffnen.«

Sie nickte in Richtung eines Steinquaders in der Ecke, den Tam erst jetzt bemerkte. Ein Glas stand darauf, in seinem Inneren die funkelnde Seele des Abgeordneten.

»Ich scheine die falsche Calita für diese Arbeit zu sein. Ich kann die Seele nicht berühren. Als ich es versucht habe, wäre sie mir fast entwischt.«

Tam erinnerte sich an etwas, das ihr Vater erzählt hatte. Manche Caeli verbanden Gegenständen mit Seelen, um sie zu schützen. Solche Seelenbänder kamen nicht oft vor, doch Prun hatte alles über sie gewusst. Auf allen Gebieten, die mit der Arbeit von Caeli zu tun hatten, war er Experte gewesen.

Sollte sie das Seelenband für die Prinzessin brechen? Dass *Akasha* gefährlich war, konnte alles Mögliche bedeuten. Unwahrscheinlich, dass sich die Ziele der Prinzessin mit ihren eigenen deckten.

Doch sie konnte diese Gelegenheit nicht verstreichen lassen. Allein wegen dieses Seelenbands fühlte sie sich ihrem Vater näher. Jetzt konnte sie sich nicht abwenden.

Tam legte das Buch behutsam ab. Den stechenden Blick der Prinzessin nahm sie nur am Rande wahr. Ihr ganzer Fokus lag auf der bevorstehenden Aufgabe. Vor Aufregung zitterten ihre Finger, als sie das Seelenglas aufschraubte. Iuvanis setzte an, etwas zu sagen, als der Wirbel aus Weiß und Grün nach oben stieg, aber Tam war schon in die geistige Welt gestiegen und hatte die Seele mit beiden Händen umschlossen. Ein Tentakel kroch aus ihrer Fingerspalte.

Seelenbänder waren in ihrer Funktion einfach. Eine Berührung reichte aus, um sie zu aktivieren.

Vorsichtig beugte sich Tam zu dem Buch. Sie hielt die Luft an, als das Tentakel über den Einband strich. Dort, wo es die Muster berührte, erglühte der Äther.

Es tat gut, die Geschichten ihres Vaters verwirklicht zu sehen. Dadurch kam es ihr so vor, als wäre er immer noch bei ihr.

Mit einem leisen Dank ließ sie die Seele frei. Sie schwebte empor und verblasste, bis sie nicht mehr zu sehen war. Irgendwo existierte sie noch, in einer Welt, zu der selbst Tam keinen Zutritt hatte. Wo sie geschützt war vor Seelensammlern und Prinzessinnen, die sich nur für ihren Nutzen interessierten.

Zurück in der physischen Welt merkte sie, dass Iuvanis die Seele bereits vergessen hatte. Ihre Finger krallten sich in das aufgeschlagene Buch, als befürchtete sie, es würde seine Tore jeden Moment wieder schließen. Ihre Augen waren konzentriert zusammengekniffen, während sie eine Seite nach der anderen umblätterte.

Tam dachte, Iuvanis hätte alles um sich herum vergessen. Doch dann winkte die Prinzessin sie zu sich, den Blick weiterhin auf die Seiten geheftet. Unsicher trat Tam zu ihr. Sie hielt genug Abstand, um den Inhalt zu sehen, aber ohne sie zufällig zu berühren.

Die Seiten von *Akasha* waren mit roter Tinte beschrieben. Die Handschriften wechselten so oft, dass Tam den Überblick verlor. Als Iuvanis auf einer Seite länger innehielt, fiel Tam etwas auf. Sie blinzelte, aber es war keine Täuschung: Die Wörter schrieben sich von selbst. Die Tinte erschien auf dem Papier ohne irgendjemandes Zutun.

Tam musste ein verblüfftes Geräusch gemacht haben, denn Iuvanis warf ihr einen verärgerten Blick zu. Sofort zuckte sie zurück. Es überraschte sie, als Iuvanis, den Blick wieder abgewendet, eine Erklärung murmelte.

»Hier siehst du die Berichte derjenigen, die vom Caelirat in die geistige Welt geschickt worden sind.«

Der Satz ergab in ihren Ohren keinen Sinn. Sie räusperte sich, um sich Mut zu machen. »Ich dachte immer, nur Caeli können in die geistige Welt.«

»Mit diesem Buch nicht mehr. Sie schicken Calita aller Art dorthin. Sogar Menschen.«

Menschen und Calita ... Die Logik wollte sich ihr nicht erschließen. Es gab einen Grund, weshalb nur Caeli die geistige Welt betraten. Die anderen Wesen waren dafür nicht geschaffen.

Sie wagte es nicht, Iuvanis ein weiteres Mal zu stören. Aber je länger die Stille anhielt, desto energischer drängten sich ihr die Fragen auf.

Sie hielt es nicht mehr aus. »Wie können sie dort überleben?«

Iuvanis runzelte die Stirn. »Indem sie ihren Körper in dieser Welt zurücklassen.«

Mit einem Seufzen drückte sie Tam das Buch in die Hand, die es beinahe fallengelassen hätte, so überrumpelt war sie. Dann wurde sie jedoch von den Buchstaben abgelenkt.

Die meisten Seiten waren beschrieben. Dazwischen tauchten weiße Flächen auf, die auf Tinte warteten. Beim Überfliegen der Zeilen realisierte sie, dass sich ein Wort wiederholte: *Magiemangel.*

Iuvanis ließ ihr Zeit, um sich einen Überblick zu verschaffen. »Verstehst du es jetzt? *Akasha* ist gefährlich, weil es dem Caelirat Informationen liefert, wie man die Calita zurück in die Sphären schicken kann.«

Wie elektrisiert schnellte Tams Aufmerksamkeit zu ihr. »Warum sollten sie das tun?«

Iuvanis setzte ein spitzes Lächeln auf, das sie keinen Deut sympathischer machte. »Warum wohl?«

Ihr fiel ein, wonach die Aufständler von damals gestrebt hatten: nach Freiheit. Einen kleinen Erfolg hatten sie mit der Errichtung von Cruxia erreicht.

»Sie wollen die Epoche der Menschen zurück.«

Iuvanis nickte. »Und nachdem alle Verhandlungen nichts ergaben, sehen sie nur noch einen Weg: uns loszuwerden.« Ihr Kiefer verhärtete sich. Kurz verriet ihre Stimme etwas von ihrem Innenleben: Kalte Wut brodelte in ihr. »Aber das lasse ich nicht zu. Wir sind zwar als Flüchtlinge hergekommen, aber die Erde ist zu unserer Heimat geworden. Wir haben genauso viel Recht, hier zu leben, wie die Menschen.«

Tam wusste nicht, ob das stimmte, aber sie würde sich nicht darüber streiten. Es war ein Punkt, der zwischen ihren Eltern manchmal zu Diskussionen geführt hatte. Am Abend, wenn ihr Vater ein Glas Wein zu viel getrunken hatte. Wenn ihre Mutter wütend auf ihn gewesen war, weil er sich zu lange auf Geschäftsreisen befunden hatte. Wem gehörte die Erde, den Menschen oder den Calita? Denen, die zuerst hier gewesen waren, oder denen, die sich besser um sie kümmerten?

»Deswegen musst du mir helfen, das Buch zu zerstören.«

Der fordernde Ton war nicht neu. Dennoch wurde Tam stutzig. Wie die Prinzessin auf ihre Hilfe beharrte ... Es konnte kein Zufall sein, dass sie die Jägerin ihres Bruders aufgelesen hatte. Was steckte dahinter?

Sie hatte ihren Mut gesammelt, um Iuvanis über das Buch auszufragen. Dabei hätte sie sich auf etwas viel Wichtigeres konzentrieren sollen.

»Was wollt Ihr, Prinzessin?«

»Du meinst, ob ich die Krone will?« Eine Pause. »Eines Tages vielleicht. Aber merkst du, wie sehr alle König Letan lieben? Wer wäre ich, um meinem Volk so einen Herrscher zu nehmen? Ich wäre nichts als ein weiterer Tyrann.«

Die Antwort erwischte sie kalt, sodass sie den Blick senkte. Dabei blieb sie an einem Wort im Buch hängen: *Jägerin*. Es war keines, das speziell auf sie zutraf. Dennoch klopfte ihr Herz schneller.

Mehr finde ich nicht. Keine Erinnerung hat sie gesehen, meine Jägerin. Wenn doch, ist sie so klein, dass ich sie nicht fassen kann.

Kaetan. Das waren seine Gedanken. Ihr Finger überflog die Zeilen, bis sie am oberen Absatz angekommen waren.

Es gibt hier so viel Wissen. Ich habe endlich gelernt, den Stimmen zu lauschen und was sie mir erzählen. Zuerst habe ich sie nicht verstanden, weil ich nicht wusste, was sie sind. Aber dann haben sie mir ihren Namen verraten. Sie heißen Akasha und sind die Erinnerungen von Verstorbenen. Sie wissen so viel, alles, was jemals im Universum geschehen ist. Es ist schwer zu begreifen. Wo soll ich anfangen? Ich höre meine eigene Geschichte, aber die will ich nicht hören. Die Erinnerungen daran überrennen mich fast, es sind so viele. Und sie sind so laut. Ich versuche zu entkommen und höre eine Harfe. Mehr finde ich nicht.

Jegliche Wärme entfloh ihrem Körper. Mit bleichem Gesicht drehte sie sich um. »Warum ist er da drinnen?«

Iuvanis wusste, von wem sie sprach. Sie wusste mehr, als sie zugab. »In meiner Familie ist es Brauch, den Neugeborenen einen Tropfen Blut zu nehmen. Ich habe dem Buch ein wenig von Coziels Blut hinzugefügt, um zu sehen, was passiert.«

»Wenn wir das Buch zerstören ...« Tam konnte den Satz nicht laut beenden. Würde damit auch Kaetans Verbindung zu dieser Welt getrennt werden? Könnte er womöglich nie wieder zurückkehren?

»Tamiel, warum bist du so um sein Wohlergehen besorgt? Du weißt, wer er ist.«

»Ihr seid seine Schwester.«

»Das hat nichts mit mir zu tun. Du kennst die grausame Vergangenheit meines Bruders und unterstützt trotzdem seine Gier nach der Krone.« Iuvanis musterte sie, ein amüsierter Zug um ihre Lippen. »In einem Punkt stimme ich Letan zu: Du musst wirklich deine Loyalitäten überdenken.«

Tam bekam eine Gänsehaut. Woher wusste sie von dem Gespräch mit dem König?

Iuvanis hob die Stimme, als würde sie erst jetzt zum wahren Zweck dieses Treffens kommen. »Ich dachte, du bist so wortkarg, weil du stur bist. Aber jetzt sehe ich, dass du einfach nur langsam bist. Ja, du wurdest durch mich gefangen genommen. Und ja, du wurdest auch durch mich befreit. Das habe ich nicht getan, weil ich dir etwas Böses will, sondern damit du endlich die Wahrheit über deine Familie erfährst.«

Tam wusste nicht, was sie sagen sollte. »Ihr ... steckt mit dem König unter einer Decke?«

Iuvanis winkte ab. »Auf keinen Fall. Er ist furchtbar machthungrig.«

»Ihr sagtet gerade, dass er ein guter König ist.«

»Falsch. Ich sagte, dass er geliebt wird. Das hält ihn nicht davon ab, Macht zu wollen. Also, Tamiel. Warum hast du Letans Angebot abgelehnt?«

Sie schwieg.

»Wie konnte ich auch eine Antwort erwarten. Allerdings muss ich zugeben ... Ich hatte gehofft, dass du Letan sitzen lässt. Eine Zusammenarbeit mit mir ist lohnender. Jetzt, wo du weißt, wer dein Vater war, kannst du dich auf meine Seite stellen. Denn ich versichere dir, ich möchte Coziel ebenso wenig auf dem Thron sehen, wie er es wollte.«

Fast wäre sie zusammengezuckt, konnte es jedoch im letzten Moment verhindern. Das war ein wertvolles Geständnis für Kaetan. Er war sich nie sicher gewesen, ob Iuvanis wirklich hinter ihm stand.

Ihr Stocken überspielte sie mit einem Hüsteln. »Letan will das auch nicht.«

»Letan.« Iuvanis spuckte den Namen aus. »König Letan ist eine falsche Schlange.«

Wie sie seinen Titel in den Mund nahm. Wie eine bitter-saure Frucht. »Tamiel.« Iuvanis versuchte ein Lächeln, aber es gelang ihr nicht. Ihre Kälte überschattete alles. »Weißt du, wer deinen Vater in Wahrheit umgebracht hat?«

Ein Feuer, wollte Tam sagen. Sie brachte es nicht über die Lippen.

»Du hast den Totenschein gelesen, oder? Darin steht, dass ein Soldat ihn mit dem Ätherstahl gebunden hat. Weil er nicht in die geistige Welt fliehen konnte, ist er im Feuer gestorben.«

Tam nickte langsam. Sie hatte das Gefühl, dass Iuvanis mindestens genauso viele Trümpfe besaß wie Letan. Und gleich würde einer aufgedeckt werden.

»Aber es war kein Soldat. Der Totenschein ist von einer Caeli gefälscht worden. Famiren ... Sie wollte nicht, dass ich gekrönt werde. Deswegen hat sie Letan seinen Mord durchgehen lassen.«

Tam verstand kein Wort. Iuvanis wurde ungeduldig.

»Es war keiner von Coziels Leuten. Kein Soldat, sondern ein Verbündeter. Es war Letan, der deinen Vater dem Feuer ausgesetzt hat. Er wollte ihn aus dem Weg räumen. Prun war der Einzige, der Letan für einen unfähigen Kandidaten für das Königsamt hielt. Und Prun wurde respektiert. Auf ihn haben alle gehört.«

Dieses neue Bild von ihrem Vater ... Sie konnte immer noch nicht glauben, dass er ein politischer Anführer gewesen war. Und dass er umgebracht worden war – von einem König, den sie einmal wegen seiner Feinde bedauert hatte.

Iuvanis musterte sie abschätzig. Womöglich bezweifelte sie, dass Tam für mehr Enthüllungen bereit war.

Tam bemühte sich um Fassung.

»Als Prun tot war, konnte Letan einfach nach der Krone greifen, ohne von irgendjemandem aufgehalten zu werden, weil die Alternative *ich* gewesen wäre. Und da war ihnen ein Mensch lieber.«

Ein Mensch. Letan war ein Mensch?

Iuvanis zog eine Grimasse. Der Königssturz war dreißig Jahre her, aber sie ließ es so wirken, als wäre es gestern geschehen.

»Ohne Letans Hinterhalt wäre ich Königin geworden.«

Durch ihn wurde ich am Ende sogar befördert. Das hatte Letan gesagt. Er war tatsächlich ehrlich geblieben, auch wenn er nicht die ganze Wahrheit gestanden hatte.

Je weniger Geheimnisse sich Tam wünschte, desto mehr schien sie diese anzulocken.

»Wenn Letan ein Mensch ist ...«, setzte sie an.

Dann wäre seine Herrschaft ungültig. Calita akzeptierten keinen Menschen auf dem Thron. Wenn Letan ein Mensch war, könnte Kaetan seinen Königssturz mit einem respektablen Grund durchführen. Einem Grund, der nicht nur für ihn, sondern auch für die Allgemeinheit gelten würde.

»Glaubst du mir nicht? Ist dir nicht aufgefallen, wie merkwürdig seine Haut flackert, wenn er für längere Zeit auf Reisen war? Das liegt daran, dass die Illusionen nachlassen. Er hat einen Phasnes im Palast, einen Liebhaber. Er versteckt nicht nur sein menschliches Alter, sondern auch die Verbrennungen, die Letan vom Feuer davongetragen hat.«

Ein bitterer Geschmack breitete sich auf ihrer Zunge aus. Iuvanis hatte recht.

»Prun hätte gewollt, dass du mir hilfst. Soll Letan auf dem Thron dahinsiechen. Lange hat er nicht mehr zu leben. Aber *Akasha* könnte uns alle in den Untergang reißen. Zerstör mit mir dieses Buch!«

Tams Nackenhaare stellten sich auf. Das konnte unmöglich alles sein. Die Prinzessin weihte sie nicht in sämtliche Geheimnisse ein, nur damit sie ein Seelenband brach.

»Und danach?«, fragte sie.

»Danach …« Iuvanis legte den Kopf schräg. Was auch immer sie in Tams Gesicht erkannte, brachte sie dazu, die Frage zu beantworten. »Ich habe viel vor. Fürs Erste könnten wir festlegen, dass du meine Jägerin wirst.«

Tam fühlte sich ähnlich gegen den Kopf geschlagen wie bei ihrer Festnahme. »Ich soll ihn verraten.«

Iuvanis schnaubte. »Es ist nicht so, als hätte er dich nicht auch schon verraten. Oder als bräuchte er dich gerade.«

Tam senkte den Blick. Dort, wo Iuvanis' Umhang die Steine berührte, herrschte unnatürliche Schwärze. Als würden die Schatten selbst im Licht an ihr zerren.

Die Prinzessin war eine Remex. Womöglich hatte sie sich in den letzten drei Jahrzehnten in der Schattenwelt versteckt – und war selbst zu einem Schatten geworden. War sie überhaupt noch eine richtige Calita? Oder hatten die Schatten einen Teil von ihr genommen, der unwiederbringlich verloren war?

Tam schauderte. Je mehr sie über sie erfuhr, desto furchteinflößender wurde sie.

Würde sie Königin werden, wäre sie der Inbegriff einer Schattenkönigin.

Die Erkenntnis erdete Tam. Sie erkannte sich als die Jägerin, die sich von keinem Auftraggeber etwas vorschreiben ließ. Niemand konnte ihr etwas tun. Sie war unantastbar – warum hatte sie Angst?

Sie schüttelte den Kopf. »Ich glaube nicht, dass ich dir helfen kann.«

Bevor Iuvanis mehr tun konnte, als sie überrascht anzustarren, stieg Tam in die geistige Welt und flüchtete aus den Ruinen.

Sie wünschte, sie könnte ihr Leben pausieren. Sie brauchte Zeit zum Nachdenken. Sie konnte Kaetan nicht verraten. Er vertraute ihr. Ihr Vater hatte vielleicht gegen ihn gekämpft, aber sie war nicht ihr Vater. Sie hatte nicht einmal von Pruns geheimer Identität gewusst. Sie war es, die sich verraten fühlte.

Sie musste hier weg. In Soeldam würde Iuvanis sie finden.

Als wollte das Universum ihre Entscheidung bekräftigen, wartete in der Straße vor ihrer Wohnung ein Kellner aus dem Crin. Sie erkannte ihn von den vielen Malen, die sie dort Harfe gespielt hatte. Er wirkte ungefährlich und sie war neugierig. Deshalb machte sie sich sichtbar.

Als er sie entdeckte, blitzte Erkennen in seinen Augen auf. Sie wechselten keine Worte; er überreichte ihr ein Telegramm und nickte zum Abschied.

Sofort musste sie an Lamita denken – sie hatte ihr verboten, weitere Briefe zu schreiben. Doch die Worte trugen nicht die Stimme ihrer Schwester. Sie brauchte keine Signatur, um zu wissen, dass die Nachricht von Kelsei war.

Triff mich am Revier in Cruxia. Ich weiß, wo er ist.

10

Kelsei

Kelseis Instinkt hatte richtig gelegen: Kein Kerker dieser Welt konnte die Seelenfresserin lange festhalten. Seit ihrer Nachricht hielt sich Kelsei in der Nähe des Reviers auf, allerdings nie mit demselben Aussehen, um keinen Verdacht zu erregen. Jeden Morgen berührte sie beiläufig einen Passanten und nahm dessen Gestalt an. Erst am Abend streifte sie die Verkleidung wieder ab.

Eines Mittags war es so weit: Jemand tippte ihr von hinten auf die Schulter. Vor Schreck hätte Kelsei beinahe ihren Tee verschüttet.

»Bei den sieben Sphären«, herrschte sie das lautlose Mädchen an, das selbst zu dieser Tageszeit mit der Umgebung verschmolz.

»Wo ist er?«, fragte Tamiel. Offenbar waren ihr Begrüßungen immer noch fremd.

Kelsei zögerte einen Moment zu lang.

Tamiels Augen verengten sich. »Du weißt es doch?«

Lügen. Jetzt musste sie beweisen, dass sie darin mindestens genauso gut war wie Nyina. Denn natürlich hatte sie keine Ahnung, wo Kaetan war. Und sie hatte nicht vor, es herauszufinden.

»Ich habe eine Ahnung, wo er sich befindet, aber ich weiß mit absoluter Sicherheit, dass es da drin eine Antwort gibt.«

Tamiel folgte ihrem Nicken. »Im Revier?«

»Im Keller liegt ein geheimes Aktengewölbe. Darin herrschen ideale Bedingungen, um Papier lange zu erhalten, und ein paar der besten Schutzvorrichtungen. Nicht so gut wie die von Merritt, aber immerhin …«

Davon hatte Nyina ihr einmal erzählt. Selbst war ihre Tante nie dort gewesen, aber sie hatte Kontakte. Deshalb wusste Kelsei, dass dort außer den Polizisten auch der Stadtrat Dokumente lagerte.

Famiren hatte von Regierungsgeheimnissen gesprochen, von langen Forschungsarbeiten. Kelsei war überzeugt davon, dass in diesem Gewölbe eine Akte zu *Akasha* liegen musste. Darin standen sicherlich die Namen der involvierten Forscher. Wenn sie die hatte, wäre es ein Leichtes, die Informationen zu beschaffen, die Ceria zurückbringen würden.

»Über Kaetans Verhaftung muss ein Bericht vorliegen«, fuhr sie ohne ein schlechtes Gewissen fort, als Tamiels Brauen hoffnungsvoll nach oben fuhren. »Allein hätte ich keine Chance, aber zusammen können wir ihn stehlen.«

Und danach brauche ich dich, damit du Ceria aus der geistigen Welt zurückholst, fügte sie im Stillen hinzu.

Bevor sie ihren genauen Plan erläutern konnte, erstarrte Tamiel. Kelsei folgte ihrem Blick, entdeckte jedoch nichts Auffälliges. Ein paar Passanten befanden sich auf der Straße, eine Frau hielt die Tür des Reviers für ein junges Mädchen auf.

Kelsei winkte in einer übertriebenen Geste vor Tamiels Gesicht. »Hat dich jemand schockgefrostet?«

Zur Abwechslung gab Tamiel freiwillig Worte von sich, wenn auch sehr leise. »Da ist meine Schwester.«

Wieder folgte Kelsei ihrem Blick und blieb an dem Mädchen hängen, das inzwischen mit der Frau die Straße hinablief.

»Ich habe sie zweiunddreißig Jahre lang nicht gesehen«, flüsterte sie. Im ersten Moment wusste Kelsei nicht, ob sie richtig verstanden hatte.

»Zweiunddreißig Jahre?«

Ein knappes Nicken.

»Puh.« Kelsei blickte dem Mädchen hinterher. Aus der Entfernung waren nur ihre zarte Statur und ihre Haare zu erkennen, die ebenso braun waren wie Tamiels. »Da brauchst du einen richtigen Eisbrecher.«

Tamiel schüttelte den Kopf. »Ich will nicht, dass sie mich sieht.«

Kelsei atmete tief ein. Blickte zum Revier. Dann zurück zu Tamiels Schwester. Sie seufzte. »Ich bin moralisch verruchter als du, und meine Familie liebt mich trotzdem. Sie wird dir schon nicht den Kopf abreißen.«

»Deine einzige Verwandte ist eine Giftmischerin.«

»Ich meinte Ceria.« Als Tamiel immer noch zögerte, verfluchte sich Kelsei für ihr weiches Herz. Wenn es um Familie ging, konnte sie sich nicht abwenden. Nicht wenn sie so viel Pech mit ihrer eigenen hatte. »Na komm. Niemand hat eine reine Weste. Sie sicherlich auch nicht.«

Das zeigte Wirkung. Widerstrebend setzte sich Tamiel in Bewegung. Kelsei folgte ihr nach einem sehnsüchtigen Blick zurück auf die Glasfront des Reviers.

Allerdings war Tamiel noch nicht bereit, mit ihrer Schwester zu reden. Etliche Minuten folgten sie dem Paar diskret. Der Weg führte sie weg vom Stadtzentrum in ein ruhiges Viertel.

»König Letan hat Lamita rekrutiert«, erzählte Tamiel, nachdem sie eine Weile schweigend gelaufen waren. Kelsei hatte sich die Langeweile vertrieben, indem sie an ihrem Teebecher genippt hatte. »Er hat mich verhaften lassen, weil er mich dabeihaben wollte.«

»Wo dabei?«

Tamiel reagierte nicht. Antworten waren zwar allgemein untypisch für sie, aber diesmal lag es auch an ihrer Anspannung.

Kelsei stieß sie spielerisch an. »Ich bin mir sicher, dass er dich auch ein klein wenig wegen deiner Morde verhaftet hat.«

Ihr Humor schlug fehl.

»Ich morde nicht.«

Kelsei hielt sich davon ab, die Augen zu verdrehen. Wie lange konnte sich die Seelenfresserin noch etwas vormachen?

Nach der nächsten Biegung kam ein großes, aus weißen Platten bestehendes Gebäude in Sicht. Viele Fenster blitzten auf mehreren Etagen im Sonnenlicht, doch der Blick hinein wurde durch Jalousien verhindert. Eine Drehtür stellte den Eingang dar, welchen Lamita und ihre Begleiterin anvisierten.

Kelsei hielt eine Passantin auf, die im Vorbeigehen grüßend genickt hatte. »Was ist das für ein Gebäude?«

Die Calita – ihre Augen waren nodifaexgrau – wirkte überrascht. »Die renovierte Lagerhalle? Das wüsste ich auch gern. Jeden Tag gehen dieselben Leute ein und aus, aber niemand weiß, was sie dort treiben.«

Kelsei wollte sich schon für die spärliche Information bedanken, als die Frau bemerkte, wie Tamiel ihre Schwester fixierte.

»Das ist Sinkha und ihr Schützling. Wenn man den Gerüchten glauben darf, haben sie da drin das Sagen.«

»Danke«, murmelte Tamiel. Kelsei hatte nicht damit gerechnet, dass sie überhaupt zuhörte.

»Soll ich mitgehen?«, fragte Kelsei, nachdem die Passantin außer Hörweite war.

Ein Kopfschütteln. Dann, als würde sie ihrem Begräbnis entgegengehen, setzte Tamiel einen Schritt nach vorn.

11

Tamiel

Weit kam sie nicht. Ein paar Meter, ehe Lamita einen zufälligen Blick zurück warf – und stockte.

Auch Tam verharrte. Sie war außer Stande, den Blickkontakt zu unterbrechen. Als wäre sie in einem Bann gefangen.

Wie sehr Lamita gewachsen war ... Sie überragte Tam nicht wesentlich, aber das kleine Stück bedeutete in diesem Moment die Welt. Als sie zusätzlich die Arme verschränkte, verstärkte das ihre dominante Ausstrahlung.

Die Sekunden zogen sich ins Unendliche. Nichts anderes war von Bedeutung – nicht Kelsei, die hinter ihr mit den Fingernägeln gegen ihren Teebecher klickte; nicht die unbekannte Frau, die an der Drehtür angehalten hatte.

Nur Lamita.

»Wen haben wir denn da?«

Die Stimme riss Tam aus ihrer Trance. Es war die Begleiterin, Sinkha, die gesprochen hatte. Ihre braunen Haare waren zu einem müden Zopf im Nacken gebunden und selbst auf die Entfernung waren ihre Augenringe deutlich zu erkennen.

Lamita tauschte leise Worte mit ihr aus. Daraufhin erwärmte sich Sinkhas Miene um einige Grad. Sie schenkte Tam sogar ein Lächeln.

»Hallo, Tamiel. Es freut mich, dich endlich kennenzulernen. Ich bin Sinkha.«

Diese einfache Begrüßung brach den Bann endgültig. Tam fiel auf, wie seltsam die letzten Augenblicke auf Außenstehende gewirkt hatten. Sie waren sich zehn Meter entfernt gegenübergestanden und hatten die Distanz mit Schweigen und Starren gefüllt.

Fragend wanderte Sinkhas Aufmerksamkeit ein Stück weiter, aber Tam verzichtete darauf, Kelsei vorzustellen. Sie spielte in diesem Stück keine Hauptrolle.

So aber trat eine unangenehme Stille ein. Tam fehlten die richtigen Worte.

Sinkha lächelte immer noch. »Ich gehe schon mal rein. Lamita, wenn du magst, hast du heute frei und kannst deiner Schwester die Stadt zeigen.« Sie beugte sich zu der schweigenden Lamita und drückte einen Kuss auf ihren Scheitel. Nachdem die Drehtür sie verschluckt hatte, fühlten sich die zehn Meter noch größer an. Es könnte eine ganze Welt auf dieser Strecke liegen. Ein ganzes Universum.

Sie zwang ihre Füße zum Gehen. Ein Schritt. Noch einer. Es war, als befände sie sich auf einem Schlachtfeld und wäre die einzige Person, die eine riskante Sicherheit auf neutralem Boden genoss. Dann kam die Linie, die das Feindesgebiet kennzeichnete.

Lamita lief ihr nicht entgegen.

Tam verließ den neutralen Boden.

Ihr Übertreten der Linie löste etwas in Lamita aus. Sie hastete zu ihr, und das so unkontrolliert, dass Tam befürchtete, sie würden kollidieren. Im letzten Moment fing sich Lamita ab. Sie war so nah, dass Tam ihre Wut wie Hitze spürte. Ihre zitternden Fäuste hatte sie an die Seiten gepresst. Sie fixierte Tam mit einem Blick, der bei wärmeren Temperaturen Feuer gefangen hätte.

»Also?« Das Wort war wie Gift.

Tam wich zurück. Dabei nahm ihr Gehirn in unbestimmter Reihenfolge mehrere Details an Lamita wahr, als würde es sie mit willkürlichen Informationen füttern in der Hoffnung, dass eine davon Tam helfen könnte: Auf Lamitas Kragen waren blaue und goldene Sonnen gestickt. Ihr Haaransatz war dunkler geworden, als hätte er kürzlich mehr Finsternis als Licht erblickt. Ihre Augen waren schattenhaft umrandet, sodass ihre blauen Iriden wie Geistererscheinungen wirkten. Keine Schminke, sondern Schlafmangel. Sie hielt die Augen weit geöffnet, als würden sie ihr sonst zufallen. Und ihre Lippen sahen so trocken aus, dass Tam sofort an Kaetan dachte, aber natürlich wusste sie nicht, ob ihre Schwester an Schlafstörungen litt.

Sie wusste überhaupt nichts über Lamita.

»Du bist hier. Also?«, wiederholte ihre kleine Schwester.

Jegliche Erklärungen verflüchtigten sich angesichts Lamitas Zorn. Tam stand auf feindlichem Boden und wünschte sich, sie wüsste, was zu tun war.

»Du bist nicht wegen mir hier, oder? Sondern wegen dem Kindkönig.«

»Woher –«

»Er hat deinen Namen gesagt.«

Ihr Atem stockte.

Kaetan … hatte mit Lamita gesprochen?

Ihre Schneidezähne senkten sich auf ihre Unterlippe, aber über das W kam sie nicht hinweg. Wann?

»Ich dachte erst, dass es ein Versehen ist. Dass er eine andere Tamiel meint.« Lamita zog eine Grimasse. »Aber ein Zufall wäre zu schön gewesen.«

Kälte machte sich in Tam breit. War das dieselbe Person, die sich früher an ihre Fersen geheftet hatte? Lamita war ihr nachgekrabbelt, selbst wenn sie ins Badezimmer gegangen war. Dann hatte Tam sie in die Badewanne gesetzt und ihr Murmeln zum Spielen gegeben, während sie auf Zehenspitzen vor dem Spiegel gestanden und ihre Zähne geputzt hatte. Damals hatte Lamita noch zu ihr aufgesehen, doch jetzt …

Zittrig atmete Tam aus. »Warum arbeitest du für den König?«

Und was war das für eine Arbeit, wenn das Kind dabei solche Augenringe davontrug?

Lamita presste die Lippen zusammen.

Tam schob eine unverfänglichere, aber ebenso wichtige Frage hinterher. »Wie geht es Mama?«

Als hätte sie eine Zauberformel gesprochen, wich die Anspannung aus Lamita. Ihre Stirn glättete und ihr Tonfall entgiftete sich. »Mama hat dir Briefe geschrieben und ich musste so tun, als würde ich sie abschicken.«

Hier war Vorsicht angesagt. Mit leiser Stimme tastete sich Tam voran. »Ich habe dir doch erklärt, warum du mir nicht schreiben sollst.«

»Ich verstehe es aber nicht. Ich verstehe überhaupt nichts.«

Tam war froh, dass sie sich selbst Geduld beigebracht hatte. Andernfalls wäre das Gespräch spätestens an dieser Stelle aus dem Ruder gelaufen. »Briefe können abgefangen werden. Der Inhalt ist zu persönlich, um –«

»Ich war noch ein Kind! Du hast mir einfach so ein Geheimnis gegeben – und ich wollte dir nur schreiben.«

Tam hielt inne. Im Geist kehrte sie zu dem Tag zurück, an dem sie nach Soeldam aufgebrochen war. Jemand hatte Geld verdienen müssen, nachdem ihr Vater gestorben war. Tam war die einzig logische Wahl gewesen.

»Sagst du, ich hätte daheimbleiben sollen?«

»Ja, vielleicht hättest du das. Statt dich in Soeldam rumzutreiben, wo man dir keine Briefe schicken darf und der Kindkönig dich kennt.«

»Wenn ich geblieben wäre, hätten wir umziehen müssen.«

»Aber dann wenigstens zusammen.«

Tam schluckte eine Erwiderung hinunter. Nicht wieder die alte Diskussion anfangen. *Was sollen wir machen? Papa ist tot, Tam.*

Was sollen wir mit Mama machen?

»Wofür verurteilst du mich überhaupt?«, fragte Tam stattdessen. »Du bist doch auch gegangen.«

»Ja, aber Mama weiß, dass ich in Cruxia bin und bei Sinkha wohne und womit ich Geld verdiene. Weißt du, was Papa gemacht hat? Er hat gegen den Kindkönig gekämpft. Ich habe mir vorgestellt, wie ich dich wiedersehe und dir davon erzähle und wie du dich uns anschließt.« Lamitas Miene wurde säuerlich. »Aber du kennst ihn ja schon.«

»Kaetan und ich, wir –«

»*Ihr?* Was ist mit euch?«

Es war ein schreckliches Gefühl, sich auf Kommando verteidigen zu müssen.

»Wir ... wir helfen uns gegenseitig. Manchmal kommt er zu mir und –«

»Ist dir nie eingefallen, zur Stadtwache zu gehen?«

Tam holte Luft, aber Lamita ließ sie nicht zu Wort kommen.

»Er ist verrückt und gefährlich. Du hast mir immer die Zeitung weggenommen, weißt du noch? Du wolltest nicht, dass ich über ihn lese. Und Papa wollte nicht, dass wir von daheim weggehen. Und Mama durfte nicht mal im Dorf einkaufen!«

Tam erinnerte sich an diese Zeit. Sie war sich vorgekommen wie eine Erwachsene, weil sie sowohl Lamita als auch Freesa beschützen musste. Prun hatte sie eines Abends beiseite gezogen und ihr erklärt, was die Soldaten mit ihrer Mutter machen würden, wenn sie sie in die Finger bekämen. Außerdem befürchtete er, dass die Nachbarn etwas verraten würden. *Und Lamita darfst du nichts davon erzählen. Sie würde ganz schrecklich Angst bekommen, verstehst du das?* Es hatte Tam mit Stolz gefüllt, dass Prun sie mit so viel Verantwortung ausstattete. Doch im Nachhinein wünschte sie, er hätte es nie getan. Die Verantwortung hatte sie irgendwann einknicken lassen und sie war weggerannt in ein neues Leben.

Aber all das ließ sie ungesagt. Stattdessen führte sie ihren Atemzug zu Ende, bevor sie neu ansetzte: »Denkst du wirklich, ich würde mich mit dem Kindkönig abgeben?«

»Ich träume jede Nacht von ihm, Tamiel.« Tam zuckte zusammen, als Lamita sie mit ihrem ganzen Namen ansprach. »Ich war es, die ihn weggeschickt hat. Ich sollte wissen, dass er Mama nichts mehr tun kann. Aber –« Ihre Stimme brach. »Aber in meinen Träumen, da ist er immer noch hier und mordet.«

»Er hat sich gebessert.« Tam hasste es, wie kleinlaut sie klang. »Wirklich. Und –« Erst jetzt fiel ihr Lamitas Wortlaut auf. Weggeschickt. »Heißt das, du weißt, wo er ist?«

Lamita lächelte hämisch. »An einem Ort, an dem du ihn nie finden wirst.«

Tam klappte der Mund auf – sprachlos. Früher hätte sie Lamita wegen dieser Boshaftigkeit zurechtgewiesen. Jetzt wagte sie es nicht.

Hilfesuchend drehte sie sich um. Kelsei hatte sich zu der Häuserfront zurückgezogen und lehnte dort an einer Mauer. Sie bemühte sich, nicht zu kaschieren, dass sie die beiden haargenau beobachtet hatte. Mit einer gehobenen Augenbraue erwiderte sie Tams Blick. Dann ein kleines Lächeln, ehe sie herüberschlenderte.

»Ich bin Kelsei. Freut mich, dich kennenzulernen.«

Lamita ignorierte die ausgestreckte Hand. Das entlockte Kelsei ein Seufzen.

»Es liegt also in der Familie, wie schön. Nun ... Ich kam nicht umhin, euer Gespräch mitzuhören. Lamita, wenn ich mich nicht irre, hast du Kaetan nach Nex geschickt, richtig? Tut mir leid, das so direkt sagen zu müssen, aber ich weiß von euren Forschungen und fände es kompliziert, wenn ich so tue, als hätte ich keine Ahnung.«

All das sprudelte in einem Plauderton aus ihr heraus. Lamita wirkte zu überwältigt, um ihr ins Wort zu fallen, selbst jetzt, als Kelsei eine Pause einlegte.

»Er ist ... in Nex?«, brachte Tam hervor.

Kelsei hatte nicht einmal einen Seitenblick für sie übrig. »Bitte glaub keine Sekunde, dass ich Tamiels Sympathien für Kaetan teile. Du kannst mich als Freundin betrachten.«

Inzwischen hatte sich Lamita erholt. »Du … Davon solltest du nichts wissen.«

»Sei mir lieber dankbar, weil ich dir jetzt etwas sage, das du vielleicht noch nicht weißt.« Kelsei Stimme verlor an Lockerheit. »Bei euren Forschungen sind Unfälle passiert. Meine Freundin Ceria hat die blauen Muster bekommen. Sie ist eine wundervolle Frau, und das sage ich nicht nur, weil ich sie liebe. Ich möchte sie gern zurück.« Sie räusperte sich, als müsste sie sich Mut machen. »Kannst du mir helfen?«

Lamita schwieg.

Tam hatte nur Augen für Kelsei. Sie war enttäuscht. Nein, wütend. Traurig?

»Wir wissen von den Unfällen«, erwiderte Lamita sanft. Sie wirkte wie ausgewechselt. »Ich möchte sie wiedergutmachen, aber Sinkha will nicht, dass wir uns einmischen. Aber wenn du unsere Arbeit sowieso kennst …«

»Ich verspreche dir, nichts zu verraten. Wenn du mir nur hilfst.«

Trotz ihrer eigenen aufgewühlten Gefühle konnte Tam sehen, wie verletzlich sich Kelsei gab. Fast, als hätte sie auch eine Maske, die sie jetzt ablegte. Darunter kam die Liebe zum Vorschein, die sie so gut verbergen konnte.

Lamita sah zu Boden. Ihre Finger spielten mit dem Saum ihrer Jacke. Dann schoss ihr Kinn hoch, ihre Miene resolut. »Es gibt einen Weg, sie zurückzuholen. Aber er steht nur Caeli offen. Und weil ich nicht wegkann … Triff mich hinter dem Gebäude. Dann erkläre ich dir, wie du deine Freundin zurückbringen kannst.«

Tam krümmte sich zusammen. Die Worte waren wie ein Schlag in die Magengrube. Ihrer eigenen Schwester half Lamita nicht, aber einer Fremden schon?

Kelsei nickte. »Danke. Vielen, vielen Dank.« Sie hätte selbstbewusst geklungen, hätte ihre Stimme nicht gezittert.

»Dann … bis gleich.« Lamita wandte sich ab und trat durch die Drehtür. Ohne zurückzuschauen.

Kelsei atmete laut aus. »Das war ein echter Glückstreffer.« Als Tam schwieg, zwinkerte sie ihr zu. »Aber ich muss sagen, dass ich schon bessere Schwesternbeziehungen erlebt habe.«

12

Kelsei

Kelsei bedauerte es, ihren Tee bereits leergetrunken zu haben. Seit fünfzehn Minuten lungerten sie in der Gasse herum, von der aus sie den Hintereingang zur Lagerhalle im Blick hatten. Nah genug, um Lamita zu sehen, wenn sie herauskam, aber weit genug entfernt, um keine Aufmerksamkeit zu erregen.

Seufzend warf Kelsei den Becher in einen der Mülleimer, die hier im Gegensatz zu Soeldam an jeder Ecke standen. Sie hielt Tamiels brodelndes Schweigen nicht mehr aus. »Ich hatte nie vor, ihn zu retten. Das solltest du auch nicht.«

Tamiel starrte sie an, als müsste sie die Worte erst entschlüsseln. Dann ein Flüstern: »Kaetan braucht mich.«

»Kaetan braucht vieles. Aber das heißt nicht, dass wir es ihm geben müssen. Was er benutzt, das nutzt er aus. Merkst du das überhaupt?«

»Er hat sich gebessert.«

»Wirklich? In welcher Hinsicht hat er sich gebessert, Tamiel? Warum ist er nicht mehr der verwöhnte, grausame Kindkönig von früher? Kanntest du ihn damals? Weißt du sicher, dass er sich gebessert hat?«

»Du kanntest ihn auch nicht.«

»Du weichst meiner Frage aus.«

»Er …«

Kelsei hob eine Augenbraue, gespannt auf ihre Argumente.

»Er bringt nicht mehr willkürlich um.«

»Und das weißt du woher?«

Tamiel biss sich auf die Unterlippe. »Er kann nichts dafür. Er – du verstehst das nicht, er hat diese inneren Dämonen. Und manchmal kann er sie nicht kontrollieren.«

»Wie dramatisch. Das klingt ja fast wie in einem Theaterstück.« Sie hatte ein schmales Lächeln aufgesetzt, zielte mit ihren Worten auf nichts Bestimmtes. Aber als Tamiel daraufhin zusammenzuckte ... das brachte in Kelseis Kopf Alarmglocken zum Schrillen.

»Tamiel, das ist kein Theaterstück. Er ist nicht der Psychopath, den Mädchen wie du retten können. Er bessert sich nicht, nur weil du an ihn glaubst. Du kannst es versuchen und ihm vertrauen, aber hinter deinem Rücken wird er immer weiter morden. Was du für ihn fühlst, ist eine Illusion. Er nutzt dich aus, Tamiel.«

Tamiel wirkte, als würde sie etwas erwidern wollen, kam jedoch nicht dazu. Mit einem Quietschen öffnete sich die Hintertür, aus der eine zierliche Gestalt huschte.

Hastig drückte sie Kelsei einen Gegenstand in die Hand, einen nervösen Blick nach hinten werfend. »Steck das ein«, zischte Lamita. »Die brauchst du, um deiner Freundin den Äther zu entziehen. Dann –«

Kelsei verstand zwar ihre Hast und hatte den Gegenstand, der sehr an eine leere Spritze erinnerte, jedoch ungewöhnlich schwer war, eingesteckt, aber der Rest hätte genauso gut eine Geheimsprache sein können. »Den Äther?«

»Die blauen Muster, die ihre Haut überziehen. Die halten deine Freundin in der geistigen Welt fest. Wenn du die nicht zuerst entfernst –« Sie brach ab, als sie merkte, dass Kelsei Mühe mit ihrer Erklärung hatte. Beinahe widerwillig richtete sie ihre Worte an Tamiel. »Wirst du ihr helfen?«

Unwillkürlich spannte Kelsei sich an. Und staunte, als Tamiel nickte.

Lamita bedachte sie abwägend. »Ich gebe dir diese eine Chance. Wenn du sie missbrauchst …« Sie ließ ihre Warnung unausgesprochen, doch Tamiel schien auch so zu verstehen.

Nach Lamitas Schilderung schwirrte Kelsei der Kopf. Es ging alles schnell, am schnellsten ihr Abschied. Sie wünschte ihnen viel Glück und verschwand ohne ein weiteres Wort zu ihrer Schwester im Gebäude.

Als sie Tamiels Blick begegnete, wusste Kelsei nicht, wohin mit ihren Fingern. Sie hatte den Rucksack nicht wieder aufgesetzt, nachdem sie die Spritze verstaut hatte, deshalb spielte sie mit den Gurten.

»Tamiel, ich kann dir gar nicht sagen, wie hoch ich es dir anrechne, dass du trotz deiner Enttäuschung –«

Die Jägerin schnitt ihr das Wort ab. »Du hast meine Schwester gehört und weißt, was zu tun ist.« Als sich Kelsei nicht regte, zu verblüfft, um etwas zu tun, entriss Tamiel ihr den Rucksack. Aber nicht, um ihn an sich zu nehmen, sondern um ihn Kelsei auf die Schultern zu setzen. »Finde eine Caeli und befreie deine Freundin.« Sie klopfte auf den Rucksack, wohl als Ersatz für Kelseis Rücken. »Aber ich bleibe hier.«

Kelseis Brauen zuckten. Dann sickerte Verständnis durch.

»Viel Glück dabei, Kaetan zu finden.« Ironie triefte aus ihrer Stimme.

Sie vertraute darauf, dass Kaetan an einem Ort versteckt wurde, den seine engste Vertraute nicht so leicht aufspüren konnte. So klug mussten seine Wärter sein. Und selbst wenn Tamiel ihn befreite – was ging sie das an? Sollte sich doch die Regierung mit ihm herumschlagen. Da Tamiel nur eine grimmige Miene für sie übrighatte, drehte Kelsei ihr den Rücken zu. Es war ein für alle

Mal Zeit, diesen Teil ihrer Geschichte hinter sich zu lassen. Ihre Zukunft mit Ceria war zum Greifen nahe.

Bevor sie zum Hafen in Fenries aufbrach, tastete sie ihren Rucksack ab und stellte erleichtert fest, dass die Spritze, die sie ganz nach unten geschoben hatte, noch da war. Sie wusste nicht, woher die plötzliche Angst gekommen war … aber sie war unbegründet.

13

Tamiel

Tam sah Kelsei mit geballten Fäusten nach. In ihr brodelte es.

Es war alles eine Lüge gewesen.

Sie zwang sich zur Entspannung, damit sie den Gegenstand nicht zerbrach, den sie Kelseis Rucksack entwendet hatte. Wenigstens das war nach Plan verlaufen. Die Spritze hatte sie flink herausgefischt und dafür ein Bündel Geldscheine, welches sie – den Sphären sei Dank – am Boden des Rucksacks ertastet hatte, an ihre Stelle geschoben. Hoffentlich erkaufte ihr der Trick genug Zeit.

Kaetan brauchte ihre Hilfe. Der Gedanke war ein so starker Antrieb, dass sie an nichts anderes denken konnte.

Lamita weiß, wo Kaetan ist. Dieser Satz war ihr nicht aus dem Kopf gegangen, während sie ihrer Schwester gelauscht hatte. Doch wo dieser Ort war, hätte Lamita nie im Leben preisgegeben. Sie hatte das Vertrauen in Tam verloren. Und das zu Recht.

Ich gebe dir diese eine Chance. Wenn du sie missbrauchst …

Würde Lamita ihn doch nur kennen. Wenn sie nur sähe, wie er sich verändert hatte. Dann könnte sie Tam womöglich vergeben.

Auf ihrem Weg zur Padma gelang es Tam, ihre Niedergeschlagenheit beiseitezuschieben. Irgendwo am abgehobenen und asphaltierten Ufer des Flusses musste sich die Apotheke befinden, die Kelseis Tante gehörte. Kaetan hatte erzählt, dass sie eine hartgesottene Aufständlerin war.

Und so war es: Kaum hatte Tam das Geschäft erspäht und betreten, hob die Dorraeves hinter der Kasse den Kopf. Eine kurze Musterung genügte, ehe sie sagte: »Jägerin. Ich habe mich schon gefragt, wann du dich zeigst. Ein gewisser König sitzt in der Klemme.«

Tam verzichtete nachzufragen, wie sie über ihre Identität und ihre Bekanntschaft mit Kaetan Bescheid wusste. Alles war egal, außer eines. »Du kannst mir helfen, ihn zu befreien.«

Auch Kelseis Tante stellte keine Fragen. Nyina, wie sie sich vorstellte, würde ein Versteck und einen Fluchtwagen organisieren. Der Fahrer war ihren eigenen Angaben nach vertrauenswürdig, da sie sich noch »aus alten Zeiten« kannten. Nicht nötig nachzuhaken, welche Zeiten sie meinte.

Jetzt wartete Tam auf den Einbruch der Nacht. Angespannt. Besorgt. Aber sie irrte sich nicht, sie durfte sich nicht irren.

Lamita wusste, wo Kaetan war.

Es war merkwürdig, dass Tam ihr vor dem Polizeirevier begegnet war. Ausgerechnet dort. Wenn sich die gesamte Forschung in dieser renovierten Lagerhalle abspielte, warum sollten Lamita und Sinkha das Revier aufsuchen?

Aber in meinen Träumen, da ist er immer noch hier und mordet.

Lamita fürchtete sich vor dem Kindkönig. In ihr war immer noch das kleine Mädchen, das während der Aufstände nachts zu Tam ins Bett gekrochen war und sich an sie gekuschelt hatte.

Er ist ganz weit weg, hatte Tam dann gewispert.

Wie weit weg?

Lamita hatte immer einen Beweis gebraucht. Deswegen hatte Tam es ihr auf der Karte gezeigt, im Buch ihrer Mutter. *Dort sind wir.* Ihr Finger lag auf einem Punkt in Saetres, bevor er hinunter nach Soeldam wanderte. *Und da ist er. Ganz weit weg.*

Tam konnte sich nur einen Grund vorstellen, weshalb Lamita im Revier gewesen war: Sie hatte sich vergewissern müssen, dass er wirklich außer Gefecht war.

Mit dem letzten Sonnenstrahl kletterte Tam auf das Haus gegenüber des Reviers, um die Lage zu erfassen. Vor dem Eingang parkten drei Wagen. Der mittlere ähnelte dem Transportwagen, der Kaetan und Lokur von Merritts Haus weggebracht hatte. Eine Traube aus Polizisten hatte sich um die kleine Kolonne gebildet. Alle trugen Schwerter oder Speere bei sich.

Wollten sie ihn verlegen? Möglich war es. Vielleicht war die Neuigkeit von Tamiels Flucht aus dem Kerker inzwischen bis nach Cruxia gedrungen und hatte alle in Alarmbereitschaft versetzt.

Soweit Tam erkennen konnte, schienen die Polizisten auf etwas zu warten. Das war ein gutes Zeichen, denn das hieß, dass Kaetan noch nicht im Wagen war und Tam noch eine Chance hatte, ihn an den Augen der Polizisten vorbeizuschmuggeln. Andererseits bedeutete es, dass momentan ein Trupp Polizisten auf dem Weg zu ihm war, um ihn zu holen.

Ihre Finger schmerzten. Als sie den Blick senkte, merkte sie, dass sie den Bogenarm zu fest umklammerte. Doch sie konnte den Griff nicht lockern. Sie wollte Gerechtigkeit für Kaetan. Sie wollte ihm zeigen, dass sie sich für ihn einsetzte, wenn es schon niemand anderes tat. *Keine Rücksicht auf Verluste,* das waren seine letzten Worte gewesen. Sie könnte den Polizisten da unten Vergebung zeigen, aber würden sie wirklich dazulernen? Bei der nächsten Gelegenheit würden sie Kaetan wieder einkerkern.

Ihr zweiter Versuch glückte. Es gelang ihr, den Griff um den Bogen zu entspannen. Da, der letzte Sonnenstrahl. Sie kroch zur Dachkante, vom Mantel der Nacht geschützt. Sie war die Jägerin, die Seelenfresserin. Sie war Tamiel und sie würde denen da unten zeigen, was Gerechtigkeit hieß.

Alles ging so schnell, dass ihr Verstand kaum Zeit hatte, es zu verarbeiten. Ihre Pfeile fanden ihre Ziele. Es dauerte nicht lange, bis die Schreie begannen. Schreie und rennende Schritte, Leute stellten sich ihr in den Weg, aber niemand konnte Tamiel aufhalten. Die

Dunkelheit trug zur allgemeinen Verwirrung bei. Sie fühlte sich wie in einem blinden Wahn, in dem sie ein einziges Ziel verfolgte: Kaetan. Ihr Körper war heiß, ihr Blut kochte und ihre Muskeln zersprangen beinahe vor Energie. Sie fühlte sich lebendig. Das war das Bild, das Kaetan anderen von der Seelenfresserin vermittelte und das Tam verabscheut hatte. Doch jetzt spürte sie, was es bedeutete. Sie begriff, wie sie in Kaetans Vorstellung aussah.

Sie fühlte sich stark.

Als keine Polizisten mehr auf sie zukamen, blickte sie sich um. Sie befand sich in einem hell erleuchteten Raum voller Fenster. In der Spiegelung hob sich ihre Gestalt wie ein Geist von der Nacht ab. Überall war Blut. Sie blickte auf ihre Hände. Dass sie ein Messer umfasst hielt, wurde ihr erst bewusst, als sie es sah. Die Klinge war blutverschmiert.

Woher …

Langsam dämmerte ihr die Erinnerung. Ein Mann hatte sich ihr in den Weg gestellt. Sie hatte ihn abgeschossen, kaum registriert, wie seine Seele den Körper verließ, und seiner toten Hand das Messer entrissen. Es war ihr nicht genug gewesen, die Seelen aus ihren Körpern zu befreien. Sie wollte Schmerz verursachen.

Sie wartete auf Schock, auf Ekel, auf irgendwas … Doch ihr Gehirn arbeitete bereits, bemerkte die Metalltür links von ihr. Daneben die Leiche eines Polizisten. Tamiel zog seine noch warme Hand an den Scanner neben der Tür, die mit einem Piepsen aufsprang.

Ein weiterer Polizist kam zum Vorschein. Sie zuckte nicht zusammen – er schon. Mit weit aufgerissenen Augen umklammerte er einen Schwertgriff. Erst als das Leben aus ihm blutete, fiel Tamiel ein, dass sie ihn nach Kaetans Aufenthaltsort hätte fragen können.

Sie spitzte die Ohren und neigte den Kopf in Richtung des Gangs, der sich vor ihr erstreckte. Jemand näherte sich – dem Klang der Schritte nach mehrere Personen.

Nachdem sie aus dem Durchgang getreten war, spähte sie nach

links und nach rechts. An der gegenüberliegenden Wand befanden sich in regelmäßigen Abständen massive Türen mit einem Guckloch auf Augenhöhe. Zellentüren. Ob hier auch die früheren Einbrecher eingesperrt waren, die Iuvanis engagiert hatte? Oder waren die längst nicht mehr am Leben?

»He!«, rief jemand. Die Schritte beschleunigten sich.

Ihr Kopf zuckte nach links. Ein Polizeitrupp hielt auf sie zu. Die zwei vorderen rannten ihr entgegen, während die zwei hinteren eine schlappe Gestalt zwischen sich voran hievten. Ihr Herz setzte einen Schlag aus.

Kaetan.

Innerhalb weniger Wimpernschläge hatten die beiden Polizisten sie erreicht, doch bevor sie zu einer ernsten Bedrohung werden konnten, hatte Tamiel mit dem Messer ausgeholt und ihre Leben beendet.

Eine Art Taubheit überkam sie, als die Körper zu Boden sackten. Sie schüttelte den Kopf, um ihre Gedanken zu klären. Die übrigen Polizisten, ein Mann und eine Frau, wichen zurück, auch wenn sie es vielleicht nicht wollten. Der Anblick der Seelenfresserin jagte jedem Angst ein, egal wie viel Mut in den Knochen steckte.

Kaetans Füße schliffen über den Boden, als sie zurückstolperten. Der Mann ließ Kaetan los und hob sein Schwert, doch man sah ihm an, dass er unerfahren war. Die Klinge zitterte. Bevor er sich Mut machen konnte, ging Tamiel auf ihn los. Ihr Messer stach in seine Brust, einmal, zweimal, bis nur das Eisen ihn senkrecht hielt. Kaum hatte sie es herausgezogen, knickten seine Beine unter ihm ein. Unter den Angriff der verbliebenen Polizistin duckte sie sich hinweg, kam hinter ihr wieder zum Stehen und umschlang ihren Hals.

Sie röchelte. »Bi–«

Ihr Flehen nach einer letzten Gnade erstickte sie im Keim.

Sobald sie sich versichert hatte, dass keine Verstärkung im Anmarsch war, nahm sie Kaetan in ihre Arme. Er war schwer, deshalb konnte sie ihn nicht so mühelos transportieren, wie sie geplant hatte. Wenn sie ihn nicht hinaustragen konnte, musste sie ihn eben jetzt schon zurückholen.

Sie schleifte ihn zurück in die Zelle, aus der er vermutlich gekommen war. Die Tür stand noch offen. Dort unterzog sie ihn einer kurzen Musterung, was im Halbdunkeln schwer war. Sein Gesicht war eingesunken und schmutzig, aber alles in allem wirkte er wohlauf. Ihn zu berühren, ließ Ruhe in sie einkehren. Sie fühlte sich wieder ein bisschen mehr wie Tam. Die Seelenfresserin erschien ihr wie eine Wächterin, die auf einem Sitzplatz daneben wartete, falls sie noch einmal benötigt werden sollte.

Sie tastete ihn nach Verletzungen ab. Außer Schürfwunden an seinen Handgelenken, an denen Handschellen hafteten, war er unversehrt. Die Handschellen besaßen kein sichtbares Schloss. Auch mit Gewalt lösten sie sich nicht.

Aus ihrer Tasche holte sie die Spritze hervor. Sie musste sich beherrschen, um nicht zu hastig zu handeln. Behutsam suchte sie Kaetans Unterarm nach einer geeigneten Stelle ab. Da. Die nadelähnliche Spitze glitt weich in seine Haut, direkt in die blauen Muster. Sobald sie tief genug war, zog Tam den Kolben nach oben. Die Muster wurden lebendig und schlängelten sich wie Tentakel zum Einstichloch, wo sie durch die Nadel in den leeren Zylinder wanderten.

Diese Spritzer, die Äther festhalten konnte … Sie funktionierte ähnlich wie Tamiels Seelengläser. Und die hatte sie von ihrem Vater. Nach allem, was sie über ihn herausgefunden hatte, erschien es ihr nicht unwahrscheinlich, dass er auch hier seine Finger im Spiel gehabt hatte.

Sobald der Zylinder zum Bersten mit der blauen Substanz gefüllt war, wagte Tam einen Blick auf Kaetan. Ihre Erleichterung löste ein Schwindelgefühl aus. Die Muster waren verschwunden. Nun, da der Äther Kaetan nicht länger in Beschlag nahm, war sein geistiger Körper nicht mehr an die geistige Welt gekettet, und sobald Tam ihn dort fand, konnten sie zusammen zurückkehren.

Normalerweise nahm sie ihren physischen Körper mit, wenn sie die Welten wechselte. Das war sicherer, als ihn hierzulassen. Angreifbar für jeden, der ihn entdeckte. Aber wenn sie das täte, wäre sie von dieser Zelle – den Wänden, der Decke – eingeschränkt. Um ihn zurückzuholen, musste sie jede Grenze sprengen, jedes Risiko eingehen.

Sie setzte sich neben ihn, schloss die Augen – und erhob sich, aber ließ dabei Fleisch und Knochen zurück.

Kaetans Handschellen sahen anders aus als zuvor. Aus ihrem Inneren drang ein blaues Leuchten. Das Metall hielt den Äther fest.

In diesem Fall gab es keine Spritze, die robust genug war, um den Ätherstahl zu durchstechen. Dafür wusste Tam einen anderen Ausweg. Sie griff durch die Handschellen wie durch Luft. Die Gesetze der physischen Welt wirkten hier nicht. Sobald ihre Fingerspitzen den Äther streiften, folgte er dem Ruf der geistigen Welt und löste sich vom Stahl. Das hätte mit den blauen Mustern nicht funktioniert; sie waren zu sehr mit Kaetans Körper verbunden gewesen. Leben zog sich gegenseitig an, doch Metall war nicht lebendig. Der Äther teilte sich in dünne Würmer auf, die sich durch den blauen Schimmer schlängelten und allmählich damit verschmolzen.

Die Handschellen brachen auf.

Tam konzentrierte sich auf Kaetan. Sein physischer Körper war in den Hintergrund gewichen. Als sie ihn berührte, wurde ein Strahl sichtbar. Ein sich räkelndes Band aus Licht, das sich aus seiner Brust in die Höhe wand, durch die Zellendecke hindurch und bis in die Sphären.

Dort oben befand sich sein geistiger Körper. Den musste Tam zurückholen, um Kaetan zu wecken.

Sie schwebte durch die Decke, frei von allem Physischen, durch das leere Erdgeschoss, durch das Dach. Weiter zu den Sternen, näher zu den Sphären. Immer neben Kaetans Band. Sie fühlte sich leicht, als wäre sie ein Teil der Luft, oder vielmehr ein Teil des Äthers. Die Winde im Windtunnel rissen immer noch an ihr, aber es schmerzte nicht wie in ihrem physischen Körper. Die Winde hatten keine Haut, an der sie zerren, und keine Haare, die sie umherpeitschen konnten. Sie sammelten Tam lediglich ein und trugen sie mit sich. Als sie herumgewirbelt wurde, widerstand sie dem Instinkt, sich ins Zentrum vorzukämpfen. Ihr Vater hatte ihr immer eingeschärft, sich nicht von den seitlichen Winden erfassen zu lassen. Jetzt, nach Lamitas Erklärung, machte seine Warnung Sinn.

Wenn sie in die seitlichen Winde geriet, würde sie nicht quer durch die Welt gewirbelt werden, wie sie immer geglaubt hatte. Prun hatte nur nicht gewollt, dass sie an einen Ort käme, an dem sie sich kraftlos und sterbenskrank fühlte.

Die Sphären. Durch die Windtunnel gelangte man in die Sphären.

Eigentlich war es logisch. Zwischen den Sphären existierten Grenzen. Die musste es geben, sonst würden die Welten ineinanderfließen. Das war das Knifflige an Parallelwelten: Sie waren nicht räumlich voneinander getrennt. In Piles befand man sich genauso auf dem Planeten Erde wie in Nex. Auch die Erde, auf der sie aufgewachsen war, war nur eine weitere Sphäre. Sie hatte nur keinen eigenen Namen, weil die Menschen ihr keinen gegeben hatten – sie hatten angenommen, ihre Welt wäre die Einzige.

Durch Lamitas Erläuterung wusste Tam jetzt, wie die Sphären getrennt blieben: Der Äther war in jeder von ihnen anders gepolt. So stießen sich zwei benachbarte Sphären ab, wie bei einem Magneten. Dadurch entstanden die Grenzen, Winde, die sich wiederum zu Windtunneln entwickelten. Es war ein ständiges Hin und Her, deshalb kam es vor, dass die Grenzen von manchen Windstößen wie Sand verwischt wurden – aufgestoßen zu einer Passage zwischen den Sphären.

Wenn man auf den Winden ritt, während sie sich öffnete, konnte man sie betreten. Andernfalls schloss sie sich genauso schnell, wie sich die Winde zurückzogen.

Tam tat alles, um sich nicht gegen den Sturm zu wehren. Sie musste die Warnung ihres Vaters verdrängen.

Die Sphären waren ein Thema für sich. Alle Calita sprachen von ihrer geliebten Heimat mit einer Sehnsucht, die sie von ihren Eltern übernommen hatten, und diese Eltern wiederum von ihren Eltern. Dabei wusste niemand, wie das Leben dort ausgesehen hatte. Manche sprachen davon, dass sie dort keine Körper bewohnt und erst auf der Erde Gestalt angenommen hatten. Tam wusste nicht, wie das funktionieren sollte, und glaubte mehr denjenigen, die die Überzeugung vertraten, auch in den Sphären in Körpern gesteckt zu haben. Allerdings hätte es dort keine Tiere oder Pflanzen gegeben, nur die Calita. So ein Leben klang nicht so traumhaft, wie es beschrieben wurde, fand Tam. Selbst im Himalaya hatten Spuren von Leben existiert, aber wie unwirtlich wirkte ein Ort, an dem kein anderes Leben herrschte? Wovon hatten sich die Calita ernährt? Hatten sie sich von einer anderen Quelle ernähren können, die weder pflanzlich noch tierisch gewesen war?

Manche Überlieferungen klangen so unmöglich, dass niemand sie als Fakt hinnehmen konnte. Dazu zählte das Reisen zwischen den Sphären. Die Windtunnel waren zwar nur für Caeli zugänglich, aber vor dem Magiemangel waren die anderen Calita angeblich auch zwischen den Sphären gereist. Etwas Wahres musste daran sein, weil sie sich schon damals untereinander ausgetauscht hatten, wenn auch nicht so stark wie heutzutage. Erst auf der Erde hatten sie sich vermischt, und erst auf der Erde hatten sie es als nötig erachtet, Obsidiane zu tragen oder die Dienste eines Flandactes in Anspruch zu nehmen.

Tams Gedanken verflogen, als sie endlich Glück hatte. Ein besonders scharfer Windstoß riss sie mit sich. Es war schwer, sich nicht zu wehren, jede Kontrolle aufzugeben, aber sie schaffte es. Dabei behielt sie Kaetans leuchtendes Band im Blick, das über ihr im Nichts verschwand. Es gab einen *Ruck*, und Tam musste die Augen schließen, weil der Schwindel sie überwältigte.

Als sie die Augen wieder öffnete, befand sie sich immer noch in einem Windtunnel.

Hatte es funktioniert? Oder war sie noch auf der Erde?

Es half nur eines: nachsehen.

Nach mehreren Versuchen – der Wind war stärker, jetzt, da sie ihm nachgegeben hatte – entkam sie dem Tunnel. Unter ihr entfaltete sich eine dunkle Landschaft ohne künstliche Beleuchtung. Das allein verriet ihr nichts. Vielleicht hatte der Windtunnel sie zu einem Ort auf der Erde gebracht, an dem keine Lichter entzündet waren. Vielleicht befand sie sich über dem Meer.

Die Erschöpfung traf sie so plötzlich, dass ihr Geist die körperliche Form für einen Moment aufgab und zu dem gestaltlosen Bewusstsein wurde, welches er in Wirklichkeit war. Sie hielt den Drang zurück, einfach zu Boden zu sinken und dort für immer liegen zu bleiben. Sie brauchte Schlaf, sie brauchte Erholung. Sie fühlte sich, als wären die Zahnräder, die ihr Denken ankurbelten, eingerostet und würden sich nur noch im Schneckentempo fortbewegen.

Ohne Zweifel befand sie sich an einem Ort, an dem die Magie allmählich zur Neige ging. Sie hatte es in die erste Sphäre geschafft: nach Piles, der Heimat der Caeli. Ihre Vorfahren hatten hier gelebt … Wenn es heller wäre, hätte sie sich umschauen können. Vielleicht käme ihr ja etwas vertraut vor.

Womöglich sollte sie sich mehr darüber freuen, es hierhergeschafft zu haben, aber alles, woran sie denken konnte, war Schlaf. Sie wollte schlafen. Wie hatten die Calita damals den Willen aufgebracht, um auf die Erde überzusiedeln? Warum hatten sie sich nicht einfach zur Ruhe gelegt, bis sie zu Staub zerfielen ...

Kaetan. Die Erinnerung an ihn riss sie in die Gegenwart zurück. Sie blinzelte, um bei Verstand zu bleiben. Sie musste zu Kaetan. Sie musste den Magiemangel ignorieren und zu ihm gelangen.

Sie raffte sich auf, stieg zurück in den Himmel. Trat in den Windtunnel ein, ließ sich von einem Ausreißer forttragen. Wieder gab es einen *Ruck*, und sie befand sich in Nodrindes, der zweiten Sphäre. Sie hatte erwartet, sich im Tunnel erholter zu fühlen, aber die Magie hatte sich nirgendwohin zurückgezogen, auch nicht hierher. Sie war ganz einfach verblasst.

In Nodrindes war die Müdigkeit noch stärker als in Piles, was sie nicht für möglich gehalten hätte. Je höher sie sich bewegte, desto intensiver spürte sie den Magiemangel, bis selbst das Denken schmerzte.

Er hatte in der äußersten Sphäre Nex begonnen und nach und nach die darunterliegenden Sphären infiziert. Tam befand sich noch nicht einmal auf der Hälfte der Reise und stand kurz vor der Ohnmacht. Nur der Gedanke an Kaetan trieb sie voran. Wie hatte er so lange in Nex durchhalten können? In welchem Zustand befand er sich?

In der dritten Sphäre stieg sie kurz aus, weil sie sich fühlte, als müsste sie sich gleich übergeben – und das trotz ihres geistigen Körpers. Sie schwebte über dem toten Land und versuchte, eine Gestalt zu bewahren. *Bleib wach bleib wach bleib wach bleib wach bleib –*

Eine Bewegung unter ihr lenkte sie ab. Da war jemand, eine beinahe durchsichtige Gestalt, ein geistiger Körper. *Kaetan!*

Er war es nicht. Nex war noch weit entfernt. Doch es wäre schön, wenn es so wäre ...

Sie kümmerte sich nicht darum, was da unten vor sich ging. Sie wollte nicht investigieren, hatte keine Kraft dazu. Stattdessen raffte sie sich auf und kehrte in den Windtunnel zurück. Erst später fiel ihr ein, dass die fremde Gestalt einer der Forscher gewesen sein musste, von denen Iuvanis gesprochen hatte.

Abres, Ceertex, Nis Sana … Es ging nicht mehr. Sie musste eine Pause einlegen. Sie wollte Kaetan nicht in diesem Zustand gegenübertreten. Sie wollte seine Jägerin sein, sie wollte ihm zeigen, dass sie stark war, für ihn.

Was sie in Nis Sana sah, jagte ihr einen solchen Schrecken ein, dass sie sich trotz des Magiemangels wie elektrisiert fühlte.

Löcher. Überall im Äther prangten Löcher. Kleine zwar, aber es waren so viele, dass man sie nicht übersehen konnte. Dahinter befand sich … nichts. Oder wenn da etwas war, kannte sie keinen Begriff dafür. Als sie merkte, dass sie auf eines der Löcher zutrieb, wurde ihr kalt. Sie sonderten eine einschüchternde Macht aus. Daran war vor allem die Vorstellung schuld, was wohl passierte, wenn sie in die Leere gesogen werden würde. Würde mit ihr dasselbe geschehen wie mit der Magie? Sie würde einfach verschwinden?

Schaudernd machte sie kehrt und schwebte zurück nach oben. Sobald sie sich im Windtunnel befand, wurde ihr bewusst, dass ihr Verstand ihr einen Streich gespielt haben musste. Löcher im Äther – was für ein Unsinn. Ihr Verstand fabrizierte merkwürdige Bilder, um sie wach zu halten. Es hatte geholfen, obwohl sie schon wieder spürte, wie der Schock an Kraft verlor. Besser, sie beeilte sich.

Ein letzter Windstoß und sie tauchte in Nex auf. Hätte sie zum Überleben atmen müssen, hätte sie ein Vakuum eingeatmet, so leer fühlte sich diese Sphäre an. Von der Magie war nur ein Glimmen übrig, auf das ihr Körper kaum zugreifen konnte.

Sie sah sich nach dem Band um, das sie durch die Windtunnel begleitet hatte. Es wies nach unten zur Erde. Sie folgte ihm, und Kaetans Name pulsierte durch sie wie ein zweites Herz, das ihr zusätzliche Kraft verlieh.

14

Kaetan

Alle behaupteten, die Sphären wären tot, aber das stimmte nicht. Noch lebten sie, wenn auch nur ein wenig.

Genauso ging es ihm. Er war ein Geist, der sich einen Körper herbeigeträumt hatte.

Dennoch war das Laufen anstrengend. Er hatte sich hinlegen müssen; ausruhen. Eine unbestimmte Zeitspanne war vergangen und er lag immer noch und starrte an die rissige Lehmdecke. Durch das Loch in der Wand pfiff heißer Wind, der seine Lungen zu Staub zermahlte. Dabei war er sich nicht einmal sicher, ob er atmen musste. Er krümmte die Finger in den Strohsack, wollte es zumindest, aber er griff durch ihn hindurch. Obwohl sich sein Körper elendig fühlte, hatte er keinen Einfluss auf die körperlichsten Dinge.

Seine Augen flatterten zu, sodass sein Verstand wieder den Stimmen ausgesetzt war. Akasha flüsterte ihm Geschichten zu, oder vielleicht nicht ihm, sondern der ganzen Welt. Sie waren ein Meer, in das er zur Abkühlung tauchen konnte. Sie hatten ihm bereits von der Epoche der Menschen erzählt. Vom ersten Mondbesuch und von der ersten schwebenden Stadt, die eine Stunde und zweiundvierzig Sekunden nach dem Start abgestürzt war. Verstorbene Politiker, Soldaten und Flüchtlinge erinnerten sich an die beiden Luftkriege und den Zusammenschluss der Nationen. Seit kurzem ließen sie ihn an der Ankunft der ersten Calita teilhaben, daran, wie sie sich heimlich unter die Menschen gemischt hatten. Heute jedoch tauchte er nicht in die Tiefsee, sondern trieb an der Oberfläche, erlebte den Scheinkrieg mit und das Errichten von Sklavenzuchtfarmen. Morgen würden sie ihm vielleicht von seinen Vorfahren erzählen, von der ersten Generation der Königsfamilie. Und am Tag danach von Cruxias Befreiung.

Manchmal hörte er Stimmen, die nicht zu Akasha gehörten. Einige davon erweckten den Eindruck, als würden sie nach etwas suchen. Sie befragten Akasha, aber Kaetan war sich nicht sicher, ob es wusste, dass sie da waren. Am Anfang hatte er versucht, zu ihnen zu kommen, aber er gelangte nicht aus seiner Sphäre hinaus.

Er war der Einzige in Nex. Ironisch, wenn er darüber nachdachte. Auf der Erde hatte er sich gewünscht, einmal nach Nex zu kommen, weil er geglaubt hatte, hier frei zu sein. Das war er auch, immerhin hatte er eine ganze Sphäre für sich allein. Niemand war da, um ihm den Weg zu versperren. Allerdings hatte er eine Sache erkannt: Einsamkeit war keine wirkliche Freiheit.

Er blinzelte, starrte in die Dunkelheit. Ein fremdes Gefühl zog an seinem Geist. Auf einmal hielt er es nicht mehr aus, Akasha zu lauschen. Die wispernden Erinnerungen schmerzten seinem Gehirn. Torkelnd kam er auf die Beine.

Die Hütte, in die er sich zurückgezogen hatte, gehörte einer Siedlung an, die vor langer Zeit von Remex bewohnt worden war. Es waren wenige Häuser, aber er konnte sich trotzdem nicht so viele Remex an einem Ort vorstellen.

Er bewältigte einige Schritte durch den Raum, bis er die gegenüberliegende Wand erreichte. Als er sich daran abstützen wollte, glitten seine Finger durch sie hindurch. Er schwankte, hielt sich jedoch aufrecht.

Etwas war anders. Er starrte auf seine Finger und merkte, dass sie transparent geworden waren. Sein ganzer Körper schien sich aufzulösen, als ob sein Geist die Illusion aufgab.

Auf einmal war da Tamiel vor ihm, ihre Gestalt fast durchsichtig. Sie war bloß ein Spiel seiner Wahrnehmung – trotzdem taumelte er auf sie zu. Er erwartete, durch sie hindurch in den Staub zu fallen. Umso überraschender war es, als sie ihn auffing.

Er traute seinen eigenen Sinnen nicht mehr. Träumte er? Sie umarmte ihn, und da war es egal, ob sie echt war oder nicht: Er presste sie an sich.

Ihre Hand wanderte über seinen Rücken. Erst als sie in ihn hineingriff, merkte er, dass sie kein Hirngespinst war. Sie war hier, wirklich und wahrhaftig. So ein Gefühl wie jenes, das entstand, als sie in seinem Inneren nach etwas tastete, konnte er sich nicht ausdenken. Als würde sie seine intimsten Gedanken berühren.

»Tamiel«, wisperte er. Sie war zu ihm gekommen. Er durfte sie umarmen.

Tamiel, raunte Akasha mit einer Stimme, die die anderen übertönte. Tamiel hatte ihre Aufmerksamkeit erregt. Sie überbrachte ihm Bilder von Musik und Getreide und sonnigen Tagen. Alles darin schmeckte nach seiner Jägerin. Es sollten schöne Bilder sein, aber Akasha zwang sie ihm auf, wollte ihn zu etwas drängen.

»Mach sie weg«, murmelte er in Tamiels Haar. Als sie nicht reagierte, wiederholte er es. »Mach die Stimme weg.«

»Welche Stimme?«, fragte sie, aber es klang abwesend, als läge ihr Fokus woanders.

Ehe er sich erklären konnte, tat sich ein Sog auf. Er zerrte an ihm. Unter Tamiels Führung gab Kaetan nach und löste seinen Körper vollständig auf, sodass er sich nicht sicher war, ob er Tamiel umarmte oder mit ihr verschmolzen war. Eine Bewegung, eine Verschiebung, und die Magie umhüllte ihn wieder, sodass die Erschöpfung verschwand.

Er öffnete die Augen, sah eine Steindecke. Es war kälter und dunkler als in Nex.

Tamiel neigte seinen Kopf und musterte ihn kritisch. Sein Blick fiel auf ihre Hand, in der sich eine Spritze mit einer blauen Flüssigkeit befand. Er wollte zurückzucken, fand aber nicht die nötige Kraft.

»Bleib bloß weg damit«, murmelte er.

Wortlos verstaute sie die Spritze in ihrer Tasche. Dann packte sie ihn unter den Armen. Überrascht stellte er fest, dass sie kräftig genug war, um ihn hochzuziehen. Das letzte Stück schaffte er allein.

Als er gegen sie sackte, drückte sie seinen Arm. »Wir müssen uns beeilen. Kannst du dich verwandeln?«

Er schüttelte den Kopf, wollte auf die Handschellen deuten, die ihm seine Schatten nahmen, aber seine Handgelenke waren frei. Gerötet und an manchen Stellen wund, aber frei. Als er versuchte, die Schatten zu rufen, blieb sein Körper stumm.

»Warte, gleich geht es dir besser«, sagte sie und verschwand.

Er biss die Zähne zusammen, als die offene Haut an seinen Handgelenken aufflammte. Dann schloss sie sich.

»Und jetzt komm.« Tamiel wurde wieder sichtbar und zerrte an ihm.

Nach einem einzigen Schritt explodierte sein Gehirn. So fühlte es sich an. Benommen fasste er sich an die Stirn. Tamiel zog erneut an ihm, aber er konnte nicht weiter. Brauchte eine Pause.

Auf dem Boden blitzte etwas auf. Seine Handschellen. Taumelnd griff er danach. Tamiel machte einen erschrockenen Laut und griff nach ihm – keine Sekunde zu spät, ehe er umgefallen wäre. Die Handschellen baumelten an seinem Finger. Schnell ließ er sie in der Tasche verschwinden, bevor er erneut das Gleichgewicht verlieren würde.

Tamiel festigte ihren Griff und führte ihn mit sich. Er sah Mauern und Leichen und einen Handscanner und Blut und einen Sternenhimmel. Einen fahrenden Wagen. Er konnte nicht erkennen, wer am Steuer saß, aber wusste, dass Tamiel neben ihm war und seine Hand hielt.

Mehr brauchte er nicht.

Er wusste auch, dass ihn die Stille in seinen Gedanken sorgen sollte. Es war so still, dass seine Augen wie von allein zufielen. Es gab keinen Lärm, der seinen Schlaf mit Alpträumen füllte. Nur seinen Geist und Tamiels Nähe.

15

Tamiel

Ihre Hände waren blutverschmiert.

Ihr ganzer Körper war mit Blut überzogen, ihre Kleidung. Kaetan auch. Im Wagen war er halb auf ihr gelegen. Sie hatte versucht, nicht mit ihm in Kontakt zu kommen, aber irgendwann hatten sich ihre Hände wie von allein in seinen Haaren vergraben und dort eine rostrote Staubschicht hinterlassen. Als der Wagen hielt, wartete sie, bis der Fahrer die Hintertür öffnete und zusammen mit Nyina Kaetan von ihrem Schoß hob.

Einige Herzschläge lang verharrte sie allein auf dem Sitz. Die Tür stand offen. Der kühle Luftzug brachte ein wenig Ruhe in ihre Gedanken. Durch das Fenster konnte sie die alte Lagerhalle erkennen, die Nyina ausgesucht hatte. Die Oberlichter waren entweder eingeschlagen oder verschmutzt und die Holzwände wirkten so instabil, als würden sie jeden Moment zusammenbrechen. Hier wären sie eine Weile lang vor neugierigen Augen geschützt.

Die blecherne Eingangstür öffnete sich. Wie lang war es her, seit sie sich hinter dem Trio geschlossen hatte? Sekunden? Minuten? Der Fahrer lief über den aufgerissenen Asphalt in ihre Richtung. Tam musterte ihn mit ihrem umnebelten Verstand, der seit dem Massaker im Revier nicht lichter wurde. Der Fahrer trug eine grau karierte Kappe, die seine Ohren an seinen Schädel presste. Im Nacken waren seine Haare zu einem Knoten gebunden und seine Haut schimmerte rötlich.

Durch die offene Wagentür bot er ihr eine Hand an. Tam sah auf ihre eigenen Hände.

So viel Blut.

»Du kannst nicht hier draußen bleiben«, sagte er.

Tam nickte, bewegte sich jedoch nicht von der Stelle. Sie konnte ihm nicht in die Augen sehen. Obwohl er ein Fremder war, schämte sie sich. Er wusste, was sie getan hatte, vielleicht hatte er sogar die Todesschreie gehört.

Sie selbst war sich nicht sicher, ob sie alles über ihre Tat wusste. Die Erinnerung daran war bruchstückhaft und bestand eher aus Momentaufnahmen als einem Strom aus Bildern. Das Morden war leicht gewesen. So leicht, dass ihr schlecht wurde.

Sie drängte sich am Fahrer vorbei und schaffte es gerade noch hinter die Lagerhalle, ehe sie sich übergab. Mit zitternden Fingern hielt sie sich an einem Müllcontainer fest. Das Blut auf ihrer Haut war getrocknet, sonst hätte es das abgeblätterte Blech rot gefärbt.

Was für eine Person musste man sein, um so viele Leute skrupellos umzubringen?

Schritte näherten sich, zusammen mit einer Lichtkugel. »Komm, wir machen dich sauber«, sagte der Fahrer.

Etwas Kaltes regnete auf ihre Hände. Instinktiv presste sie sie an sich. Sie schaute den Fahrer an und entdeckte die Wasserflasche. Als er seine Hände zu einer Schale formte und so tat, als würde er sein Gesicht darin eintunken, streckte sie ihre Hände aus und wartete, bis er sie mit Wasser gefüllt hatte. Es machte sie nicht sauber, aber die Kühle erfrischte ihren erhitzten Geist.

»Bist du jetzt bereit?«, fragte er.

Sie nickte und folgte ihm. Die Lagerhalle hatte früher zu einem Möbelhaus gehört, aber es hatte seine Großproduktion eingestellt und sich auf Fensterrahmen aus Ebenholz spezialisiert. Deshalb war die Halle gefüllt mit Paletten voller Ebenholz, das sicherlich noch zu gebrauchen wäre, wenn sich nur jemand daran erinnern würde. Auf dem Boden lagen zwischen toten Käfern Sägespäne. Tam sog den Geruch von staubigem Holz ein und kämpfte gegen das Wackeln ihrer Knie an.

Auf der anderen Hallenseite endete das Dickicht aus Paletten. Dort schienen einige Arbeiter eine Sitzecke für Arbeitspausen errichtet zu haben, bestehend aus einem Sofa mit vergilbtem Blumenmuster und gegenüber davon zwei Ledersessel, aus denen an manchen Stellen die Schaumstofffüllung quoll.

Auf einem davon saß Nyina und starrte die Gestalt auf dem Sofa an. Sie hatte Kaetan in eine bunte Strickdecke gewickelt und seinen Kopf auf ein Kissen gebettet.

Als sie Tam bemerkte, schickte sie sie sofort in ein angrenzendes Badezimmer, sodass Tam keine Gelegenheit bekam, einen genaueren Blick auf Kaetan zu werfen. Sie drehte den rostigen Wasserhahn auf und wusch sich das Blut so lange von den Händen, bis ihre Haut rot gerieben und taub war. Ein kaputter Spiegel über dem Becken erlaubte ihr, den gröbsten Schmutz von ihrem Gesicht und ihren Haaren zu entfernen, aber ihre Kleidung musste vorerst blutig bleiben.

Sie klammerte sich an den Beckenrand und starrte ihr blasses Spiegelbild an. Ihre Haare klebten an den Schläfen. Unter ihrer Mütze war es heiß, aber sie wollte sie nicht abnehmen.

Stattdessen zerrte sie das Messer aus ihrem Gürtel und wusch es gründlich. Das Wasser plätscherte über die Klinge. Plötzlich spürte sie einen Schnitt und merkte, dass sie blutete. Das Messer fiel mit einem Klappern ins Waschbecken. Es kam mehr Wasser nach, als abfließen konnte. Ein kleiner, hellroter See sammelte sich an. Das Blut so vieler Leute. Und jetzt auch ihr eigenes.

Es klopfte an der Tür, aber ihr Herz pochte zu laut, um es richtig zu hören. Sie starrte immer noch auf ihre blutende Handfläche. Der Schmerz schien einer anderen Person zu gehören. Das Wasser lief und lief und dann tauchte eine große Hand auf und drehte den

Hahn zu und zog Tam an einen Körper. Es war der Fahrer, der sich um sie kümmerte. Sie konnte sich nicht an seinen Namen erinnern, obwohl er ihn auf der Fahrt erwähnt hatte. Stattdessen hatte sie sich die Geschichte über das Lagerhaus gemerkt.

»Wir alle bringen Opfer.«

Seine Stimme klang tief und rau und beruhigte sie. Sie nickte und ließ zu, dass er ihre Hand mit einem Taschentuch verband. Die Wunde pulsierte, als wäre ihr Herz dorthin gewandert.

Der Fahrer hinterließ ihr einen Stapel frischer Kleidung, die Nyina für sie besorgt haben musste. Sie unterschied sich vollkommen von dem, was Tam bisher getragen hatte. Es schienen Kelseis alte Sachen zu sein, denn die violette Tunika war zu groß und ließ sie kränklich blass wirken, und in der Hose fühlte sie sich wie ein Skelett. Doch was zählte, war, dass es saubere Kleidung war. Deshalb krempelte sie dankbar die Hosenbeine nach oben und knüllte ihre blutigen Sachen zu einem Bündel zusammen.

Wieder klopfte es an der Tür. Diesmal war Tam geistesgegenwärtig genug, um es zu bemerken. Sie öffnete und hielt dem Fahrer das Bündel entgegen. »Ich möchte es verbrennen.«

Eigentlich hatte sie erwartet, dass er es nähme und für sie in einer Ecke anzünden würde, aber das tat er nicht. Stattdessen schob er das Bündel zurück, zusammen mit einer Packung Streichhölzer, die er seiner Jackentasche entwendete.

Wortlos schloss sie die Tür. Vermutlich wäre es weiser gewesen, das Feuer unter freiem Himmel zu entzünden, aber dann sähen es die anderen und würden Fragen stellen, und Tam müsste erklären, warum sie sich miserabel fühlte. Warum sie das, was sie auf dem Polizeirevier angerichtet hatte, am liebsten vergessen würde.

Über der Toilette befand sich ein Lüftungsgitter. Das musste genügen. Die Kleidung fing nur schwer Feuer, aber nach dem zehnten Streichholz klappte es endlich. Tam beobachtete das brennende Bündel im Waschbecken, ehe sie den Wasserhahn aufdrehte und das Feuer löschte. Hustend wedelte sie den Qualm weg. Die Flammen hatten nicht alles gefressen, aber der geschwärzte Stoff war unkenntlich genug.

Bevor sie das Badezimmer verließ, griff sie nach dem Messer. Die Tür ließ sie offen stehen, damit der Rauch besser abziehen konnte. Als der Fahrer das Messer sah, nahm er es ihr stumm ab. Sie beschwerte sich nicht, sondern beobachtete, wie er es auf ein überstehendes Holzbrett in der Nähe legte. Sie wollte es ohnehin nicht haben.

Erst da merkte sie, dass Nyina nicht mehr auf ihrem alten Platz saß. Sie kniete neben dem Sofa, in ihrer Hand ein halbvolles Wasserglas. Mit einem Lächeln winkte sie Tam zu sich.

Als Tam den Blick auf das Kopfende senkte, vergaß sie einen Moment lang ihre Sorgen. Da war Kaetan. Er war wach und hatte den Kopf so verrenkt, dass er Tam ansehen konnte. Als sich ihre Blicke begegneten, lächelte er. Es war jenes Lächeln, das vor dreißig Jahren ihren Herzschlag beschleunigt hatte. Auch dieses Mal verlor es nicht seine Wirkung.

Innerhalb von Millisekunden war sie an seiner Seite und umklammerte seine Hand. Den Druck erwiderte er schwach.

»Wie geht es dir?«

Er machte ein amüsiertes Geräusch. »Den Umständen entsprechend.«

Zum ersten Mal seit seiner Befreiung erlaubte sie sich, ihn genauer zu untersuchen. Seine Haare waren auf wenige Zentimeter abgeschnitten worden und seine Lippen waren an manchen Stellen aufgeplatzt. Ein Bartansatz bedeckte seine untere Gesichtshälfte. Tam kribbelte es in den Fingerspitzen, ihn zu berühren, aber sie behielt ihre Hände unten.

»Es tut mir leid, dass ich nichts getan habe.« Sie wich seinem Blick aus. »Wegen mir haben sie dich eingesperrt.«

Am Rande nahm sie wahr, wie Nyina sich auf ihren Sessel zurückzog, vermutlich, um ihnen Privatsphäre zu gönnen.

Er öffnete den Mund, als würde er etwas erwidern wollen. Aber als sie seinem Blick begegnete, wechselte er das Thema. »Hast du den Auftrag abgeschlossen?« Seine Stimme klang, als klebte an seinen Stimmbändern trockener Sand.

Sie nickte.

»Und die Belohnung?«

Sie atmete ein. »Die habe ich bekomme. Aber ich wünschte …« Sie setzte neu an. »Es ist komplizierter, als wir dachten.«

Und dann erzählte sie von Prinzessin Iuvanis und wie sie wegen ihr verhaftet worden war. Sie sprach langsam, weil sie damit rechnete, dass er sie unterbrach. Aber als er geduldig lauschte, wurde ihr Redefluss schneller. Er unterbrach sie selbst dann nicht, als sie auf Iuvanis' Bekanntgabe zu sprechen kam, dass sie Kaetan nicht auf dem Thron sehen wollte. Sie erzählte von der Existenz eines Caelirats, von Letans wahrer Identität – doch die Wahrheit über ihren Vater vertrocknete auf ihrer Zunge, sobald sie sie in die Luft setzen wollte. Sie brach ab.

Nachdem Nyina ihren Bericht ergänzt hatte, ließ Kaetan Tams Hand los und richtete sich auf, so gut es ging. Tam schob ihm ein Kissen in den Rücken, damit er bequemer saß.

»Wir können Letan also legitimierweise aus dem Weg schaffen. Das ist gut. Und es gibt einen Caelirat, der über dem Stadtrat und Letan steht. Alle drei wollen die Calita beseitigen. Weniger gut.« Er seufzte. »Und die Einzige, die etwas dagegen unternommen hat, ist meine liebe Schwester.«

»Freust du dich nicht, dass sie noch lebt?«, fragte Tam vorsichtig. Klar verfolgten Kaetan und Iuvanis unterschiedliche Interessen, aber … liebten sich Geschwister nicht? Wenn auch nur ein wenig?

Er murmelte etwas Unverständliches. Dann: »Wo ist eigentlich Lokur? Er war doch bei mir.«

Tam missfiel sein plötzlicher Themenwechsel, dennoch erzählte sie ihm, wie Lokur vom königlichen Berater befreit worden war und seitdem nichts mehr von Tamiel oder Kaetan wissen wollte. Kaetan wirkte wenig überrascht. Für ihn war Lokur schon immer Teil einer anderen Welt gewesen.

»Von Kelsei habe ich nichts mehr gehört, seit wir uns getrennt haben«, fügte sie hinzu. »Sie will Ceria heilen.«

»Was ist mir ihr?«

»Sie hat die blauen Muster.«

Kaetan nickte nachdenklich, als würde er sich die Information für später notieren, wenn er daraus Nutzen ziehen konnte. Dann tat er etwas, das Tams Herz höher schlagen ließ: Er schickte Nyina fort mit der Begründung, er bräuchte etwas Stärkeres als Wasser. Der Fahrer sollte den Wagen wegfahren, damit niemand auf ihr Versteck aufmerksam wurde.

Er winkte Tam näher. Mit seiner rauen Stimme flüsterte er ihr zu: »Für einen Moment dachte ich, dich zu sehen.«

»Wo?«

»Bevor ich nach Nex kam.«

»Du hast meine Schwester gesehen.«

Er nickte, den Blick ins Leere gerichtet. »Ja ... Ja, ich erinnere mich.« Eine Pause, dann schoss sein Blick zurück zu ihr. »Sie hat mir dieses Zeug gespritzt.«

Die intime Atmosphäre, ihre Hoffnung auf ... *mehr* als dieses Gespräch lösten sich in Luft auf.

»Sie hat denen geholfen, Tamiel.«

Er wollte seine Sitzposition verändern, biss aber die Zähne zusammen und sank ins Kissen zurück. »Was tut deine Schwester hier? Warum hilft sie Cruxia?«

Sie atmete ein, atmete aus. Jeder Atemzug schien Mut in ihren Körper zu pumpen. Sie vertraute darauf, dass Kaetan sich ihrer Freundschaft bewusst war und Tam nicht verurteilen würde, sobald er von dem Geheimnis erfuhr.

»Mein Vater war Teil des Caelirats, als er noch am Leben war«, erzählte sie leise. »Das hat er immer geheim gehalten, ich wusste es selbst nicht. Lamita auch nicht. Sie hat erst davon erfahren, als sie rekrutiert wurde. Der Stadtrat und Letan brauchten wieder eine Caeli. Sie ist ... seine Nachfolgerin.«

Die letzten Worte waren kaum nötig, ausgesprochen zu werden, doch Tam wollte, dass er das Geheimnis verstand. Erst mit der ganzen Wahrheit könnte er über Tam richten, sie womöglich beschuldigen, für die Regierung zu spionieren. Das war es, wovor sie sich fürchtete. Sah Kaetan sie deutlich genug, um nicht von ihrer Hintergrundgeschichte geblendet zu werden?

Auch er schien darüber nachzudenken, denn er runzelte die Stirn und sagte eine ganze Weile lang nichts.

»Letan hat meinen Vater umgebracht«, wisperte Tam, um das unerträgliche Schweigen zu brechen. »Ich habe keinen Grund, ihm zu helfen.«

Der Ausdruck in Kaetans Augen wandelte sich. Zum einen war sie darüber erleichtert, denn es lag keine Beschuldigung darin. Er erkannte sie als die Person, die sie war, nicht als die Tochter ihres Vaters. Andererseits ahnte sie, dass das Thema noch nicht beendet war. Sein Misstrauen galt nicht ihr, aber ....

»Hat deine Schwester dich gesehen?«

»Ich habe mit ihr geredet.«

»Und woher willst du wissen, dass sie dich nicht genau in diesem Moment verrät? Bei den sieben Sphären, du bist eine entflohene Kriminelle! Jedem wird klar sein, dass du mich befreit hast. Wenn deine Schwester denen etwas steckt ...«

»Sie weiß nicht mal, wo ich bin.« Vielleicht hätte das Argument stärker geklungen, wenn ihre Stimme nicht so schwach gewesen wäre.

Sie schreckte auf, als Nyina zurückkehrte. Kaetan nahm das Glas an, das sie ihm anbot, und trank es in einem Zug leer. Kurz darauf traf auch der Fahrer ein.

Tam musste sich bemühen, um ihre Enttäuschung zu verbergen. Das Gespräch war beendet.

»Dann wäre das ja abgeschlossen«, fuhr Kaetan nahtlos fort. »Vor Lokur haben wir nichts zu befürchten. Aber Kelsei ... Nyina, du kennst sie am besten. Du bist ihre Tante, habe ich recht?«

Nyina nahm das leere Wasserglas entgegen. »Ich habe Euch damals von Cruxia aus gedient und nach Eurem vermeintlichen Tod habe ich weiterhin Feinde Eurer Familie aus dem Weg geräumt. Kelsei hat mich dabei unterstützt, Eure Majestät. Sie befindet sich in einer schwierigen Phase, aber sie würde niemals ihr Familienerbe hintergehen.«

Tam runzelte die Stirn, unzufrieden mit Nyinas Begründung. Nachdem sie Kaetan in Bezug auf Lamita keine triftige Antwort hatte liefern können, wollte sie es hier richtig machen und Nyinas Aussage korrigieren. »Kelsei interessiert sich nicht für Politik. Sie möchte nur Ceria zurück. Sie –«

»Danke, Tamiel«, schnitt er ihr das Wort ab, ohne sie anzusehen. »Wie gesagt, dann wäre diese Angelegenheit abgeschlossen. Wenden wir uns lieber wichtigeren Dingen zu, wie meiner tot geglaubten Schwester.«

»Ich war davon überzeugt, dass einer von euch beiden noch lebt«, erwiderte Nyina mit so einem Eifer, dass sie sich dabei nach vorne beugte. »Aber ich hatte auf die Prinzessin gesetzt.«

»Ihr Mord war ungewisser als meiner, was? Und jetzt stellt sich heraus, dass wir beide noch leben. Das macht die Dinge komplizierter. Wir müssen unser weiteres Vorgehen besprechen ...«

Tam wollte einwenden, dass er gerade erst unter Rauschmittel gesetzt und in eine andere Welt befördert worden war. Er musste sich auskurieren. Doch er redete weiter, ohne sie noch eines Blickes zu würdigen. Seine Aufmerksamkeit galt Nyina und dem Fahrer.

Sie erinnerte sich daran, was Kelsei gesagt hatte. Dass Kaetan sie ausnutzte.

Darüber war sie sich immer im Klaren gewesen. Das Verhältnis zwischen ihnen hatte man nie vollen Herzens als Freundschaft bezeichnen können. Es war eine einzigartige Beziehung aus Vertrautheit, Loyalität und Abhängigkeit, denn keiner von beiden konnte ohne den anderen überleben. Kaetan nicht ohne Tamiel, weil er jemanden brauchte, den er in seine Pläne einweihen konnte, der ihm half und ihn auf seinem Weg begleitete. Er mochte zwar ein Eigenbrötler sein, aber wie jedes andere Lebewesen brauchte er Leute um sich herum.

Tams Grund, nicht ohne ihn leben zu können, war weitaus simpler. Sie liebte ihn auf eine Weise, deren Entstehung sie sich nicht erklären konnte. Jemand könnte einen Zeitstrahl ihrer gemeinsamen Vergangenheit ausbreiten und Tam wäre nicht dazu in der Lage, auf einen Punkt zu deuten und mit absoluter Sicherheit zu sagen, dass sie dort begonnen hatte, Gefühle für ihn zu entwickeln. Sie sorgte sich um ihn, um seine Sicherheit, um seine Ziele. Sie wollte, dass er glücklich war. Sie wollte so vieles für ihn, ohne je den Drang zu verspüren, sich in den Vordergrund seines Lebens drängen zu müssen. Sicherlich hatte sie darüber nachgedacht, was wäre, wenn sie mehr als nur seine Jägerin werden würde. Doch sie erwartete nicht mehr von ihm. Seine Jägerin zu sein, genügte ihr vollkommen. In seinem Leben stand die Schattenkrone im Vordergrund, und die wollte sie nicht verdrängen.

Zumindest hatte sie das bisher geglaubt.

Jetzt war sie sich nicht mehr sicher, ob sie damit zufrieden war, dass Kaetan sich ihrer bediente und sie beiseiteschob, sobald sich neue Aufständler am Horizont zeigten.

Ihre Kehle schnürte sich zu. Ein Kloß bildete sich darin und wurde immer größer, je länger Tam dem Gespräch mit tauben Ohren beiwohnte. Sie war auf Kaetan fixiert, aber er nicht auf sie. Zwar bemerkte er ihre Anwesenheit, aber er nahm sie nicht zur Kenntnis.

Ich habe ein ganzes Polizeirevier abgestochen, um dich aus den Sphären zu ziehen!, hätte sie mit ein bisschen mehr Selbstvertrauen geschrien. Stattdessen sanken die Worte in ihren Magen und schürten dort ein Feuer. *Ich habe nie ein Dankeschön erwartet, aber das heißt nicht, dass du mich so einfach abtun kannst.*

Natürlich nutzte er sie aus. Er behandelte sie wie eine Selbstverständlichkeit. Und wenn er sie nicht mehr brauchte, legte er sie beiseite. Jetzt hatte er wahre Aufständler gefunden.

Die Erkenntnis brachte das Fass zum Überlaufen. Sie stieg in die geistige Welt und floh aus der Lagerhalle. Draußen verdeckten graue Wolken die Sterne, aber dahinter trotzten sie mit ihren funkelnden Lichtern den Schatten. Sterne kümmerte es nicht, ob jemand sie vom Leuchten abhalten wollte. Sie leuchteten trotzdem weiter. Tam sah zu ihnen auf, während sie immer mehr Abstand zwischen sich und Kaetan brachte.

Sie hatte es schon einmal gesagt, zwar nicht laut, aber in ihrem Kopf. Soeldam und alles, was damit zusammenhing, machte sie krank. Vielleicht war Kaetan nicht gesund für sie. Vielleicht war die Jägerin nicht gesund für sie. Vielleicht war es Zeit, die Sache zu beenden. Wenn Kaetan ihr Leuchten nicht wertschätzen konnte, brauchte sie jemand anderen, der das übernahm. Und das war ihre Familie.

Eine Weile später fand sie sich vor der renovierten Lagerhalle wieder, in der Lamita arbeitete. Sie musste nicht lange warten; kurz nach Mitternacht trat ihre Schwester ins Freie.

Sie wirkte müde. Ihr Gesicht war von schlaflosen Nächten gezeichnet und ihr Gang war schlapp. Als sich Tam sichtbar machte, erschrak sie.

»Hau ab!«

Tam zerrte sie in das Halbdunkel einer Seitenstraße. Ihre Hand legte sie über Lamitas Mund, um deren wüste Ausrufe zu dämpfen.

Sobald Tam sie losließ, stolperte Lamita einige Schritte. Dann funkelte sie ihre Schwester an. »Ich habe gesagt, du sollst verschwinden!«

Diesmal ließ sich Tam nicht einschüchtern. »Du musst nach Hause.« Sie spannte sich so sehr an, dass ihr Kiefer schmerzte. »*Wir* müssen nach Hause.«

Lamita ließ ihren Blick über Tams Gestalt wandern. Sie schien etwas entdeckt zu haben, denn sie kam näher. Mit einer Hand neigte sie Tams Kinn, sodass sie freie Sicht auf ihren Hals hatte. Ihre Stimme war ein Flüstern. »Ist das Blut?«

Instinktiv fasste sich Tam an die entsprechende Stelle. Sobald sie mit dem Finger darüberstrich, bröselte etwas ab.

»Was hast du getan?« Als Tam nichts erwiderte, zeichnete sich Verständnis auf ihrem Gesicht ab. »Du hast ihn befreit. Und für ihn gemordet.«

Tam hatte keine Zeit, sich eine passende Antwort zu überlegen, denn Lamita zog bereits die nächste Schlussfolgerung.

»Es ist wegen ihm, oder? Deswegen bist du hier. Will er sich an mir rächen, weil ich ihn nach Nex gebracht habe? Er will mich töten!«

Sie wollte widersprechen, aber ihre Stimme ließ sie im Stich.

Lamita schüttelte fassungslos den Kopf. »Ich hatte mit allem Recht.«

Blinzelnd kämpfte Tam gegen ein Brennen in ihren Augen. »Wenn ich ihm sage, dass du keine Gefahr darstellst, würde er dir nie etwas antun. Nicht für Nex zumindest. Aber wenn er herausfindet, was du sonst noch für Cruxia tust ... Ich kenne Kaetan. Er und ich ...«

Tränen schossen in ihre Augen. Sie konnte nichts dagegen tun. Nur blinzeln, blinzeln, hoffen, dass nichts überlief. Sie verdeckte ihr Gesicht mit den Händen, damit Lamita nichts bemerkte. Doch dann entfuhr ihr ein lauter Schluchzer, der tief aus ihrem Magen kam und so stark vibrierte, dass die Tränen überliefen.

Lamita schloss sie sofort in die Arme, als wäre es eine Selbstverständlichkeit. Diesmal war es das auch. Trost zu spenden, war eine Selbstverständlichkeit, im Gegensatz zu anderen Dingen.

»Ich dachte, ich kenne ihn«, presste Tam durch die Schluchzer hervor. »Doch, ich kenne ihn, ich wusste nur nicht, wie viel er mir bedeutet und wie wenig ich ihm bedeute. Ich … ich gehe nach Hause, ich muss nach Hause.«

Als Antwort malte Lamita Kreise auf ihren Rücken. Es fühlte sich an, als würde sie Tams schmerzendes Herz streicheln.

»Ich war eine Zeit lang glücklich mit ihm«, flüsterte sie. Die Worte krochen nach und nach ans Tageslicht, als würde sie sich selbst die Augen öffnen. »Aber dabei habe ich mich zu sehr verändert. Ich mache mir selbst Angst. Vielleicht ist es meine Schuld, dass er mich so behandelt. Ich habe ihm nie klar gemacht, was ich will.«

»Was willst du denn?«

»Ich will …« Sie stellte fest, dass die Tränenflut zu einem Rinnsal geschrumpft war. Ihre Augenlider wogen schwer. Tam schloss sie einen Moment lang, um sich zu entspannen. »Ich will, dass mich jemand so sieht, wie ich bin.«

»Und dieser jemand ist Kaetan?«

Sie zögerte. Dann schüttelte sie den Kopf.

Lamita verlangsamte ihre kreisenden Bewegungen. Als sie merkte, dass Tam nicht länger weinte, löste sie sich und blickte ihr in die Augen. »Wir werden nicht nach Hause gehen, damit du dich akzeptiert fühlst. Wenn ich eines mit deinem Weggehen gelernt habe, dann, dass du dich selbst akzeptieren musst. Wenn du weiterhin auf andere Leute wartest, wirst du unglücklich bleiben.«

Sie machte eine Pause, in der ihre Worte zu Tam durchsickern konnten.

»Wir werden nach Hause gehen, um bei Mama zu sein. Ich verlasse Cruxia nicht gern. Sinkha ist sehr lieb und meine Arbeit macht mir Spaß. Aber ich liebe unsere Familie mehr als diesen Ort. Auch … auch wenn ich mir manchmal denke, dass du das nicht verdient hast.«

Tam nickte. Lamitas Worte schmerzten, aber sie waren die Wahrheit.

»Wann brechen wir auf?«

Tam atmete tief ein. Sie fuhr sich über die Augen, damit die Tränen dort nicht trockneten und ihre Haut verklebten.

»Du gehst voraus«, antwortete sie leise. »Am besten heute Nacht. Ich wünschte, ich könnte mit dir gehen, aber ich muss noch eine Sache erledigen. Und dann komme ich nach Hause, versprochen.«

»Du hast auch versprochen, dass du mir schreibst, wenn du weg bist.«

Obwohl sie Lamita ihr Herz geöffnet hatte, blieb eine Spur Zweifel bei ihrer Schwester zurück. Tam konnte es ihr nicht verdenken, deshalb war sie diesmal diejenige, die ihre Schwester in eine Umarmung zog. Mit einem Seufzen ließ Lamita es geschehen.

Dann lehnte sie sich zurück. »Versprichst du mir auch, dass du auf dich aufpassen wirst? Mach das, was gut für dich ist, nicht für Kaetan.«

»Versprochen.«

Es würde gut für sie beide sein, für Tam und Kaetan, wenn sie ihn nach dem Königssturz verließ. Bei dieser letzten Tat wollte sie ihm noch helfen. Nur weil sie wütend auf ihn war, hieß das nicht, dass er ihr nichts mehr bedeutete. Sie wollte immer noch, dass er glücklich war. Doch danach würde sie sich um sich selbst kümmern. Vielleicht könnte sie eines Tages zurückkehren, sobald sie mit sich im Reinen war. Womöglich könnte er sie dann als Tam sehen statt als Tamiel, seine nützliche Jägerin.

16

Kaetan

Natürlich merkte er, wie sich Tamiel davonstahl. Für ihn war sie alles andere als unsichtbar, selbst wenn er sich in einem Gespräch mit zwei Aufständlern befand und prüfte, wie tief ihre Loyalitäten reichten.

Er fragte sie nach ihren bisherigen Aktivitäten. Kelseis Tante hatte mithilfe ihres Giftgeschäfts einige Abgeordnete beseitigt, aber das war nichts Neues. Der andere Calita hatte sich bisher im Hintergrund gehalten. Allerdings gäbe es einmal im Jahr ein Treffen, an dem die kleine Gruppe an Cruxianer Aufständlern zusammenkam, um die neusten Gerüchte unter die Lupe zu nehmen, wie etwa das Überleben der Prinzessin.

Kaetan versuchte, sich Letans Gesichtsausdruck vorzustellen, wenn er herausfände, dass beide Remexgeschwister überlebt hatten.

Der Fahrer begegnete Kaetan mit einer Art unsicherem Respekt, weshalb Kaetan beschloss, ihn auf Distanz zu halten. Mit mehr Zeit könnte er Unsicherheiten aus dem Weg räumen, aber nicht im Moment. Nyina war aus anderem Holz geschnitzt, denn sie war an jeder Ecke und Kante geprägt durch die Königsfamilie. Kaetan sollte keinen Grund haben, ihr etwas zu verschweigen, aber ihr brennender Eifer wirkte wie ein Leuchtfeuer. Sie war alles andere als eine Praktikantin der unauffälligen Vorgehensweise.

Um seine Schwester machten seinen Gedanken einen Bogen. Schon damals waren ihm ihre Beweggründe verschleiert geblieben und heutzutage verhielt es sich nicht anders. Er mochte es nicht, für Probleme keinen Plan zu haben, aber bei Iuvanis wollte er sich nicht festlegen. Er wollte sich lieber auf alles einstellen, als ihr mit einer Waffe zu begegnen, gegen die sie womöglich immun war.

Er versuchte auszublenden, wie lange Tamiel abwesend blieb. Das wäre leichter ohne diese Stille in seinem Kopf. Vor Nex hatten immer die Schatten in sein Ohr geflüstert. Wo waren sie hin? Sein ganzes Leben lang hatten sie ihn mit ihren blutrünstigen Wünschen begleitet.

Kaum war er einige Tage außer Gefecht gesetzt, stürzten die Probleme ungehindert in sein Leben.

Unter diesen Umständen fiel es ihm schwer, bei Tamiels Rückkehr so zu tun, als wäre alles in Ordnung.

Bis zum Sonnenaufgang dauerte es noch eine Weile, weshalb sein Lagerplatz von einer Lichtkugel erleuchtet wurde, die der Aufständler gerufen hatte. Das Gespräch war zusammen mit dem Tag erloschen. Der Aufständler war zu seinem Alltag zurückgefahren, aber Nyina hatte darauf bestanden, hier zu bleiben. Versunken in einem Sessel, las sie ein Buch über Wildkräuter. Er selbst döste, aber die federleichten Schritte Tamiels weckten ihn.

»Ich nehme an, du warst bei deiner Schwester?« Er sprach leise, damit Nyina nichts hörte.

Tamiel blieb auf der Stelle stehen, ertappt.

Um seine Hände zu beschäftigen, drehte er an einem Obsidianring, den Nyina ihm nach dem Gespräch gegeben hatte. Sein eigener war ihm im Gefängnis abgenommen worden. Zwar war er froh, dass Nyina ihm einen Ersatz besorgt hatte, doch er war nicht mehr so besorgt um seine mentale Sicherheit wie früher, jetzt, wo sich der Schutzschild um seine Gedanken als fähig erwiesen hatte.

Sein Herz klopfte schneller, während er auf Tamiels Antwort wartete. Er ermahnte sich, dass er keinen Verrat zu befürchten hatte. Wenn Tamiel zu ihrem Familienerbe halten würde, wäre sie nicht hier. Lamita hatte diese Aufgabe ganz allein übernommen.

Nach einer langen Pause bekam er die Antwort. »Lamita verlässt Cruxia. Ich habe ihr geholfen, ihre Sachen zu packen.«

»Will sie mit nach Soeldam?«

Sie antwortete nicht. Manchmal wunderte er sich, ob sie das absichtlich tat oder nur vergaß, dass sie mit dem Reden an der Reihe war, weil sie davor zu viel überlegte. Und dann hörte er auf, über sie nachzudenken, weil ihm das nicht guttat.

Er rollte sich auf die Seite, weg von ihr, und zog die Decke höher. »Ich schätze mal nicht. Da hinten steht deine Harfe. Du hast sie im Wagen vergessen.«

Ein Misston erklang, als sie die Harfe nahm. Kurz darauf quietschten die Federn eines Sessels. Eine leise Melodie setzte ein. Er hatte nicht vor, sofort einzuschlafen, aber die Harfe lockte ihn in den Schlaf. Es gab keine Schatten mehr in seinem Kopf, die die Melodie übertönen könnten, deshalb fielen ihm kurz darauf die Augen zu.

Am nächsten Morgen erkundigte sich Nyina, ob sie Kaetan nach Soeldam begleiten dürfte.

»Das wird nicht nötig sein«, wich er aus. »Ich brauche jemanden in Cruxia, dem ich vertrauen kann.«

Er verschwieg, dass er vor allem niemanden in Soeldam gebrauchen konnte, dem er nicht genug vertraute. Schön und gut, dass sie eine Aufständlerin war, aber das machte sie nicht automatisch zu seiner Verbündeten.

»Sagt, was ich machen soll und ich mache es, Eure Majestät. Ich kann zwar niemanden mehr beschatten …« Ihre Finger streiften ihren Armreif. »Aber ich kann immer noch Gift mischen. Was ist mit der kleinen Caeli zum Beispiel?«

Sie meinte Lamita. Kaetan hatte ihr erzählt, wie man ihn ins Exil geschickt hatte.

Er schüttelte den Kopf. Zwar hatte er es erwogen, aber sein Unterbewusstsein hatte die Entscheidung gefällt, sie zu verschonen, noch bevor Tamiel sie besucht und weggeschickt hatte. Auf irgendeine Weise tat es weh zu sehen, wie wenig sie ihm traute. Doch vermutlich hätte er sich selbst auch nicht vertraut.

»Behalte einfach den Stadtrat im Auge«, sagte er. »Und Tamiel soll dir später den Äther geben, den sie mir gespritzt haben. Vielleicht kannst du etwas damit anfangen.« Dann fiel sein Blick auf die Holzpaletten hinter ihr. »Ich möchte gern das Messer dort haben, ich habe meine ... verloren.«

Nachdem er sich frisch gemacht und das Messer in den Hosenbund gesteckt hatte, musterte er sich in dem zerbrochenen Spiegel. Er hatte befürchtet, dass er durch seine kurzen Haare wieder wie Coziel aussähe, aber das Gegenteil war der Fall. Die Frisur machte ihn älter und fremd. Vielleicht lag Letzteres auch an seiner kränklichen Hautfarbe.

Er drehte den Wasserhahn auf und befeuchtete sein Gesicht. Das Waschbecken war von Ruß geschwärzt, aber er konnte die Quelle nicht entdecken. Noch einmal suchte er nach den flüsternden Schatten, fand sie aber nicht. Ohne sie war es so still. Er versuchte, sich daran zu erinnern, ob sie in Nex noch bei ihm gewesen waren – aber Akasha hatte alle anderen Stimmen übertönt.

Nach dem Abschied von Kelseis Tante schulterte Kaetan seinen Rucksack. Tamiel hatte ihn von ihrem alten Lagerplatz unter der Brücke geholt. Es kam ihm wie Äonen vor, dass sie den Einbruch geplant hatten.

Auf zwei verschiedenen Wegen folgten sie einer Route, die sie zuerst in das Gebirge und anschließend entlang Höhlen und anderen windgeschützten Lagerstellen auf die andere Seite des Himalayas führen würde. Die Pausen brauchte er, weil er noch zu schwach war, um sich für längere Zeit als Schatten fortzubewegen.

In Cruxia stieß er auf eine Menge verängstigter Menschen und Patrouillen. Alle suchten nach ihm. Früher hätte er angehalten und einigen Leuten die Suche erleichtert, ein Messerschnitt hier, ein Schattengriff dort, aber jetzt ...

Zum einen war da Tamiel. Zwar wusste er nicht, wo sie gerade war, aber es bestand das Risiko, dass sie sich genau hinter ihm befand. Noch immer wollte er es vermeiden, vor ihren Augen zu töten, vor allem, nachdem sie ihn bei den Rebellen neben seiner Wohnung beobachtet hatte.

Zum anderen gab es keine Schatten mehr, die ihn zu solchen Taten trieben.

Als er den ersten verabredeten Treffpunkt erreichte, war Tamiel schon dort. Neun Stunden lang hatte er sich durch die Schatten des Gebirges bewegt, allerdings hatte er nur wenig Strecke zurückgelegt. Seine Erschöpfung bremste ihn. Er war froh, dass die nächsten Etappen kürzer werden würden. Seine Gesundheit hatte sich noch nicht von dem Gefängnisaufenthalt erholt.

Ein Sternenhimmel mit einem Vollmond überspannte die Eisspitzen und tauchte Tamiel in silbernes Licht. Etwas in ihm setzte den Impuls frei, sich noch nicht zu zeigen und den Anblick zu genießen, aber er war müde und überanstrengt und konnte nicht mehr. Er zerrte den Schatten von sich und hüllte seinen physischen Körper in eine Decke.

In der Schattenwelt hatte er den kalten Wind nicht spüren können – hier schon. Er zog seine Mütze tiefer über die Ohren und presste sich in die Felskuhle, die Tamiel ausgesucht hatte.

»Du siehst nicht gut aus«, bemerkte sie, während sie ihm ein Kokablatt reichte.

Er kaute darauf herum. Es war hart zu beißen, aber nach einer Weile spürte er, wie neue Energie in seine Muskeln einkehrte. »Es ist nur anstrengend.«

Tamiel hatte vorgeschlagen, dass der Aufständler sie mit seinem Wagen nach Soeldam fuhr, aber ihnen stand nur eine begrenzte Zeitspanne zur Verfügung. Der Weg durch das Gebirge war in Anbetracht der Umstände der schnellste. Jetzt, da er wusste, dass Iuvanis lebte und aktiv war, wollte er der Hauptstadt nicht länger als nötig fernbleiben.

Ohne aufzublicken, spielte Tamiel mit einem Apfelstück, das sie sich zurechtgeschnitten hatte.

»Was ist?«, fragte er.

»Nichts«, gab sie prompt zurück.

Er glaubte ihr nicht. »Willst du Letan töten?«

Mit weit aufgerissenen Augen starrte sie ihn an.

Er zuckte mit den Schultern. »Ich könnte es verstehen. Er hat deinen Vater umgebracht, oder nicht?«

»Nein, ich ... ich will ihn nicht töten.«

Er schnappte sich auch einen Apfel und biss mit einem Knacken hinein. »Dann mache ich es.«

Wieder war es still. Um ein Geräusch zu verursachen, griff er nach seinen alten Handschellen und drehte sie zwischen seinen Fingern. Als er sie testweise schließen wollte, rasteten sie nicht ein. Er runzelte die Stirn, versuchte es noch einmal, scheiterte.

»Das ist kein Ätherstahl mehr«, sagte Tamiel, die seine Bemühungen beobachtet hatte.

Ätherstahl. Das seltsame Metall, das ihn seit Kelseis Feigheit in Merritts Arbeitszimmer heimsuchte. Die Gitter dort waren aus demselben Material gewesen, sodass sie seine Schatten blockiert hatten.

Tamiel wühlte in ihrem Rucksack und förderte die Spritze zutage. Der Zylinder war zu einem Viertel mit der blauen Flüssigkeit gefüllt. »Ich habe ein wenig von dem Äther mitgenommen. Vielleicht schaffe ich es, sie zu reparieren.«

Wortlos überreichte er ihr die Handschellen.

Wieder wurde Tamiel still. Nach einer Weile stellte er dieselbe Frage.

»Was ist?«

Sie legte das Apfelstück nieder, ohne es mit dem Mund berührt zu haben. »Es ist nur … Ich glaube, ich kann das nicht mehr machen.«

Kaetan wartete, denn es war wohl kaum die Reise durch das Gebirge, von der sie sprach.

Es schien, als würde sie an ihren Worten ersticken, ehe sie welche herausbrachte. »Ich kann nicht mehr deine Jägerin sein.«

»Ist was passiert?«

»Nein. Aber – Ich kann so nicht weitermachen.«

Er zuckte nicht mit der Wimper. Insgeheim hatte er diesen Tag erwartet, aber noch nicht so früh. Niemand hielt ihm für immer die Treue.

»Und was hast du jetzt vor?«

Tamiel begegnete seinem Blick widerwillig, als hätte sie Angst, ihn zu verletzen. Ihre Stimme klang fester. »Ich helfe dir noch bei deinem Königssturz, aber danach muss ich weg.«

»Kommst du wieder zurück?«

»Ich muss meinen Kopf freibekommen.«

Also nein.

Kaetan musterte sie. Er war immer davon ausgegangen, dass sie noch an seiner Seite stehen würde, wenn er König wäre. Vielleicht nicht als seine Beraterin, aber als jemand, dem er ein wenig vertrauen konnte. Sie war die Einzige, die es jemals gekümmert hatte, ob er lebte oder starb.

»Du willst zu deiner Familie«, erkannte er. »Du willst dein *Mehr.*«

Er war ihr nicht genug.

Sie nickte. Nach einer Weile biss sie von dem Apfel ab. Trotz des heulenden Windes war das knackende Geräusch zu laut.

»Wir werden diesen Königssturz durchziehen, ohne dass jemand von uns in Gefahr gerät«, ergriff er wieder das Wort. Wilde Entschlossenheit prägte seine Stimme. »Und danach werde ich dir helfen, unbeschadet nach Saetres zu gelangen. Ich werde dir auch Geld geben.«

Tamiel nickte, aber es war nicht mehr als eine mechanische Kopfbewegung. Er beugte sich zu ihr, hob ihr Kinn an und zwang sie, ihn endlich anzuschauen.

»Vertrau mir.« Die zwei Worte kamen härter heraus, als er beabsichtigt hatte.

Ihr Blick wanderte über sein Gesicht, bis sie schließlich auf seinen Augen verweilten. Er konnte seine gespiegelte Silhouette in ihren Pupillen erkennen. Eine Spannung breitete sich zwischen ihnen aus, die er nicht unterbrechen wollte. Die Luft war von Atemwolken erfüllt und der Abstand zwischen ihren Gesichtern verringerte sich, bis er den Blick von ihren Augen nahm und ihn nur ein Stück weit senkte, auf ihren Mund. Sein Atem entwich ihm in unkontrollierten Stößen. Er merkte, dass sich seine Hand wie von selbst auf ihren Oberschenkel gelegt hatte.

Plötzlich rückte Tamiel weg. Die Spannung platzte. Er fand seine Hand im Nichts schwebend vor, bis auch er zurück an seinen Platz rutschte. Dann starrten sie in die schneeverwehten Windböen und warteten auf den Zeitpunkt zum Aufbruch. Wie zwei Personen, zwischen denen zu viel ungesagt war. Würde es etwas ändern, das Ungesagte auszusprechen? Er bezweifelte es.

17

Lokur

Mit einem lauten Schlag landete die Zeitung auf den Tisch. Nicht lange, und Salar hob sie wieder auf. Kaum hatte er sie in der Hand, schob er sie ein zweites Mal von sich.

Lokur und Mara wechselten über die Ränder ihrer Teetassen einen verstohlenen Blick.

Sie war diejenige, die das angespannte Schweigen brach. »Papa, was ist los?«

Salar zögerte, dann klopfte er auf die Zeitung. »Der Kindkönig konnte fliehen. Wir vermuten, dass die Jägerin das Revier gestürmt hat. Alle Polizisten dort sind tot.«

Lokur schauderte. Kaetan auf freiem Fuß? Das klang … surreal.

»Woher weiß man, dass es Tamiel war?«

Salar sah ihn an. »Zwischen Wissen und Vermuten besteht ein Unterschied, aber eine Caeli, die eng an der Sache beteiligt war, ist kurz darauf verschwunden. Und sie ist die Schwester der Jägerin.«

Lokur wäre gern zu Tamiel gegangen und hätte sie geschüttelt. Er hatte versucht, ihr dieselbe Einsicht zu vermitteln, die er dank Salar und Mara bekommen hatte. Kurz hatte er geglaubt, in ihr mehr zu sehen als eine Mörderin.

Mara stupste ihn unter dem Tisch an. Zuerst dachte er, sie

wollte nach seiner Hand greifen, aber dann kniff sie ihn. Erst jetzt bemerkte er Salars Blick. Das Brennen seiner Ohren überspielte er mit einem Räuspern.

»Tut mir leid, was hast du gesagt?«

Salar fixierte ihn, sodass Lokur sich in das Verhör zurückversetzt fühlte. Wusste er etwa von ihrer Beziehung? Wenn man es schon Beziehung nennen konnte. Lokur hatte keine Ahnung, was Mara und er waren, darüber hatten sie bisher nicht gesprochen. Genauso wenig, wie sie irgendjemandem davon erzählt hatten.

»Hast du eine Ahnung, was Coziel als Nächstes plant?«

Vor Erleichterung wurde Lokur schwindelig. Es ging nicht um Mara. »Er heißt Kaetan. Es ist komisch, wenn du ihn so nennst.«

Salar verkniff den Mund, gab jedoch keinen Kommentar dazu ab. »Also gut, was würde Kaetan tun, nachdem seine Feinde ihn eingesperrt haben? Fliehen? Rache nehmen? Seinen Plan weiterverfolgen?«

Kaetan … Es war schwer, ihn mit dem Kindkönig unter einen Hut zu bringen. Trotz allem war er für Lokur in erster Linie der Emporkömmling, der zwar moralisch grau war, aber keine umstürzlerischen Pläne verfolgte. In all der Zeit hatte Lokur ihn nie gefragt, was er vorhatte. Er war davon ausgegangen, dass er es auf das Geld abgesehen hatte.

»Ich bin mir nicht sicher, was sein Plan ist. Oder ob er einen hat.«

»Kennst du Orte, zu denen er gehen könnte? Weißt du, wo er wohnt?«

»Nein, aber … wir haben uns immer in dieser Täuscherbude getroffen, im Crin. Da gibt es einen Raum, der schalldicht ist. Vielleicht ist er dort.«

Salar nickte und stand auf. »Sehr gut, schauen wir nach.«

Als Lokur ihn anstarrte, fügte er hinzu: »Du kannst deinen Tee mitnehmen.«

Mara erhob sich ebenfalls. »Papa, es ist mitten in der Nacht.«

»Unsinn, die Sonne ist gerade erst untergegangen. Wir sind vor Mitternacht wieder zurück.«

»Nein, ich meine ... Schatten fängt man doch besser am Tag.«

Salar hielt inne und lächelte seine Tochter an. »Gut. Aber es geht mir nicht darum, ihn zu fangen. Ich will seine Verstecke zerstören, bis er sich zeigt.«

»Das ist eine ganz schlechte Idee, wenn du mich fragst.«

Doch Salar war schon aus der Tür. Bevor Lokur ihm folgen konnte, hielt Mara ihn fest und nahm ihm die Teetasse aus der Hand. »Mona bringt dich um, wenn du sie zerbrichst.« Sie ließ seinen Ärmel los. »Pass auf euch beide auf. Er ist so unternehmungslustig, weil er sonst immer nur zusieht.«

Lokur lächelte. Eine Haarsträhne schwebte vor ihrem Mund. Er schob sie weg.

»Du weißt doch, wie gut ich auf mich aufpassen kann.«

Mara schnaubte. »Dass du heil von dieser Reise zurückgekehrt bist, hast du mir zu verdanken.«

»Ich ...« Er stockte. *Ich liebe dich auch,* hatte er sagen wollen. Doch inzwischen bedeutete die Phrase mehr als eine ironische Neckerei. Mara könnte sie wortwörtlich nehmen. Waren sie schon so weit? Wenn er etwas überstürzte, würde sie vielleicht Reißaus nehmen.

Er beugte sich zu ihr hinunter und gab ihr einen schnellen Kuss. Für mehr war später Zeit.

18

Kelsei

Anfangs hatte sie gedacht, der Himmel würde eher herunterfallen, als dass sie sich auf ein Schiff schleichen könnte. Wenn nicht einmal Irin ohne Reisepapiere Zutritt gehabt hatte, wie sollte Kelsei es dann schaffen?

Dabei war es lachhaft einfach.

In Fenries gab es viele Gasthäuser. Am Abend, bevor das nächste Schiff ablegte, floss viel Alkohol, damit Passagiere ihre Nerven beruhigen konnten. Einen dieser Passagiere machte Kelsei ausfindig. Sie wartete, bis er sich betrunken auf den Rückweg in seine Herberge machte. In einer unbeleuchteten Gasse lauerte sie ihm auf, fesselte und knebelte ihn mit Tauen, die sie am Hafen aufgegabelt hatte, und kopierte seine Gestalt. Nachdem sie seine Taschen um die Papiere erleichtert hatte, musste sie nur noch auf den Morgen warten.

Die Überfahrt verlief ohne Komplikationen. Eine angenehme Abwechslung zu ihrer Hinreise. Eine einzige Sehenswürdigkeit gab es: Eine ihrer Mitpassagierinnen war Sinkha – dieselbe Flandactes, die sich noch vor wenigen Tagen an der Seite von Tamiels Schwester befunden hatte. Was tat sie hier? Kelsei leugnete ihre Neugierde von Vornherein nicht. Die Schifffahrt langweilte sie. Sinkha bot den einzigen Zeitvertreib. Genau genommen war Kelsei sogar gezwungen, tagsüber, als alle an Deck die Delfine am Schiffsrumpf beobachteten, in Sinkhas Kajüte einzubrechen und ihr Gepäck zu durchsuchen. Sie entdeckte einen Kalender, dem sie jedoch nicht viel entnehmen konnte. Sinkhas Schrift war nicht die Ordentlichste. Kelsei entzifferte die Wörter *mögliche Operation*, bevor sie, von einem Knarzen aufgeschreckt, flüchtete.

Alle Gedanken an Sinkha lösten sich in Luft auf, als sie am Abend ihren Rucksack durchwühlte. Sie wollte sich die Spritze genauer ansehen, die Lamita ihr gegeben hatte.

Sie war weg.

Kelsei räumte den gesamten Rucksack aus, stülpte sein Inneres nach außen, aber sie tauchte nicht auf. Ganz unten, dort, wo sie die Spritze immer wieder betastet hatte, lag das Bündel Geldscheine, die Nyina ihr bezahlt hatte. So zusammengerollt hatten sie ungefähr dieselbe Form wie die Spritze.

Tamiel.

Vor Wut wäre Kelsei am liebsten explodiert. Sie schlug auf ihr Kissen ein, warf die Decke zu Boden, trat gegen das Bettgestell. Diese Seelenfresserin. So unschuldig tun und sie dann hintergehen. Miststück.

Nachdem sie ihre Wut an ihrem Bett ausgelassen hatte, atmete sie tief durch. Umkehren konnte sie nicht. Tamiel würde längst über alle Berge sein.

Diese Gewissheit bestätigte sich, als das Schiff in Mar anlegte. Die Neuigkeit war an jeder Straßenecke: Der Kindkönig war am Leben. Und auf freiem Fuß.

Verdammt. Wenn sie Tamiel in die Hände bekam …

Ob sie die Spritze aufgehoben hatte? Wahrscheinlich nicht. Alle spielten gegen sie, warum sollte Kelsei einmal Erfolg haben? Sie könnte ein zweites Mal zu Lamita reisen … aber es behagte ihr nicht, Ceria so lange allein zu lassen.

In Mar besorgte sich Kelsei Proviant und ein Pferd, das sie nach Soeldam bringen sollte. Sie legte nur selten Pausen ein, wenn sie befürchtete, das Pferd zu weit zu treiben, oder sie selbst vor Übermüdung fast vom Sattel rutschte. Einmal erwischte sie sich dabei, wie sie eindöste und seitwärts kippte, einen Fuß noch im Steigbügel. Nachts rollte sie sich unter großen Felsbrocken zusammen und versuchte, trotz der Kälte einzuschlafen. Der Winter rückte spürbar näher.

Es dämmerte bereits, als Soeldam in Sicht kam. Sie war den ganzen Tag mit kurzen Zwischenstopps geritten. Zur Belohnung ließ sie die Zügel länger und erlaubte ihnen beiden eine Verschnaufpause.

Statt auf die Stadt zuzureiten, schlug sie einen Bogen ein, der sie zum Lager ihrer Theatergruppe brachte. Wenn sie die Augen zusammenkniff, konnte sie die Pferde und die Wohnwagen bereits als kleine Punkte erahnen. Die Kälte sickerte tiefer in ihre Glieder.

War es das? Nach ihrer langen Suche kehrte sie mit leeren Händen zurück. Nichts konnte Ceria zu ihr zurückbringen.

Nachdem sie ihr Pferd abgesattelt und versorgt hatte, stellte sie es zu den anderen auf die Weide. Sie atmete tief durch – und wandte sich ihrem Wohnwagen zu. Hinter den quadratischen Fenstern flackerte der stetige Kerzenschein. Lorie hatte sein Versprechen gehalten und sich um Ceria gekümmert. Aber ... was war das? Als sie näherkam, vernahm sie eine Bewegung im Inneren. Um diese Zeit müsste Lorie auf der Bühne sein. Wer auch immer da drin war – er war es nicht.

Ihr Herzschlag beschleunigte sich. Konnte es sein, dass Ceria wach war? Konnte es wirklich sein? Sie sprang die Treppenstufen hinauf und riss die Tür auf – und fand sich einem fremden Mann gegenüber.

Bevor sie sich von dem Schreck erholen konnte, zog er sie hinein und schloss die Tür hinter ihnen. Sie wehrte sich, aber er hob die Hände und ließ ihr so viel Platz, wie es in dem engen Raum möglich war. Schnell wich sie zurück.

»Ich will dir nichts Böses. Nur mit dir reden.«

Seine leuchtend blauen Augen waren umringt von Lachfalten und seine Haarlinie war mit dem Alter nach hinten gewandert. Ein paar graue Haare wuchsen aus seinen länglichen Ohren.

Mit einem Blick zum Bett vergewisserte sich Kelsei, dass es Ceria gut ging. Sie atmete und schlief, nicht besser oder schlechter als in den letzten Monaten.

Kelsei ballte die Fäuste. »Wer bist du und was suchst du in meinem Zuhause?«

Beschwichtigend hob er die Hände. »Ich heiße Torder. Von mir hast du noch nicht gehört, aber vielleicht von meiner Freundin. Famiren, die Heilerin auf dem Berg?«

Kelsei nickte. Eine Ahnung stieg in ihr auf.

»Ich habe von ihrer Familie erfahren, dass du sie besucht hast und du einiges über *Akasha* weißt. Ich möchte dir eine Frage stellen. Ich garantiere dir –«

»Du gehörst zum Caelirat.«

»Das ist richtig. Und –«

»Ich dachte, Famiren ist nicht mehr bei euch.«

»Das ist auch richtig, aber –«

»Warum hat sie mich dann verraten?«

»Junge Dame, man wird hier doch aussprechen dürfen!« Seine Stimme hatte sich erhoben, sodass Kelsei zurückzuckte – und gegen die Wand stieß. Er schloss kurz die Augen. »Hier wird niemand verraten. Du hast nichts zu befürchten, ich möchte nur ein Gespräch. Im Gegensatz zu den Personen, mit denen du dich umgibst, bin ich friedliebend.«

»Woher –« Sie verstummte, als sie seine Miene sah. Er hatte eine Augenbraue hochgezogen wie ein strenger Lehrer, der keine Schüler mehrfach ermahnen wollte.

»Danke. Ich erkläre dir alles, keine Sorge. Famiren ist zwar aus dem Rat ausgetreten, aber ich stehe noch mit ihr im Kontakt. Manchmal besuche ich sie, wenn du es genau wissen willst, um ein wenig Tee zu trinken und über alte Zeiten zu reden.«

Kelsei schnaubte.

»Neulich habe ich mit ihrer Nichte gesprochen und dabei ist die Rede von dir aufgekommen. Ich habe dich beschreiben lassen und du kamst mir bekannt vor. Ich nehme an, dass du König Letans Spionin Irin begegnet bist?«

Ein kalter Schauder huschte über ihren Nacken, als würde Irins Skorpion immer noch über ihre Haut krabbeln. Diesen Namen wollte sie nie wieder hören.

Steif nickte sie.

»Sie hat uns Lichtbilder von euch allen gezeigt, damit wir wissen, mit wem wir es zu tun haben.« Torder musterte sie nachdenklich. »Du hast also mit dem Kindkönig zusammengearbeitet.«

Kelsei machte sich bereit, ihr Netz über die Wand zu werfen. Womöglich gelang es ihr im getarnten Zustand, ihn zu überwältigen.

Torder hob die Hände, als spürte er ihre Anspannung. »Du hattest sicher deine Gründe. Ich will nur wissen, wo das Buch ist.«

»Sicher. Und wenn ich es dir nicht sage? Dann bedrohst du mich? Meine Freundin?«

»Warum sollte ich das tun?«

»Weil du mir in meinem Zuhause aufgelauert bist.«

»Na schön.« Er zeigte zum Bett. »Ich wollte mir deine Freundin mit eigenen Augen ansehen.«

Mit wachsamem Blick ließ sie ihn nähertreten. Er setzte sich auf die Bettkante und fuhr eine blaue Linie auf Cerias Haut nach. Zuerst wollte sie eingreifen. Es geschah jedoch etwas Eigenartiges. Fasziniert beobachtete sie, wie das blaue Muster auf seine Berührung reagierte. Es leuchtete auf und pulsierte.

»Bei mir macht es das nie«, hauchte sie, so erstaunt, dass sie ihre Vorsicht vergaß.

»Du bist keine Caeli. Der Äther erlaubt uns Dinge, die ihr nicht könnt, und umgekehrt verhält es sich genauso.« Er glättete eine Falte auf der Bettdecke. »Deswegen haben wir *Akasha* erschaffen. Wir Caeli sind zwar in der geistigen Welt zuhause, aber wir können nicht auf das Wissen des Universums zugreifen. Das können nur Leute, die dort nicht hingehören. Deine Ceria hat in diesem Moment Zugang zu dem Wissen ganzer Äonen.«

Seine Erklärungen interessierten sie nicht. Sie wollte Ceria zurück. Und doch … Famiren hatte von den Forschungen gesprochen, von den Plänen bezüglich der Erde und der Menschen. Für sie war es ein Traum, der in Erfüllung gehen würde, aber für Kelsei war es ein Alptraum. Die Erde war ihr Zuhause.

»Wenn ich euch sage, wo das Buch ist, würdet ihr den Menschen die Erde zurückgeben.«

»Genau, du hast das richtige Wort benutzt. *Zurückgeben*. Seit einem Jahrhundert arbeiten wir an diesem Projekt und obwohl Prun und Famiren nicht mehr dabei sind, haben wir es geschafft. Wir haben uns mit der Zeit sogar die Unterstützung von beiden Regierungen geholt. Du siehst also, das Projekt hat globales Interesse.«

Es schadete nichts, ihm die Wahrheit zu sagen. Dann würde er sie hoffentlich in Ruhe lassen.

»Ich hatte das Buch nie. Kaetan hat es Tamiel gegeben, kurz vor seiner Verhaftung.«

»Und wo ist Tamiel jetzt?«

»Keine Ahnung.«

»Hm. Weißt du zumindest, für wen sie es stehlen sollte? Für Kaetan oder jemand anderen?«

»Ich habe keine Ahnung.«

Er rieb sich über die Stirn. Nach einem weiteren Blick auf Ceria erhob er sich. »Na gut, danke für deine Ehrlichkeit. Ich nehme an, dass du nichts vom Kindkönig hältst?«

»Was lässt dich das denken?«

»Sonst wärst du nicht in Soeldam, sondern auf der anderen Seite des Himalayas und würdest nach ihm suchen. Hör zu, ich möchte dir etwas vorschlagen. Es steht in meiner Fähigkeit, deine Freundin zurückzuholen. Im Gegenzug müsstest du herausfinden, wer Tamiels Auftraggeber ist – und welches Ziel er verfolgt.«

Sie betrachtete den Caeli mit neuem Interesse. Wenn er ihr half, müsste sie nicht den weiten Rückweg nach Cruxia antreten. »Du willst, dass ich sie ausspioniere?«

»Genau. Aber du musst dir wirklich sicher sein, dass du dazu bereit bist. Es darf nichts schiefgehen.«

Sie überlegte, auch wenn es da nichts zu überlegen gab. Sicher, sie wollte auf der Erde bleiben, aber darum konnte sie sich noch kümmern, wenn sie Ceria wiederhatte. Außerdem war es nicht garantiert, dass Cruxia mithilfe des Auftraggebers diese Pläne verwirklichen konnte.

Torder erweckte einen sympathischeren Eindruck als gewisse andere Personen, mit denen sie einen Handel eingegangen war. Darüber hinaus wirkte er so, als würde er seine Seite des Abkommens einhalten.

Kelsei willigte ein. Torder erklärte ihr, wie sie ihn kontaktieren konnte, wenn sie den Auftrag erledigt hatte, und verabschiedete sich. Und so war sie innerhalb einer Viertelstunde von einer Kriminellen zur Spionin der Regierung aufgestiegen.

19

Tamiel

Mit Kaetan im Schlepptau dauerte ihre Reise länger als ihre alleinigen Überquerungen des Himalayas. Ihm ging es zwar besser, aber sie konnte sehen, dass er immer noch entkräftet war. Er gab sich Mühe, seinen Zustand zu verstecken.

Um ihn aufzuheitern, beschäftigte sie sich in den Pausen mit den kaputten Handschellen. Ihre ersten Versuche, sie zu reparieren, scheiterten. Aber sobald sie erkannt hatte, wie sie funktionierten – ähnlich wie ein Seelenband – probierte sie einen anderen Ansatz. Sie verankerte den Äther im Stahl – und er blieb dort.

Als sie Kaetan den Ätherstahl zurückgab, brachte er nur ein schwaches Lächeln zustande. Etwas beschäftigte ihn, doch er wollte nicht darüber sprechen.

Ihre letzte Pause legten sie ein, als Soeldam in Sicht kam. Kurz hinter der Baumgrenze suchten sie sich einen alten Stamm und lehnten sich gegen seine mächtigen Wurzeln. Kaetan sah blass aus, aber er wirkte nicht mehr so geisterhaft wie zu Beginn der Reise. Während er das Brot, das sie ihm reichte, wortlos verschlang, blickte Tam auf die Stadt. Es war fast Winter, aber Schnee lag noch keiner. Ihr Atem sammelte sich in der Luft. Im Westen berührte die Sonne die Spitzen des Palasts. Sie streckte den Strahlen die Hände entgegen, aber die Wärme war unerreichbar. Sie wäre gern in die geistige Welt zurückgekehrt, wo ihre Fingerknöchel nicht rot und rau wurden vor Kälte, aber sie wusste, dass Kaetan die Pause benötigte.

Allerdings drängte er selbst zum Aufbruch, kaum dass er sich die letzten Krümel vom Schoß gekehrt hatte. Während sie ihren Rucksack packte, holte er die Ballonmütze aus seinem. Wie alles an dem Einbruch schien es ewig her zu sein, dass er damit verkleidet und an Lurels Seite das Anwesen ausgekundschaftet hatte. Jetzt würde sie ihm helfen, neugierige Blicke fernzuhalten. Seine Flucht hatte sicherlich die Runde gemacht.

Bevor sie ihren Rucksack schulterte, hielt Tam inne. Er wirkte abwesend. Sie konnte nicht sagen, ob seine Gedanken um seine Schwester kreisten oder um Tams Geständnis oder um den Königssturz.

Bald wäre es so weit. Er wäre wieder König und die Dinge würden sie ändern. Egal ob Tam blieb oder ging. König Coziel spazierte nicht mit der Jägerin durch die Straßen und setzte sich mit ihr ins Crin. Er führte sie nicht auf den Kunstplatz aus und nahm sie bei keiner Jubiläumsfeier Huckepack. Mit König Coziel würde die gemeinsame Zeit von Tamiel und Kaetan enden und das war ihm vermutlich bewusst. Sie musste fort. Trotzdem hatte es wehgetan, als er sofort Einsicht gezeigt hatte.

Wohin würde Kaetan gehen, wenn Coziel zurückkehrte?

In Soeldam materialisierten sie sich in einem namenlosen Durchgang. Die Wände waren mit Moos überwachsen und verbreiteten einen schimmeligen Geruch.

»Soll ich dich nach Hause begleiten?«, fragte sie.

»Ich brauche zuerst meine Augen und Ohren zurück«, erwiderte er knapp.

Er wollte zu Lurel.

»Und danach?« Sie meinte natürlich den Königssturz.

»Eines nach dem anderen."

Etwas an der Art, wie er es sagte, veranlasste sie dazu, ihn genauer zu betrachten. Er war merkwürdig verschlossen. Irgendetwas ging in ihm vor. Doch was? Bevor sie etwas erwidern konnte, lief er los, die Ballonmütze tief im Gesicht. Er ging mit einem schnellen Schritt, als würde er vor etwas fliehen und gleichzeitig darauf zuhalten. Nach einem Zögern folgte sie ihm.

Vor der Tür zu Lurels Laden – ein *Geschlossen*-Schild hing daran – blieb er stehen. Er sah sie an, als stünde er kurz davor, ein süßes Tier zu ermorden, das er eigentlich am Leben lassen wollte. So gequält …

Instinktiv wollte sie seine Wange berühren – ihm Kraft einflößen. Doch … warum eigentlich nicht? Wenn die Uhr sowieso tickte, warum sollte Tam nicht dieses eine Mal alle Bedenken in den Wind werfen?

Ihre Hand schmiegte sich an seine kalte Haut.

Seine Atmung geriet ins Stocken. Auch Tam hielt die Luft an. Seine Lippen teilten sich, aber kein Laut drang hervor. Ihr Blick wanderte nach oben zu seinen Augen. Sie waren voller Schatten.

»Ich bin froh, dass ich dich gefunden habe.« Sie hatte die Worte nur gedacht, aber irgendwie waren sie entwischt.

Kaetan biss auf seine Unterlippe. Seine Schneidezähne passten genau in die Kerben, die seine Alpträume dort hinterlassen hatten. Er wollte etwas sagen. Tam wünschte sich, er würde es endlich tun. Aber solange er so war, wie er war …

Sie strich mit dem Daumen über seine Wange und zog dann die Hand zurück. Es gab eine Grenze, die sie nicht überschreiten durften.

Noch bevor die Glocke über der Tür verstummt war, rannte Lurel ins Wartezimmer, ein Messer in der Hand. Als er sah, wer den Laden betreten hatte, kehrte Farbe in sein Gesicht zurück und er legte das Messer weg.

»Kaetan, bei den sieben Sphären!« Er riss ihn in eine Umarmung und klopfte ihm auf den Rücken. »Dir geht es gut. Die Zeitung hat alles Mögliche über dich zusammengedichtet. Über dich auch«, fügte er mit einem Blick auf Tamiel hinzu, als er zurücktrat.

»Gibt es etwas Neues?«, fragte Kaetan, während er zu der kleinen Teeküche im hinteren Teil des Ladens ging. »Etwas Wichtiges, das ich wissen sollte?«

»Nichts Wichtiges, nein. Die *Zygon* hat kürzlich wieder angelegt, das könnte dich interessieren. Außerdem war der König für eine Weile in Cruxia, aber den hast du wahrscheinlich gesehen. Ich habe Tagebuch geführt, du kannst dir alles genau durchlesen. Ach ja.« Er hielt inne, sodass nur das kochende Wasser zu hören war. »Es sieht so aus, als würde man mich suchen.«

Das schien Kaetan kalt zu lassen. Ruhig packte er einen Teebeutel aus. »Sie haben meinen Flandactes gesucht, aber jetzt liegen ihre Prioritäten woanders.«

»Ich beschwere mich nicht, es ist nichts passiert. Ich hatte Hilfe. Aber woher wussten die Soldaten überhaupt, wo sie suchen müssen?«

»Das muss Irin gewesen sein.«

»Irin?«

»Eine Spionin des Königs. Ich erinnere mich, dass sie mich manchmal befragt hat, aber ... Tamiel, hast du was von ihr gehört?«

»Sie ist im Palast.«

»Ah.« Er nahm den Teebeutel heraus und setzte den Deckel auf die Kanne. »Umso besser.«

Er schenkte eine Tasse ein und reichte sie Lurel. Die zweite Tasse reichte er ihr. Tam lag schon ein Dankeschön auf den Lippen, als sie merkte, wie seine andere Hand in seine hintere Hosentasche griff. Sie sah ein silbernes Glänzen, bevor sich etwas um ihren Arm schloss.

Die Tasse entglitt ihr. Ein Klirren. Heißes Nass, das ihre Schuhe tränke. Sie riss sich aus seiner Reichweite, aber es war zu spät. Die Handschellen aus Ätherstahl dekorierten ihr Handgelenk.

»Kaetan, was –« Sie brach ab, als er ihren Arm packte und sie durch den Vorhang schob. Lurel folgte mit verwirrter Miene. Kaetan drückte sie auf einen Stuhl und band die zugehörigen Riemen um ihre Knöchel, die eigentlich für die Anbindung von Sklaven gedacht waren.

»Lurel, ich möchte, dass du ihre Gedanken liest.« Seine Stimme war die eines Fremden.

Lurel stand da. Seine dünnen Finger hielten seine Tasse umschlungen. Zitterten. »Ich soll Tamiels Gedanken lesen?«

Kein einziges Mal schaute Kaetan sie an. Er nahm ihr die Obsidiankette ab, ohne ihrem verschreckten Blick zu begegnen. »Lesen und an mich binden.«

»Was tust du?« Ihre Stimme klang plötzlich höher. Was war nur in ihn gefahren? Noch eben war alles gut gewesen. »Ich sage dir alles, was du wissen willst.«

Er ignorierte sie. »Lurel, bist du so weit?«

Ein zögerliches Nicken.

»Tamiel, hast du vor, mich zu verraten?«

»Nein!«

Er ignorierte sie, sah Lurel an.

Mit einem Nicken bestätigte der Flandactes ihre Antwort.

»Hast du Lamita weggeschickt, weil du mir nicht vertraust?«

»Kaetan ...« War es das, was unter der Oberfläche gebrodelt hatte? Hatte er das die ganze Zeit geplant?

»Lurel?«, fragte er.

Lurel musterte sie eingehend. Tam fühlte sich hilflos. Sie konnte nichts gegen seinen magischen Blick unternehmen. Aber vielleicht würde er Kaetan zur Vernunft bringen, wenn er sah, dass Tam unschuldig war.

»Es ist nicht direkt mangelndes Vertrauen.« Lurel zögerte nicht länger; er war in seinem Element. »Vielleicht Angst? Oder Liebe?«

»Ich habe Lamita weggeschickt, weil ich nicht wollte, dass du

– dass du etwas tust«, erklärte sie wahrheitsgemäß. »Weil ich sie liebe.«

Kaetan verkniff den Mund. »Und verlässt du Soeldam, weil du sie mehr liebst?«

Mehr liebst als wen? Sie und Lurel wussten beide, dass sie das gern gefragt hätte, aber in einer stummen Übereinkunft ergab es sich, dass sie beide darüber schwiegen.

»Ich gehe aus Soeldam fort, weil ich das nicht mehr kann«, entgegnete sie stattdessen.

Und mit *das* meinte sie alles. Sie hatte gedacht, er würde es verstehen.

»Lurel?«

»Sie sagt die Wahrheit.«

»Tamiel, willst du das genauer erklären?«

Sie wusste nicht, wie lange sie seine emotionslose Stimme noch ertragen konnte.

Sie war nie gut darin gewesen, ihre Gedanken schnell und gründlich in Worte zu fassen, vor allem nicht unter so viel Druck, aber sie gab ihr Bestes. »Ich kann keine Jägerin mehr sein. Das … das ist mir zum ersten Mal klar geworden, als ich Kaito Merritts Kinder gesehen habe. Mir ist klar geworden, dass die Jägerin gar nicht ich bin, sondern dass sie wie eine Maske ist, die ich aufsetze. Und damit befreie ich mich. Von meinen bösen Taten. Und – und als ich dich da rausgeholt habe, war das wieder meine Entschuldigung. Aber ich kann das nicht mehr. Es … Ich spüre, wie es an mir zehrt.«

Sein Blick wanderte zu ihr. Tam atmete aus. Wenn er sie sah – wenn er sie wirklich sah – würde das ein Ende haben.

Diesmal vergewisserte er sich nicht, ob ihre Worte mit ihren Gedanken übereinstimmten. »Du denkst, dass es böse ist, Seelen zu stehlen?«

»Es ist nicht gut … Was soll es sonst sein?«

»Denkst du, dass ich böse bin?«

Die Frage erwischte sie kalt. Ihr erster Instinkt riet ihr, sie zu verneinen, aber Lurels wachsamer Blick brachte sie dazu, darüber nachzudenken. Sie durfte Kaetan nicht anlügen oder er würde … Er war zu allem fähig.

»Ich denke, dass du unberechenbar bist«, sagte sie langsam, unsicher, ob ihre Worte die Lage verbesserten oder verschlimmerten. »Und impulsiv. Das macht dich … ein wenig gefährlich.«

»Lurel?«

Lurel zögerte, bevor er antwortete. »Eine Sache fehlt.« Er betrachtete sie flehend.

Kaetans Miene war unleserlich. Wie konnte es sein, dass er sie auf der Straße vorhin mit so viel Zuneigung bedacht hatte?

»Du bist nicht böse«, flüsterte sie. »Aber die Schatten in deinem Kopf sind böse. Sie verleiten dich zu bösen Taten.«

Er blinzelte, der einzige Riss in seiner endlosen Gleichgültigkeit. »Du sagst also, ich lasse mich hierzu … *verleiten*?«

Er ließ zu, dass sie seinen Blick festhielt. Sie wusste nicht, was er von ihr wollte. Wenn er dachte, sie könnte in ihn hineinblicken, täuschte er sich.

Nach einer langen Musterung sagte sie: »Kaetan, ich akzeptierte dich so, wie du bist. Die Schatten sind ein Teil von dir.«

Die Worte waren aufmunternd gemeint, doch das Schweigen, das sich daraufhin ausbreitete, wirkte bedrohlich. Schließlich nickte er und seine Züge wurden weicher. Tam wagte es, Hoffnung zu schöpfen. Waren sie jetzt fertig?

»Wenn du nicht freiwillig bei mir bleibst, binde ich dich an mich. Halt, noch eine Sache«, fügte er hinzu, ehe sie den Satz genug verdaut hatte, um zu reagieren. »Es ist jetzt nicht mehr wichtig, aber – warum fühlst du so für die Menschen?«

Sie presste die Lippen aufeinander, dachte an Letans Warnung. *Wenn Coziel wüsste, was deine Mutter ist …*

»Hm?«, hakte er nach.

Ihr Kiefer schmerzte vor Anspannung. »Du musst mich nicht wie eine Sklavin behandeln.«

»Lurel?«

»Sie –« Lurel geriet ins Stottern. »Sie, ähm, da ist nichts.«

Tam versuchte, ihre Überraschung zu verbergen. Lurel hatte für sie gelogen.

Auf einmal war Kaetan ganz nah, seine Nase nur wenige Zentimeter von ihrer entfernt. »Ich behandle dich nicht wie eine Sklavin, ich behandle dich wie meine Jägerin. Jemanden, auf den ich mich verlassen kann, wenn es drauf ankommt, und jemanden, der mich nicht im Stich lässt.«

»Ich habe dir doch gesagt, ich weiß nicht, ob ich vielleicht zurückkehre –«

»Du hast genug gesagt.« Er kehrte ihr den Rücken, wirbelte dann jedoch wieder zu ihr herum. Sie zuckte zurück, als sie den Schmerz sah, der sein Gesicht überzog. »Du müsstest mich besser kennen. Du müsstest sehen, dass ich anders bin. Es wäre besser, wenn du diese Maske von allein wieder aufsetzt, aber …«

»Was?« Ihre Mundwinkel zogen sich nach oben, aber es war kein Lächeln.

»Die Schatten sind fort.«

Die Schatten, seine inneren Dämonen. Sie waren fort?

»Das ist gut, oder? Wir können damit arbeiten. Wenn du wieder Herr über dich selbst bist, fällt es dir leichter –«

»*Was* zu sein? Ein besserer König?« Der Schmerz wandelte sich zu Zorn. »Das wolltest du doch sagen.«

»Das wollte ich nicht sagen.« Tam atmete tief ein, versuchte, seine Wut nicht an sich heranzulassen. »Es würde dir leichter fallen, mit dir selbst zu leben.«

Wenn er ihr mehr Zeit gelassen hätte, hätte sie noch mehr sagen können. Dass seine Schatten es waren, die ihm Alpträume zufügten. Dass er wegen ihnen Täuscher nahm und zu Dingen getrieben wurde, die er im nüchternen Zustand niemals tun würde.

Schnaubend wandte er sich ab. »Lurel, bändige ihre Gedanken. Sie soll meinen Befehlen gehorchen, aber ihre eigene Meinung sprechen können. Und sie soll aufhören, mich ändern zu wollen.«

»Eure Majestät … Das geht nicht.«

»Wie bitte?«

»Ich kann ihr nicht ihre Meinung lassen, wenn sie gleichzeitig aufhören soll, etwas Bestimmtes zu wollen.«

»Dann arrangiere es so, dass es geht. Ich will nur am Ende noch vernünftige Unterhaltungen mit ihr führen können.«

»Ich bin mir nicht sicher –«

Kaetan schlug ihm die Teetasse aus der Hand, an der er sich wie an einen Klippenrand geklammert hatte. »Dann drücke ich mich klarer aus. Benutz ihre kleine Metapher und setze ihr die Maske der Jägerin so auf, dass sie nie wieder abfällt.«

Lurel wich ihrem Blick aus. Er trat hinter sie, sodass sie nicht sehen konnte, was er tat. Sie leistete keinen Widerstand, weil sie hoffte, dass das nur ein Streich war. Irgendein Spiel, das Kaetans gequälter Verstand erfunden hatte.

Bisher hatte sie ihre Gedankenwellen nicht gespürt. Doch jetzt, wo sie sich veränderten, nahm sie sie wahr. Es kitzelte leicht und tat ein bisschen weh. Sie kniff die Augen zusammen, um sich zu konzentrieren, aber die beiden Regungen stießen in ihrem Kopf aneinander und verursachten ein wirres Durcheinander. Sie wollte etwas sagen, etwas tun, aber wie so oft sagte und tat sie nichts. Die Angst lähmte sie.

Sie fraß an ihren Gedärmen, während Lurel ihre Gedankenwellen neu wob und bestimmte Fäden in einer Sackgasse enden ließ, während er an andere Stränge neue knüpfte. Sie blinzelte und blinzelte und wollte sich wehren, aber je mehr Zeit verstrich, desto deutlicher fühlte sie, dass sie sich nicht bewegen konnte und all ihre Versuche im Geiste geschahen. Denn sie wusste, dass sie den Kopf schüttelte und den Oberkörper bewegte, aber ihr physischer Körper blieb regungslos auf dem Stuhl sitzen.

Jemand sagte etwas, wurde jedoch von Kaetan zum Schweigen gebracht. Seine Stimme nahm das Zentrum ihres Seins ein. Sie schwang in ihrem Kopf wie in einer Klangschale und veranlasste sie dazu, ruhiger zu werden. Es war, als würde sie sich mit ihren Gedanken verweben. Tam schloss die Augen, ließ Lurel die letzten Feinheiten verrichten.

Als sich jemand räusperte, schlug Tamiel die Augen auf. Vor ihr kniete Kaetan. Er betrachtete sie prüfend, aber das Geräusch hatte er nicht verursacht. Sie vergaß, sich nach der Quelle umzusehen, als sie merkte, dass sie seine gesamte Aufmerksamkeit genoss. Wo vor wenigen Minuten noch Härte in seinem Blick gelegen hatte, spiegelte sich jetzt sanfte Besorgnis. Behutsam löste er die Riemen.

Sie wartete auf sein Nicken, ehe sie sich erhob. Ihre Hände streiften sich wie zufällig und sie meinte, ein »Tut mir leid« in der Luft zu hören, aber es waren nur drei leise Worte, die ebenso vom Knarzen des Holzes oder den Geräuschen von außen stammen konnten.

Sie vergaß die Worte ziemlich schnell, denn etwas anderes lenkte sie ab.

Prinzessin Iuvanis hatte den Vorhang beiseite gezogen.

20

Kaetan

Er wusste, wer den Laden betreten hatte, noch bevor er sie hörte oder sah.

»Hallo, Bruderherz.«

»Still«, zischte er.

Normalerweise war Tamiel eine Löwin, voll lauernder Ruhe. Selbst wenn sie in Aktion kam, wirkte sie in ihrer Gemächlichkeit zielstrebiger als andere. Aber mit der Art, wie sie sich gegen die Riemen stemmte, verjagte sie die Löwin und zeigte ihm Tamiel, wie sie leibte und lebte.

Nach einem Augenblick voller schmerzhafter Herzschläge merkte Kaetan endlich, wie Lurels Arbeit anschlug. Die Maske der Jägerin senkte sich auf ihr Gesicht, sodass die Falten aller überflüssigen Gefühle geglättet wurden.

Und dann räusperte sich seine Schwester.

Er musste sich beherrschen, um sie nicht anzufahren. Musste sie ausgerechnet jetzt auftauchen? Wo so viel auf dem Spiel stand?

Er ließ Tamiel nicht aus den Augen, während er ihre Fesseln löste. Sie ihn ebenso wenig. Doch in ihrem Blick spiegelte sich mehr als nur die Jägerin. Er entdeckte … Unterwürfigkeit. Ein Schauder kroch über seinen Rücken.

»Komme ich ungelegen?«

Kaetan schloss kurz die Augen, dann machte er auf dem Absatz kehrt und marschierte an seiner Schwester vorbei durch den Vorhang. Den Ätherstahl ließ er mit einem dumpfen Geräusch auf den Tisch fallen.

Iuvanis folgte ihm. »Ich hatte auf eine Überraschung gesetzt.«

Nach einem tiefen Atemzug wandte er sich ihr zu. Da war sie also. Eine fahle Version ihrer selbst. Nur ihre Augen hatten an Intensität gewonnen. Wie schwarze Flammen loderten sie ihm entgegen.

»Wenn du nicht mehr zu offenbaren hast, als dass du lebst, Tamiel den Auftrag gegeben hast und du das Buch zerstören willst, muss ich dich leider enttäuschen.« Ihm fielen wieder Lurels vorherigen Worte ein und er sprach weiter, bevor Iuvanis ihm doch noch eine Überraschung präsentieren konnte. »Und du hast Lurel gedeckt. Habe ich recht?«

Kurz schwieg sie. Dann hoben sich ihre Mundwinkel. »Ich habe die Sucher von ihm abgelenkt. Ich konnte doch nicht zulassen, dass sie in die finsteren Gedanken meines Bruders blicken.«

Er verschränkte die Arme hinter seinem Rücken. Selbstlosigkeit stand ihr nicht; mit jeder Tat bezweckte sie etwas. »Wenn du auf meine gute Seite willst –«

»Hast du überhaupt eine gute Seite?«

Kaetan war kurz davor, die Augen zu verdrehen, erkannte dann jedoch, dass er nicht länger Coziel war, der sich von seiner Schwester bemängeln ließ.

»Außerdem enttäuschst du mich nicht«, fuhr sie fort. »Eine Überraschung habe ich noch.«

Ein Messer rutschte in seine Hand, so flink, dass er sich fast an der Klinge geschnitten hätte. Statt zurückzuweichen, lachte sie nur.

»Du misstraust mir? Ausgerechnet mir?«

Ihm lag eine Vielzahl von Erwiderungen auf der Zunge. *Nach drei Jahrzehnten kehrst du von den Toten zurück. Genau dann, wenn ich außer Gefecht bin. Und ich habe nichts geahnt. Du tust so, als würdest du über mir stehen, aber du bist keine Konkurrenz. Kehr dahin zurück, woher du gekommen bist.*

»Welche Überraschung?«, fragte er.

»Dein geliebtes Etablissement – wie heißt es noch? Egal. Es wird gerade in Brand gesteckt.«

»Mein –« Die Wörter erstarben auf seiner Zunge. Er umfasste das Messer stärker. »Das Crin. Von wem?«

»Dem königlichen Berater und ein paar Soldaten.«

Sie wagten es wirklich.

Ihm war bewusst, dass es eine Provokation war. Doch er hatte eben die einzige Person verloren, an der ihm etwas gelegen hatte. Es war genug. Damit kamen sie nicht durch.

Ohne weitere Zeit zu verlieren, stürmte er aus dem Laden.

Von weitem konnte er den Rauch sehen. Wie ein grauer Dämon zeichnete er sich vor dem Sternenhimmel ab. Je näher Kaetan kam, desto dichter wurde die Menge an Schaulustigen. Am Schluss standen sie so eng, dass er selbst als Schatten Schwierigkeiten hatte, eine Passage zu finden. Endlich auf der anderen Seite, materialisierte er sich im Rennen und stieß die angelehnte Tür zum Crin auf.

Das Erdgeschoss war kaum wiederzuerkennen. Soldaten waren damit beschäftigt, Kanister voller Öl über umgestürzte Möbel zu kippen. Die Pfützen schimmerten im tanzenden Fackellicht. Der Scherbenvorhang zu den Tischen war heruntergerissen. Die Tür zum Hinterhof stand offen. Dahinter sah man Flammen, ein einziges Meer. Ihr Knistern und Knacken kroch in seine Ohren und wollte nicht mehr gehen. Ihm wurde schwummrig zumute.

Er hatte keine Schatten mehr, die ihn anstifteten, aber das spielte in diesem Moment keine Rolle. Blindlings griff er nach einem Soldaten und entriss ihm das Leben. Als die übrigen ihn bemerkten, wurden Kanister fallen gelassen und Schwerter gezogen. Ein Nodifaex brachte die Decke über ihm zum Einstürzen, aber Kaetan duckte sich darunter hinweg und wischte sich den Staub aus den Augen.

»Wo ist der Berater?« Er wusste nicht, ob man ihn über den

Lärm verstehen konnte. »Wo ist Salar?«

Ein Soldat stürzte sich auf ihn, doch Kaetan gelang es, ihn abzuschütteln und in die Schattenwelt zu senden. Ein anderer Angreifer verpuffte – Kaetan gefror eine Sekunde lang, weil er dafür nicht verantwortlich gewesen war.

Die Stimme seiner Schwester drang zu ihm. »Coz!«

Keine Zeit, sich mit ihr zu befassen.

Er packte den nächsten Soldaten am Kragen. »Wo ist er?«

»Er ist oben, mit den anderen«, jammerte der Soldat. »Bitte, bitte …« Seine Stimme ging in Schluchzern unter.

Kaetan erlöste ihn von seinem Leid. Dann vergewisserte er sich, dass Tamiel in der Nähe war, und winkte sie zu sich. Während Iuvanis die anderen Soldaten auf Abstand hielt, stieg er zusammen mit seiner Jägerin die Stufen hinauf zu dem Raum, der bisher als ein sicherer Hafen gedient hatte. Das war vorbei.

Vielleicht hätte er es ahnen können, doch dafür hätte er einen klaren Kopf gebraucht.

Hinter der Tür wartete nicht nur der königliche Berater mit seinen Männern, sondern auch Lokur.

21

Lokur

Aus den Flammen trat ein Schatten.

Lokur vergaß den Streit mit Salar. Er vergaß, dass Salar ihn angeschrien hatte wegzugehen, und Lokur ihm das Feuerzeug entrissen und zurückgeschrien hatte, dass das nicht richtig war, dass sie nicht wegen eines einzigen Calitas ein ganzes Haus niederbrennen konnten. Dass sie *jetzt gehen mussten.*

Der Feuerschein tanzte über Kaetans Gesicht. Entstellte es. Lokur stolperte zurück, denn das war er. Der Kindkönig. Als hätte Kaetan seine Verkleidung abgestreift und das Grauen entblößt, welches unter der Oberfläche lauerte.

Sein Blick wanderte von dem öltriefenden Boden ... zu dem Feuerzeug ... zu Lokur. Verachtung. So viel davon, dass Lokur sich vor sich selbst ekelte.

Salar machte eine Bewegung. Vielleicht wollte er nach vorn stürmen, den Kindkönig überwältigen. Doch bevor er einen Schritt weit gekommen war, erstarrte er. Genau wie die übrigen Soldaten.

Trotz der überwältigenden Hitze der Flammen erschauderte Lokur. Sie wurden von derselben dunklen Macht festgehalten, wie Lokur sie schon in Merritts Arbeitszimmer erlebt hatte.

Die Zeit stand still.

Um zu fliehen, war es zu spät. Lokur fühlte sich ebenso versteinert wie die anderen, obwohl er wusste, dass Kaetan ihn verschont hatte.

Aber nicht aus Güte.

Mühelos durchquerte Kaetan die Flammen. Sie bildeten einen Kreis vor der Tür, von einem unachtsamen Soldaten gezündet, glücklicherweise von dem restlichen Öl abgetrennt. Das Feuer wich vor ihm zurück, als verspürten selbst die Elemente Ehrfurcht vor dem ehemaligen Schattenkönig.

Kaetan verschränkte die Arme hinter dem Rücken, als träfen sie sich an einem sonnigen Tag auf dem Kunstplatz. »Lokur«, grüßte er.

Eine Idee schoss ihm in den Kopf. Ein einziger Streich über das Feuerzeug könnte alles beenden. Kaetan und der Schrecken, den er verbreitete, würden vernichtet werden.

Das Feuerzeug rutschte aus seiner Hand. »Es ist nicht so –«

Er brach ab. Musste abbrechen, weil er plötzlich zu wenig Luft bekam.

Hinter Kaetan stand sie, halb verborgen von den züngelnden Flammen. Tamiel. Mit gespanntem Bogen, den Pfeil auf ihn gerichtet.

Lokur fühlte sich fiebrig. Seine Knie zitterten. Nur seine lähmende Furcht verhinderte, dass er umkippte.

In seinem Garten war es leicht gewesen, ihr den Rücken zu kehren. Hier nicht.

Kaetan vervollständigte Lokurs Satz mit kühler Gelassenheit. »Es ist nicht so, wie es aussieht? Dann hast du dich nicht aus der Gefangenschaft freigekauft, indem du mich verraten hast?«

»Es war nur ein Verhör –«

»Und jetzt machst du damit weiter, indem du mein Büro niederbrennst.«

»Das mache nicht ich!« Hilfesuchend drehte Lokur sich zu Salar um, aber dieser war nach wie vor in einer Starre gefangen.

»Jeder Krieg braucht ein erstes Opfer. Du hast das Pech, am falschen Ort zu sein.«

»Nein, bitte –« Er hob die Hände, wollte sich erklären, wollte, dass die Zeit stillstand.

Kaetan machte eine Geste zu seiner Jägerin. »Tamiel?«

Tamiel zog die Sehne weiter zurück, kniff die Augen zusammen.

Lokurs Herz flatterte in seine Kehle. Er war ein Nodifaex, erinnerte er sich gerade rechtzeitig. Er spürte die Teilchen, aus denen Tamiels Bogen bestand, er tastete sich daran entlang zur Sehne, wollte sie durchtrennen –

22

Tamiel

Sie ließ die Sehne los. Dachte nicht nach. Der Pfeil schnellte nach vorne und grub sich in Lokurs Brust.

Keine Gewissensbisse.

23

Kaetan

Lokur ging zu Boden.

Während die Flammen unter ihm wüteten und die Calita vor ihm erstarrten, lächelte er Tamiel an. Er spürte einen Stich im Herzen, als sie nicht zurücklächelte, aber so war sie nun mal, seine Jägerin.

»Wir haben große Dinge vor«, versprach er und ließ den königlichen Berater und seine Soldaten frei. Bevor sie etwas unternehmen konnten, verschmolz er mit der Dunkelheit und verschwand aus dem zum Tode verurteilten Gebäude. Tamiels Anwesenheit spürte er wie eine beruhigende Wärmequelle im Nacken.

Mehrere Biegungen weiter, fernab der Calitamenge, tauchte er aus den Schatten auf. Er hatte kaum Zeit, sich den Ruß von der Kleidung zu kehren, bevor eine vertraute Stimme an sein Ohr drang.

»Ich sehe, du hast dich nicht verändert.«

Innerlich ballte er die Fäuste. Bemühte sich um die kühle Besonnenheit, die auch Iuvanis an den Tag legte. Insgeheim war er froh um die Ablenkung. So konnte er die wachsende Rauchwolke am Nachthimmel ausblenden. Doch seine Schwester war das Letzte, womit er sich so kurz vor dem Königssturz befassen wollte. Er hatte nicht die Zeit, sich mit ihr und ihren zweifelhaften Motiven zu befassen. Allerdings schien es allmählich so, als hätte er keine andere Wahl.

»Erst Lurel, jetzt das Crin. Warum hilfst du mir?«

»Warum sollte ich dir nicht helfen?«

Er war nicht in der Stimmung für rhetorische Fragen. Sein Kopf dröhnte. Nur mit Mühe konnte er sich auf den Beinen halten.

Er setzte eine Schritt nach vorn, war froh, dass sein Körper ihn nicht verriet.

»Wir treffen uns in einer halben Stunde bei Lurel«, verkündete er mit fester Stimme. »Sieh zu, dass du pünktlich bist.«

Er wollte schon die Straße überqueren, als Iuvanis ihn aufhielt. »Du kannst nicht einfach davonlaufen. Wir müssen reden.«

Er fühlte sich zurückversetzt in seine Kindheitstage. Er atmete tief durch. *Ruhig bleiben.*

»Das werden wir.«

Sein Kopf schmerzte trotz der fehlenden Schatten – oder gerade deswegen. In seiner Wohnung steuerte er als Erstes das Täuscherlager an.

Das Seltsame an Täuschern war, dass er sie nicht vermisste, wenn er auf Entzug war, sondern erst, wenn er vorhatte, sie einzunehmen. Das sollte es eigentlich leicht machen, sich ihnen zu entziehen, aber genau das war der Fallstrick: Er vermisste sie nicht, doch er brauchte sie, wenn ihm das Leben zu viel wurde. Wenn er endlich, endlich schlafen wollte, aber wegen unerwartetem Familienbesuch nicht durfte.

Er erwartete, dass Tamiel protestieren würde, als er das Pulver auf seinen Handrücken streute. Das geschah nicht. Stumm wartete sie auf der Türschwelle.

»Ich muss sie nehmen«, sagte er trotzdem.

Tamiel schwieg so lange, dass er nicht mehr mit einer Antwort rechnete. Erst als das Pulver seine Nase hochgewandert war, öffnete sie den Mund. »Ich weiß.«

Die Täuscher stachen in seinen Kopf und dämmten seine Sorgen ein. Ruhe kehrte in seine Glieder und ein Gefühl der Erholung durchströmte ihn. Er raschelte mit dem Päckchen. »Willst du auch?«

»Wenn du willst.«

Sie machte keine Anstalten, auf ihn zuzukommen. Seufzend ließ er das Päckchen zurück zu den anderen fallen. Auf den Stufen ließ er Tamiel den Vortritt. Während der Strecke zu Lurel starrte er auf ihren Hinterkopf und fragte sich, was er angerichtet hatte.

Als er wenig später die Ladentür öffnete, kam Lurel auf ihn zugelaufen und zog ihn ins warme Innere.

»Da bist du endlich!« Er senkte die Stimme. »Deine Schwester sieht so aus, als würde sie heimlich planen, meine Inneneinrichtung in Brand zu setzen. Was ist zwischen euch vorgefallen?«

Kaetan schob ihn aus dem Weg. Ohne zu stoppen, wuchtete er Iuvanis von ihrem Stuhl und drückte sie gegen die nächstgelegene Wand. Ihr Körper war leichter, als er erwartet hatte.

Sein Messer näherte sich ihrer Kehle.

»Warum bist du am Leben?«

Sie glich einer Statue. Kein Gefühl verletzte ihr Gesicht. »Warum hast du die Soldaten am Leben gelassen?«

»Was ist hier los?«, schaltete sich Lurel ein.

Den Blick weiterhin auf Iuvanis geheftet, befahl Kaetan: »Lurel, hol Tee.«

»Aber –«

»Geh einfach.«

Kaum hatte sich Lurel entfernt, wandelte sich Iuvanis zu einem Schatten und nahm wieder auf ihrem Stuhl Platz. Kaetan stand immer noch mit seinem Messer an der Wand. Resigniert steckte er es ein.

»Was willst du von mir, Iuvanis?«

»Ich will sehen, wie es dir geht. Das letzte Mal, als du einen Soldaten am Leben gelassen hast, wolltest du, dass alle dich fürchten.«

Kaetan beschloss, nicht auf ihre Provokation einzugehen. »Du hilfst mir nur, wenn du dich schuldig fühlst.«

»Ach ja?«

»Iuvanis, fühlst du dich schuldig?«

Iuvanis verschränkte die Arme. Ein kritischer Zug legte sich um ihren Mund. »Wie immer willst du zu viele Sachen auf einmal. Was will ich, warum helfe ich dir, warum bin ich noch am Leben? Ich erwarte nicht, dass du dich freust, mich zu sehen, aber ich habe mit mehr Geduld gerechnet.«

Sie wich ihm aus. Kaetan kannte sie gut genug, um die Bedrohung darin zu erkennen.

Das Problem war nicht, dass er ihre Antworten brauchte, um Lücken zu füllen. Für ihn war klar, dass sie auf verschiedenen Seiten standen. Er konnte sich an keine Zeit erinnern, in der sie dasselbe Ziel verfolgt hatte. Ihn interessierte eher, welche Ausreden sie fabrizieren würde.

Das kochende Wasser lenkte beide ab. Lurel schien den Lärm überschätzt zu haben, denn er schaltete das Gerät sofort wieder ab. Doch jetzt lastete die Aufmerksamkeit der Remexgeschwister auf ihm. Lurel, der schon im Palast beiden gleichermaßen freundlich gesinnt gewesen war, war nicht eingeschüchtert. Im Gegenteil; unbekümmert trat er vor.

»Prinzessin ... ich verstehe nicht, wie Ihr überlebt habt. Letan hat Eure Leiche vorgeführt.«

»Lurel«, mahnte Kaetan. Vergeblich. Iuvanis schien nur allzu froh zu sein, sich von dem Gespräch mit ihrem Bruder abzuwenden.

»Letan hat einen Dorraeves umgebracht, nicht mich.«

Iuvanis legte den Kopf schief. Vielleicht schätzte sie seine Loyalitäten ab. Dabei sollte sie wissen, dass Lurel, solange Kaetan lebte, im Ernstfall zu ihm halten würde.

»Das hat er bis heute nicht durchschaut. Mit der Hilfe des Kommandanten bin ich aus dem Palast geflüchtet. Ich hatte Freunde, im

Gegensatz zu Coziel.«

Das reichte. Er hatte wichtige Angelegenheiten zu regeln. Sich von seiner Schwester beleidigen zu lassen, gehörte nicht dazu. »Gibt es noch etwas oder können wir uns verabschieden?«

Iuvanis musterte ihn amüsiert – wobei Amüsement bei ihr nicht weiter ging als zu einer zuckenden Augenbraue. »Manchmal kann ich nicht feststellen, ob du scherzt.«

Er wollte sie anschreien, dass sie aufhören sollte. Er wollte mehr Täuscher. Die Sorgen wetzten ihre Krallen an seinen Gedanken.

»Iuvanis, lass mich zwei Dinge klarstellen. Erstens: Niemand nennt mich mehr Coziel. Gewöhn es dir ab. Und zweitens: Wenn du dieses Gespräch weiterführen willst, sagst du mir *jetzt*, warum du hier bist.«

Der Ausbruch tat gut. Er fühlte sich hitzig, lebendig, als wäre eine Feuerwelle aus ihm gebrochen.

Ihr Auftreten kehrte zurück zu der kalten Arroganz, die er von ihr gewohnt war. »Nun gut. Ich wusste, dass du zurück bist, und hatte gehofft, mich in Ruhe mit dir unterhalten zu können. Du wirst vom gesamten Königreich gesucht, kleiner Bruder. Ich möchte dir bloß helfen.«

Das war ihre Ausrede? Wenn sie ein Spiel wollte, wer dem anderen zuerst ein Messer in den Rücken rammen würde ... Bestand die Chance, dass er sie dadurch loswurde, war er dabei.

Er zuckte mit den Schultern. »Wenn du helfen willst, halte ich dich nicht auf. Ich brauche tatsächlich Unterstützung bei einer Sache.«

»Die da wäre?«

Sie war mit ihm aufgewachsen, deshalb musste sie die Antwort ahnen. Dass sie sich unwissend stellte, gefiel ihm nicht.

»Tamiel, was will ich?«

Jeder außer ihm zuckte zusammen, als sie antwortete. Wieder war sie für fast alle Anwesenden unsichtbar gewesen. »Du willst einen Königssturz.«

Er drehte sich zum Fenster. Das Crin war zu weit entfernt und die Nacht zu dunkel, als dass er die Zerstörung von hier aus hätte sehen können.

»Jetzt?« Iuvanis beugte sich vor. »Das ist Irrsinn.«

»Das ist meine Zukunft.«

»Du willst Letan umbringen? Dir muss bewusst sein, dass er nur die Spitze des Eisberges ist.«

Seine Hand umfasste ihr knochiges Kinn so schnell, dass sie nicht ausweichen konnte. Sie könnte in das Schattenreich flüchten, tat es jedoch nicht.

»Ich bringe den Menschenkönig um. Und dann den Stadtrat. Dann den Caelirat. Und dann jeden anderen Calita oder Menschen, der mich tot sehen möchte, und das alles, während ich auf meinem Thron sitze und regiere.«

Er sah von oben herab in ihre Augen, dann ließ er sie los und deutete auf Tamiel. »Du kommst mit mir. Iuvanis, wir treffen uns morgen Mittag wieder hier, dann wirst du entschieden haben, ob du hilfst.«

Ihr Kiefer malmte. Mehr Reaktion zeigte sie nicht. Das musste sie nicht, damit Kaetan sie durchschaute. Sie war immerhin seine Schwester. Sie würde aus demselben Grund zusagen, aus dem er sie einbezog. Denn wie lautete dieses Sprichwort der Menschen ...?

24
Tamiel

Sie kauerte an einer Straßenecke und beobachtete das Fenster gegenüber. Die Nachtbrise spielte mit den Vorhängen und gab den Blick frei auf ein fremdes Zimmer, das nur von einer nahen Laterne beschienen wurde.

Sie zupfte an ihrem Ärmel, wo sich ein Faden gelöst hatte. Sobald sich die erste Gelegenheit geboten hatte, war sie nach Hause gegangen, um Kelseis Kleidung gegen ihre eigene zu tauschen. Nun, wo der Stoff sie nicht länger zu verschlucken drohte, fühlte sie sich ausreichend gewappnet.

Kaetan reichte ihr das Glas mit dem ersten Schläfer und nickte ihr zu. Ein Zeichen, woraufhin sie sich in Bewegung setzte.

Es war dieselbe Nacht, nur eine Stunde später. In Kaetans Leben gab es keine Pausen.

Leichtfüßig überquerte sie die Straße und sprang auf das Fensterbrett. Sie spähte ins Zimmer. In dem schwachen Lichtschein war eine schlafende Gestalt zu erkennen. Ein weiterer Sprung und sie befand sich im kühlen Halbdunkeln. Die Hand, in der sie den Seelenpfeil hielt, zitterte oder schwitzte nicht, ihr Herz klopfte nicht wild, kein Kloß steckte in ihrer Kehle.

Tamiel fühlte keine Gewissensbisse, als sie sich dem Soldaten näherte.

Zehn waren es, hatte Kaetan gesagt. Für zehn Schläfer. Ihre Aufgabe bestand darin, sie gehörig zu machen und in Gastkörper zu setzen, damit sie beim Königssturz Tore und Türen öffneten.

Hier war der erste Gastkörper. In ihrer Hand der erste Schläfer.

So trickste man den Tod aus: Man nahm eine Caeli in einem dunklen Schlafzimmer, eine bunte Galaxie in einem Glas, und fügte beides zusammen. Der Soldat atmete gleichmäßig, auch als sie ihm den Pfeil zwischen die Rippen rammte, einmal um die eigene Achse drehte und dann herauszog.

Sie wusste, dass sie keine Obsidiankette mehr trug. Sie wusste, dass Lurel sie manipuliert hatte und dass Kaetan zu weit gegangen war. Doch es fehlte der Teil von ihr, der sich darum scherte. Es fehlte der Teil, der die Theorie von der Unsterblichkeit riskant fand.

Als sich das Tentakel an die Oberfläche grub, verwehrte Tamiel ihm mit einer Hand den Weg ins Freie und lockte derweilen den Schläfer aus dem Glas, der den Gastkörper besetzen sollte. Sie flößte ihm die Worte ein, die sie jedem in dieser Nacht einflüstern würde:

Schlafe bis zum Königssturz.

Dann schob sie den Schläfer näher zur Wunde und wartete, während sein Tentakel daran schnupperte. Damit er einen besseren Zugang hatte, zog sie ihre Hand weg, aber dadurch wurde die Seele des Gastkörpers aktiv. Diese schob den fremden Tentakel aus dem Weg, als würde sie ihr Revier verteidigen wollen. Der Schläfer zog sich zurück, Tamiel ließ ihn jedoch nicht entkommen. Sie drängte ihn zur Wunde, bis er unmittelbar darüber schwebte.

»Du bist stärker«, wisperte sie und drückte ihn in den Körper.

Sie war nicht die Erste, die die Theorie in der Praxis ausführen wollte. Scheiterte sie, wäre sie nicht die Erste, die scheiterte. Hätte sie Erfolg, wäre sie ebenfalls nicht die Erste. Es hatte schon immer mutige Caeli gegeben.

Auf einmal keuchte der Soldat. Sie tastete nach seinem Puls, fand aber keinen. Sie legte ein Ohr an seinen Brustkorb, aber er bewegte sich nicht. Die Wunde leuchtete nicht mehr blau. Es zeigte sich keine Seele, weder die des Soldaten noch der Schläfer.

Sie versuchte, es zu verstehen. Ja, ihre Schläfer waren jung. Aber die Seele des Soldaten war jünger gewesen, das hatte sie an den wenigen Lichtpunkten erkannt. Ihr musste ein Fehler unterlaufen sein.

»Es hat nicht funktioniert«, gestand sie, als sie zu Kaetan zurückkehrte. Sie wollte einen anderen Bericht liefern, einen besseren, aber in ihrem eingeschränkten Zustand konnte sie nicht flunkern.

Kaetan verstand nicht viel von Seelen und der geistigen Welt. Er sah das leere Glas an und dann den Seelenpfeil. »Was ist passiert?«

»Sie haben sich gegenseitig ausgelöscht. Vielleicht waren sie gleich stark … aber das bezweifle ich.«

»Und wie können wir es verhindern?«

Könnte sie nur ihren Vater um Rat fragen. Er hatte oft genug ein und dieselbe Seele in verschiedene Körper gesetzt und dabei immer gewusst, was er tat. Ihre Gedanken verboten ihr jedoch, weiter in diese Richtung zu streifen. Mit einem Blinzeln kehrte sie in die Gegenwart zurück.

»Durch Probieren. Irgendwann bleibt einer der Schläfer im Gastkörper.«

Er nickte, als würde er ihr vertrauen.

Auch die nächsten drei Versuche erwiesen sich als Fehlschläge. Tamiel kniete mit einem leeren Glas über der Leiche einer Soldatin und konnte es nicht fassen. Was machte sie falsch?

»Alles in Ordnung?« Kaetan berührte ihre Schulter. Er konnte ihr Gesicht nicht sehen und wegen seines vorsichtigen Tonfalls ging sie davon aus, dass er dachte, sie weinte.

»Ich weine nicht.«

»Ich weiß.«

»Ich weine nicht.« Sie hob den Kopf, damit er ihr trockenes Gesicht sah.

»Ich weiß.« Er musterte sie lange, als haderte er mit einer Entscheidung. »Noch einen Versuch?«

Das war offensichtlich nicht das, was er hatte sagen wollen, aber sie nickte. Sechs Schläfer waren übrig. Sechs weitere Chancen.

Sie fanden sich in einer Straße wieder, die direkt zum Palast führte. Tamiel kletterte auf ein Dach. Kaetan folgte ihr umständlich, indem er sich erst auf eine Mülltonne hievte und sich dann an einer Regenrinne nach oben zog. Trotz seiner angeschlagenen Gesundheit konnte er mithalten.

Über dem Meer aus Dachziegeln erstreckte sich der Palast in den Himmel. In den vielen Fenstern verfingen sich die Lichter der Straßenlaternen.

»Magst du meine Zeremonie durchführen?«

Die Frage platzte aus ihm heraus, als hätte er sie die ganze Nacht zurückgehalten. Warum fragte er ausgerechnet sie? Die Zeremonie wurde von Mitgliedern der Königsfamilie durchgeführt, nicht von Seelenjägerinnen.

»Ist das erlaubt?«

»Wen kümmert es.« Er lächelte sie an. »Tamiel, willst du mich krönen?«

Ihr erschloss sich der Sinn immer noch nicht. »Warum lässt du es nicht Lurel machen?«

»Natürlich müsstest du einige Floskeln auswendig lernen, aber ich kann sie dir aufschreiben.«

Sie ließ sich nicht irritieren. »Und Iuvanis?«

Er schnaubte amüsiert.

Sie suchte die Straße unter ihnen ab, aber da war noch niemand.

Der Gedanke an Iuvanis ließ sie nicht los. Sie konnte die Prinzessin nicht einschätzen. War Kaetan dazu imstande? »Warum lässt du sie helfen?«

Er konnte nicht vergessen haben, was Iuvanis über ihn und den Thron gesagt hatte. Normalerweise war er übervorsichtig, wenn es um Vertrauensfragen ging.

»Du kennst doch das Sprichwort. Freunde nah, Feinde näher.

Und wenn sie mir ein Messer in den Rücken rammen will, bist du hinter mir, um es abzufangen.«

In diesem Moment kamen zwei Soldaten in Sichtweite, die die Straßen patrouillierten. Ein Mann und eine Frau mit einer Narbe im Gesicht. Ihre nächsten Ziele. Tamiel wartete, bis beide vorbei waren, huschte dann über die Ziegel und ließ sich an einer Laterne hinabgleiten. Ohne ein Geräusch zu verursachen, bohrte sie den beiden je einen Seelenpfeil in den Rücken. Bewusstlos sackten sie zusammen.

Nachdem sie die Leichen mit Kaetans Hilfe in den Schatten gezogen hatte, wiederholte sie den Prozess, angefangen bei dem männlichen Soldaten. Sie setzte einen Schläfer in seinen Körper und hoffte, dass er diesmal stark genug war. Als sie nach ein paar Momenten die Hände von der Wunde nahm, strahlte ihr immer noch ein blaues Licht entgegen, aber sie erlaubte sich keine Hoffnung. In der geistigen Welt verwob sie den Äther über der Wunde, damit die Haut schneller zuwuchs. Dann nickte sie Kaetan zu. Es war Zeit für eine Probe.

»Königssturz«, sagte er.

Der Soldat schlug die Augen auf. Sie biss sich auf die Lippe, damit sie nicht lächelte. Aber als sie sah, dass Kaetan sie anstrahlte, hoben sich ihre Mundwinkel.

»Was hast du diesmal anders gemacht?«, fragte er später, nachdem sie dasselbe bei der Soldatin gemacht hatte – die ebenfalls überlebt hatte – und sie die beiden weiter ihrer Wege geschickt hatten.

Tamiel antwortete, sie habe nichts anders gemacht. Das entsprach der Wahrheit. Auch im weiteren Verlauf des Abends änderte sie nichts am Prozess. Ein weiterer Schläfer überlebte und die restlichen drei starben.

»Ich habe dir gesagt, dass du mit den jungen Seelen keine guten Chancen hast«, erinnerte sie ihn, als er sie vor ihrer Wohnung absetzte.

»Drei Schläfer sind gut genug«, entgegnete er.

Sie sah ihn aufmerksam an. Die Worte klangen zu leicht, zu oberflächlich. Es ärgerte sie, dass sie nicht mehr hinter seine Miene blicken konnte. Sie war immer so gut darin gewesen, seine Gefühle zu interpretieren. Jetzt las sie nur noch das, was er ihr zeigte.

Sie fragte, wann er den Königssturz durchführen wollte.

»Morgen besprechen wir unser Vorgehen. Also übermorgen.«

Wenn sie nicht wüsste, dass er es ernst meinte, würde sie es für einen Witz halten.

»Übermorgen«, wiederholte sie gegen ihren Willen.

Seine Hände wollten nicht stillhalten. Er knetete seine Finger, als müsste er sich dadurch nicht verabschieden.

»Tamiel …« Er verstummte. Seine Finger bewegten sich weiter.

Tamiel löste den Blick von ihnen und sah in seine Augen. Gab ihm noch ein wenig Zeit, doch es kam nichts mehr. Also verabschiedete sie sich, bevor er etwas tat, das er später bereute.

25

Kaetan

Er schlief lange nicht ein. Zum ersten Mal hielten ihn nicht seine Schatten, sondern seine Gedanken wach.

Er saß auf dem Bett, die Hände auf die Knie gestützt, Ellbogen durchgestreckt. Er starrte auf den Boden, ohne ihn richtig zu sehen. Leere und gefüllte Täuscherpackungen lagen dort, eine Wasserflasche, zwei Stifte und ein Notizbuch. Letzteres hatte er eben aus dem Versteck unter der Matratze gezerrt, um die alten Einträge zu lesen. Er hatte sie in Tamiels Bett verfasst. Damals, nachdem er in seinem eigenen Palast vergiftet worden war.

Er hatte sie nie um ein Notizbuch gebeten, aber eines Tages hatte sie es ihm geschenkt.

Hier, für deine Gedanken.

Damals hatte sie noch nichts von den Schatten gewusst und trotzdem das Richtige getan. Wenn die Schatten ihm zu viel wurden, wenn er ihr Harfenspiel vermisste, wenn sie nicht da war, dann schlug er das Notizbuch auf und schrieb all die Dinge nieder, die sie ihm zuflüsterten. Die Bleistiftlinien stießen sie aus seinem Kreislauf. Irgendwann hatte Tamiel einen Blick auf die kantigen Wörter erhascht und musste erschrocken sein, denn sie war noch stiller geworden als sonst. Das war der Moment gewesen, in dem er ihr von den Schatten und deren Hunger erzählt hatte.

Sie hatte es nie wieder angesprochen, aber Kaetan wusste, dass es Tamiel beschäftigte. Er verstand nicht viel von Gefühlen, aber er verstand viel von ihr und das lief ein wenig auf dasselbe hinaus. Deshalb hatte er gedacht, dass sie diese winzige und doch so große Veränderung in seinem Inneren bemerken würde. Seine Gedanken waren heil, die Schatten weg. Vielleicht hatte er gehofft, dass sie anders reagieren würde. Dass es ihr schon genug Besserung war.

Er kratzte sich durch die Haare und fiel auf die Matratze zurück, mit weit geöffneten Augen an die Decke starrend. Genau deshalb besaß er das Notizbuch. Dieses eine Mal könnte er seine Gedanken niederschreiben anstatt seine Schatten.

Nach einer Weile stand er auf und kramte aus dem Versteck einen zweiten Gegenstand hervor, eine Schachtel. Gedankenverloren betrachtete er ihr Innenleben. Ein Messer und ein goldener Ring. Die einzigen Gegenstände aus seiner Vergangenheit. Er hatte sie in der Nacht der Vergiftung bei sich getragen.

Er nahm den Ring und polierte ihn, bis er glänzte. Manchmal glaubte er, König Coziel den Siebten nicht richtig zu kennen, wie eine flüchtige Begegnung aus seiner Kindheit. Aber dann erinnerte er sich an Begebenheiten wie den Ring und ihm wurde etwas bewusst: Coziel mochte zwar durch Schatten geformt worden sein, aber er war ein Teil von ihm, genau wie Kaetan ein Teil von Coziel gewesen war. Nicht der König hatte den Ring eingesteckt – das Einzige, was nach dem Feuer auf dem Kunstplatz von Kelseis Eltern übriggeblieben war. Das hatte Kaetan getan.

Er überlegte, ihn an den Finger zu stecken, warf ihn jedoch in die Schachtel zurück, ehe er es tun konnte. Er beschloss, seine Gedanken nicht aufzuschreiben. Notizbücher würden früher oder später von den falschen Leuten gelesen werden.

Dann, weil ihn immer noch etwas beschäftigte, holte er

Tamiels Kette hervor und betrachtete sie im Mondlicht. Der Obsidian war so schwarz, dass er das Licht wie ein Spiegel reflektierte. Er fuhr die glatten Rundungen nach und stellte sich vor, wie sie einmal an Tamiels Hals geschmiegt gewesen waren.

Er war sich immer so sicher gewesen, das Richtige zu tun. Doch am Vortag waren ihm Zweifel gekommen und er hatte eine Entscheidung getroffen, die sich vielleicht nicht mehr rückgängig machen ließ. Genau dieses folgsame Verhalten hatte er sich von ihr gewünscht, aber nun, wo er es hatte, fand er es unheimlich. Dass sie immer und präzise auf seine Fragen antwortete. Wie distanziert sie die Schläfer eingepflanzt hatte. Das war nicht mehr sie, sondern eine Version ohne Gefühle. Dabei waren es Gefühle, die Tamiel auszeichneten.

Was wäre passiert, wenn er im letzten Moment zurückgerudert wäre? Oder wenn er ihr jetzt die Obsidiankette anlegen würde? Sie würde einige Tage lang wütend auf ihn sein, aber dann?

Er riss sich zusammen. Sie würde ihn verlassen, wie sie es auch ohne seinen Verrat getan hätte.

Als würde er damit auch die Gedanken loslassen, legte er die Kette in die Schachtel zurück. Anschließend schob er den Ring auf seinen Finger, bevor er zu viel darüber nachdenken konnte. Dann versteckte er die Schachtel wieder.

Den Ring hatte er aufgehoben, weil er an etwas erinnert werden wollte: Ein Krieg erforderte Opfer.

Er sank aufs Bett und suchte den Schlaf. Vorhin hatte er den Durchlauf der Krönungszeremonie für Tamiel aufgeschrieben. Bei der Gelegenheit war ihm aufgefallen, dass er die Schwüre nicht mehr so sicher beherrschte wie noch vor dreißig Jahren. Er hatte zu selten an sie gedacht.

In der Dunkelheit lag er da, verlassen von seinen Schatten, und wiederholte die Worte wieder und wieder in seinem Kopf.

Ich schwöre, das Erbe der Calita in Ehren zu halten.

Diesmal hatte er Verbündete an seiner Seite.

Ich schwöre, meine königliche Macht mit Gerechtigkeit zu wirken.

Diesmal würde ihn niemand verraten.

Jetzt und für alle Zeit bis zu meinem Todestag.

Diesmal war er vorbereitet.

26

Kelsei

Tamiel und Kaetan könnten längst von der Bildfläche verschwunden sein. Dann hätte Kelsei keine Chance, sie aufzuspüren und mehr über den Auftraggeber zu erfahren.

Das war jedoch unwahrscheinlich. Kaetan war ambitioniert. Er lief nicht weg, sondern schmiedete Pläne. Geplant wurde im Crin.

In den frühen Morgenstunden überwand sie sich und gab Ceria einen Abschiedskuss. Beim letzten Mal hatte sie versprochen, mit einer Heilerin wiederzukommen. Erwiesen hatte sich dieses Versprechen als leer. Deshalb, auch wenn sie nicht abergläubisch war, verzichtete sie diesmal auf hoffnungsvolle Abschiedsworte. Sie erzählte auch nicht, dass Tamiels Schwester oder der Caelirat helfen könnten. Sie belog eine Scheintote.

Sie hätte furchtbar gern geduscht und ihre Kleidung gewechselt, aber da ihr Kleiderschrank im gemieteten Haus am Kunstplatz lagerte und sie nicht Lorie und den anderen über den Weg laufen wollte, verzichtete sie auf den Luxus und begab sich auf direktem Weg zum Crin.

Als sie näherkam, verlangsamten sich ihre Schritte. Was war passiert? Sie war sich sicher, dass das der richtige Ort war. Wenn sie nicht das Graffiti gegenüber erkannt hätte, wäre sie jedoch weitergegangen. Ihre Schuhspitzen stießen gegen ein verkohltes Stück Holz.

Es hatte gebrannt. Die Überreste ähnelten dem Crin nicht im

Entferntesten. Man konnte es nicht einmal als Skelett bezeichnen. Dort, wo einmal ein Haus gestanden war, hatte sich ein Feld aus Schutt und Asche aufgetan. Der Wind wehte geschwärzte Stofffetzen über die Pflastersteine. Schmutz bedeckte den Boden und zeigte ein Wirrwarr aus sich überlagernden Schuhabdrücken. Der Rauchgeruch hing noch in der Luft.

Mit einem Husten wandte sich ab. Das konnte nicht wahr sein. Das Crin war ihr egal, aber wenn es nicht mehr existierte, wo sollte sie dann nach Tamiel suchen? Und da kam ihr ein anderer Gedanke, ein beängstigender. Was, wenn Tamiel sich im Crin befunden hatte, als das Feuer ausgebrochen war? Was, wenn beide drin gewesen waren?

Sie würde den Auftraggeber nie finden.

Eine schwarzhaarige Frau erregte ihre Aufmerksamkeit. Sie trug einen Umhang, was Kelsei für diese Jahreszeit ein wenig kühl erschien. Wie eine Puppe, deren Fäden noch nicht gezogen worden waren, stand sie da.

Kelsei hob die Stimme. »Gab es Tote?«

Die Frau drehte den Kopf in ihre Richtung, als hätte sie nur darauf gewartet, dass Kelsei sie ansprach. »Ein paar Betrunkene haben gezündelt und es ist aus dem Ruder gelaufen. Die meisten sind gestorben.«

»Auch die Gäste?«

»Es gab keine Gäste.«

»Wann ist das passiert?«

»Letzte Nacht.«

Die Frau näherte sich, als hätte Kelsei ihre Neugierde geweckt. Kelsei stand kurz vor der nächsten Frage – aber dann sah sie der Frau in die Augen. Und vergaß alles. Man sollte meinen, mittlerweile wäre sie Überraschungen gewohnt, doch dem war nicht so.

In den Augen der Frau bewegten sich Schatten.

Einen Remex zu sehen, glich einer Begegnung mit einem Caeli.

Caeli waren der Stoff von Legenden und Gerüchten, Remex der von Verschwörungen und Geheimnissen. Beide erschienen interessant, aber bei genauerem Überlegen wollte man mit keinem etwas zu tun haben. Zumindest normale Familien nicht. Die Familie, in der Kelsei aufgewachsen war, war von einem anderen Kaliber.

Eine Remex. Da war eine Remex vor ihr und mit denen kannte sie sich aus.

Sie fragte erneut nach der Wahrheit.

»Wer hat das Feuer gezündet?«

Selbst ein Kind hätte erkannt, dass das Crin nicht wegen sinnlosen Zündeleien abgebrannt war.

Die Remex lächelte, aber es war kein Lächeln, das man gern ansah. Es wirkte nicht böse oder gehässig. Vielmehr so, als hätte sie das Lächeln verlernt. »Der königliche Berater.« Ihre leise Stimme verströmte eine betörende Ruhe. Doch im selben Atemzug fügte sie etwas hinzu, das jegliche Besonnenheit aus Kelsei katapultierte. »Du bist die Tochter von Tauce und Reinas.«

Überrumpelt nickte Kelsei.

»Ich war in der Nacht dabei, in der sie starben.«

Den Satz hörte sie wie durch dichten Nebel. Viel lauter war die Stimme, die durch ihren Kopf hallte. Die Stimme ihrer Tante. Nyina hatte geahnt, dass einer der beiden noch lebte, und hatte auf die Prinzessin gesetzt. *Es gibt Gerüchte* … Kelsei versuchte, sich an Bilder zu erinnern, brachte jedoch nur ein verschwommenes Gemälde der Königsfamilie zustande, das im Wohnzimmer ihrer Eltern gehangen hatte. Es war nicht hilfreich, denn darauf waren die Prinzessin und der Prinz noch Kinder gewesen.

Kelsei folgte einem Instinkt und machte einen Knicks, beugte ihren Kopf. Angespannt wartete sie ab, was passieren würde. Auch wenn sie sich von ihrem Erbe abgewandt hatte, kam sie nicht umhin, der verlorenen Prinzessin Respekt entgegenzubringen.

Als sich das Schweigen in die Länge zog, wagte sie einen Blick nach oben. Iuvanis sah sie mit unbewegter Miene an.

»Du kannst dich erheben.«

Allerhand Flüche lagen auf ihrer Zunge, die sie jedoch schnell hinunterschluckte. Ihr Herz hämmerte vor Aufregung.

»Kanntet Ihr meine Eltern?«

Die Prinzessin bewegte sich vorwärts. Kelsei folgte ihr wie an einen Faden gebunden. »Nicht sonderlich gut. Aber ich habe gehört, wie sie die Papiere gestohlen haben, die den Sklavenhandel in Fenries illegal gemacht hätten.«

Kelsei hätte gegrinst, wenn sie allein gewesen wäre. Die Prinzessin lobte ihre Eltern.

»Doch die meiste Zeit hat Coziel sie empfangen.«

Ein kurzer Satz. War da Missfallen in ihren Worten? Oder interpretierte sie zu viel in eine einfache Aussage? Kelsei war sich über die Art der Geschwisterbeziehung nicht im Klaren. War Iuvanis ihm wohlgesonnen? Sie hätte ihren Eltern besser zuhören sollen.

»Ich bin hergekommen, weil ich auf meinen Bruder warte. Warum bist du hier?«

Kelsei schluckte einen plötzlichen Kloß hinunter. Sagte sie die Wahrheit, lief sie Gefahr, dass Iuvanis fälschlicherweise annahm, sie wäre Kaetans Komplizin. War das gut? Stand Iuvanis auf seiner Seite? Sie wollte die Prinzessin nicht anlügen.

»Aus demselben Grund.«

Iuvanis ließ nicht erkennen, was sie von der Antwort hielt. »Und wie fandest du seine Durchführung eurer Mission? Zufriedenstellend?«

Kelsei blinzelte. »Woher wisst Ihr …«

»Ich habe den Einbruch in Auftrag gegeben.«

Ihr Kopf war wie leergefegt. Prinzessin Iuvanis steckte dahinter? Sie musste für Torder die Auftraggeberin finden, aber wenn es sich dabei um Iuvanis handelte …

»Ihr – Ihr wolltet das Buch?«

»Und die Seele, ja.«

»Warum?«

Iuvanis warf ihr einen Blick zu. »Mir scheint, dass du mehr weißt, als du zugibst. Wie wäre es, wenn du mir verrätst, was du weißt, und ich fülle die Lücken? Das ewige Ratespiel ist mir bei Coziel schon genug.«

Die Art, wie sie über ihren Bruder sprach, erweckte nicht den Anschein einer liebenden Schwester. Kelsei erzählte alles, was sie über das Buch und den Caelirat wusste – ließ jedoch den Besuch von Torder aus.

»Ich kann aber nicht glauben, dass sie das ernst meinen«, schloss sie ihren Bericht.

»Das tun sie.« Iuvanis, die die ganze Zeit still gelauscht hatte, verschränkte die Arme. »Sie wollen den Menschen die Erde zurückgeben.«

»Aber das verstehe ich nicht. Es sind doch Caeli.«

»Weißt du, welche Calita als erstes auf die Erde gekommen sind?«

»Die Remex.« Das wusste jeder.

»Und wer als letztes?«

»Die Caeli.«

»Und fällt dir ein Unterschied auf? Die Remex setzen sich heutzutage am stärksten für die Sklaverei ein. Die Caeli am stärksten für die Freiheit der Menschen. Ich habe in den letzten Jahren viele Aufzeichnungen darüber gelesen. Es sieht so aus, als wären die Caeli sehr dadurch beeinflusst worden, dass sie dem Scheinkrieg erst gegen Ende beigewohnt haben. Der erste Eindruck, den sie von den Menschen hatten, war der von hilflosen Kreaturen, die von den Calita umhergeschubst und wie Vieh auf die Kontinente abgeschifft wurden. Sie haben nicht gesehen, was wir gesehen haben. Wie die Menschen die Erde verwüsteten. Wie sie sich gegenseitig töteten und selbst bei Kindern nicht haltmachten. All das hat in den Caeli

Mitleid geweckt. Und das haben sie an ihre Nachkommen vererbt. Deswegen sind sie heute so, wie sie sind.«

»So habe ich das noch nie betrachtet.«

»Deswegen dürfen wir diejenigen nicht verurteilen, die sich gegen die Sklaverei stellen. Sie wissen es nicht besser. Wir müssen ihnen stattdessen unsere Sicht aufzeigen, damit sie belehrt werden. Diplomatie ist jetzt wichtig. Dieser uralte Konflikt muss gelöst werden. Und deswegen habe ich das Buch nicht selbst gestohlen, weil sie es als Angriff interpretiert hätten.«

»Und – und Kaetan wird das machen? Diplomatisch sein?«

Die Prinzessin schwieg kurz. »Kaetan. Ich kenne diese neue Version meines Bruders nicht, aber das, was ich bisher von ihm erlebt habe –« Zum ersten Mal wirkte sie so, als hätte sie kein auswendig gelerntes Skript vor sich. »Ich habe ihn über die Jahre beobachtet. Ich hatte gehofft, dass er sich geändert hätte, aber ... er ist immer noch impulsiv, auch wenn er gern alles plant. Und deswegen ist er gefährlich.« Sie blieb stehen, musterte Kelsei. »Du hast Tamiel nicht bei seiner Befreiung geholfen. Aus welchem Grund?«

Sie war versucht, die Wahrheit zu sagen. Schließlich war das die Prinzessin vor ihr, die Person, die sie am liebsten auf dem Thron sehen würde. Sie war weder Letan noch Kaetan. Sie könnte als Nächstes den Thron besteigen. Aber bevor Kelsei keine sicheren Beweise hatte, dass Iuvanis ihre eigene Partei unabhängig von Kaetan war, konnte sie nicht einfach zugeben, ihren Bruder zu verabscheuen.

»Ich hatte hier Angelegenheiten zu regeln«, wich sie aus.

»Nein. Du hast heute zum ersten Mal seit langer Zeit diese Stadt betreten.«

Iuvanis sagte das mit so einer Selbstsicherheit, dass Kelsei sich nicht weiter die Mühe machte, zu lügen. »Woher wisst Ihr das?«

»Ich war die letzten fünfundzwanzig Jahre ein Schatten, Kelsei. Ich erfahre Dinge vor allen anderen. Also. Welche Angelegenheiten haben dich davon abgehalten, den ehemaligen König zu retten?«

»Es ist wirklich nicht –«

»Welche Angelegenheiten, Kelsei?« Auf einmal war ihr Ton schärfer geworden. Etwas Dunkles flackerte in ihren Augen auf.

Unsicher wollte Kelsei einen Schritt zurücktreten, fand es dann jedoch lächerlich. Sie durfte Meinungen haben, und wenn es die Meinung war, die von der Öffentlichkeit vertreten wurde, dann umso besser.

»Ich habe ihn nicht befreit, weil er ein schrecklicher Calita ist.« Sie spannte sich an, bereit zu flüchten.

Iuvanis biss sich auf die Lippe. Und lächelte.

Kelsei traute der Situation noch nicht. »Habe ich etwas Falsches gesagt?«

Iuvanis lächelte immer noch. Ihre Lippen waren zusammengepresst und ihre Mundwinkel eher nach unten gezogen, aber sie lächelte zweifellos. »Kelsei, versprichst du mir, ein Geheimnis für dich zu behalten?«

Kelsei nickte, war aber auf der Hut. Man verschenkte keine Geheimnisse.

Iuvanis beugte sich näher. »Ich halte es für keine gute Idee, dass Kaetan sich die Krone wieder aufsetzen will.«

Kelsei nickte abermals. Als Iuvanis eine Braue hob, stimmte sie zu: »Ja, ja ich auch nicht.« Sie hoffte, dass das die richtige Antwort war.

»Ich habe ihm gesagt, dass ich helfen will, und ich habe das Gefühl, du wirst ihm dasselbe sagen. Aber wir meinen es beide nicht so, richtig?«

Eigentlich hatte Kelsei vorgehabt, Kaetan überhaupt nichts zu sagen. Sie hatte nur an Tamiel herankommen und ihr die Informationen über den Auftraggeber aus der Nase ziehen wollen, um danach endlich mit Regierungsintrigen abschließen zu können.

Sie könnte Torder kontaktieren. Sie könnte ihm Iuvanis ausliefern und ein glückliches Leben mit Ceria verbringen.

Ihre Erinnerungen kehrten zurück zu dem Gemälde in ihrem Elternhaus. Wie ihre Mutter darauf gedeutet und gesagt hatte, dass das die Zukunft sei, in der Kelsei leben würde. Dass Generationen ihrer Familie geholfen hätten, diese Zukunft aufrechtzuerhalten. Hier war Iuvanis nun. Sie war zu ihren Zeiten eine gute Prinzessin gewesen.

»Ich muss Euch etwas gestehen«, sagte Kelsei.

Iuvanis sah sich um. Langsam wurde es heller und die Straße füllte sich mit Passanten, die das heruntergebrannte Crin begafften. Sie zog Kelsei in eine Seitengasse und nickte ihr dann zur Ermutigung zu.

Kelsei erzählte ihr von Torder und dem Angebot. Es klang immer noch verlockend, aber ein Blick auf Iuvanis' Gesicht ließ eine heimliche Hoffnung aufsteigen.

»Ich bin froh, dass du so ehrlich zu mir bist, Kelsei. Das heißt, dass wir einen Schritt näher daran sind, uns gegenseitig zu vertrauen. Lass den Caelirat meine Sorge sein. Wenn du dich auf meine Seite stellst, sorge ich dafür, dass deine Freundin aufwacht. Und ich sorge auch dafür, dass wir auf der Erde bleiben können.«

Die letzten Worte sagte sie mit so einer Leichtigkeit, dass Kelsei lachen musste, entgegen aller Rationalität. Sie hatte das Gefühl, die richtige Entscheidung zu treffen – diesmal wirklich. Damals hatte sie zu Ceria gehen müssen, um sich zu vergewissern, dass sie das Richtige tat. Aber diesmal wusste sie es auch so. Sie spürte eine Euphorie durch ihre Adern rauschen wie schon lange nicht mehr, und sie wusste – sie war sich sicher: Die Prinzessin war keine perfekte Herrscherin, niemand war das, aber sie war besser als manch andere.

Kelsei stellte sich vor, was ihre Mutter sagen würde. Wenn sie sehen könnte, wie sie neben der Prinzessin schritt. Wie stolz sie auf ihre Tochter wäre.

Kelsei erkundigte sich, wohin sie gingen.

»Dachtest du, Coziel bespricht seinen Königssturz in einer Ruine, wo ihn jeder sehen kann?« Iuvanis schüttelte den Kopf und schenkte Kelsei abermals ein kleines, entstelltes Lächeln. »Ich war nur dort, weil ich auf dich gewartet habe.«

Mit jeder Faser ihres Körpers wusste Kelsei, was dieses Lächeln bedeutete: Es war Zeit, einen Komplott zu spinnen.

27

Kaetan

Die Situation war höchst unangenehm.

Iuvanis erschien nicht allein zum Treffen – an ihrer Seite näherte sich Kelsei dem Laden. Sobald er das sah, rannte er aus der Tür, nur um ihr dann gemächlich entgegen zu schlendern. Er war sich nicht sicher, was ihr Zusammenzucken bedeutete, als sie ihn entdeckte. Bevor er etwas sagen konnte, tat sie etwas Unerwartetes: Sie entschuldigte sich. Vier einfache Worte. Und dann fügte sie hinzu: »Wirklich, Kaetan.« Sechs Worte.

Nun, wo das Schlimmste überstanden war, traute sie sich, wieder aufzutauchen. Nachdem sie ihn in Merritts Arbeitszimmer im Stich gelassen hatte. Sich einen Dreck darum geschert hatte, als er im Gefängnis saß.

»Du bist ein Feigling«, knurrte er.

»Lieber ein Feigling als tot.«

Er verkniff die Lippen.

»Ich … Die Sache ist die.« Sie sah tatsächlich zerknirscht aus. »Ich habe nicht gewusst, wer du in Wirklichkeit bist. Es wäre so viel einfacher gewesen, wenn du ehrlich gewesen wärst. Du weißt, wer meine Familie ist. Haben meine Eltern dich auch nur eine Sekunde im Stich gelassen? Eure Majestät?«

Kaetan blinzelte. Tauce und Reinas waren ihm treu ergeben gewesen. Kelsei hatte er damals nicht gekannt; ihre Eltern hatten sie wie ein hilfloses Kind behandelt und sie nicht in die Nähe der

Hauptstadt gelassen. Aber stimmte es nicht, dass ein Apfel nie weit vom Stamm fiel? Womöglich hatte er Kelsei unterschätzt. Vielleicht hätte sie keinen Rückzieher gemacht, wenn er sie mit seiner wahren Identität nicht überwältigt hätte.

Er drehte den goldenen Ring an seinem Finger, ehe er ihn abzog. »Der hat deiner Mutter gehört.«

Kelseis Mund formte sich zu einem O. Langsam nahm sie den Ring entgegen, als könnte sie nicht glauben, dass er echt war. Behutsam schob sie ihn auf ihren eigenen Finger. »Danke schön.«

Kaetans Blick glitt über ihre Schulter. Iuvanis wartete in gebührendem Abstand, beobachtete die beiden jedoch unverhohlen. Als Kaetan sie ansah, nickte sie ihm leicht lächelnd zu.

»Warum hat meine Schwester dich mitgebracht?«, flüsterte er.

Kelsei blickte kurz über ihre Schulter. »Wir haben uns zufällig getroffen.« Sie setzte ein gequältes Lächeln auf. »Ich weiß, wie unglaubwürdig das klingt.«

Er brummte. Aus ihrem Mund klang so manches unglaubwürdig, doch vorerst würde er es durchgehen lassen. Mit einem knappen Nicken ließ er sie eintreten.

Bevor seine Schwester ihr folgen konnte, zischte er: »Du lässt die Finger von ihr.«

Iuvanis blieb stehen, immer noch das feine Lächeln aufgesetzt. »Natürlich.«

Einen Moment lang fixierte er sie streng, dann wandte er sich ab.

»Eine Sache wäre da noch«, rief sie.

Er ließ die Hand, mit der er eben die Tür hatte öffnen wollen, sinken. Spannte sich an.

»*Akasha* muss zerstört werden. Egal wie der Königssturz ausgeht: Nur so werden die Calita in Sicherheit sein.«

Akasha ... Die Stimmen, die ihn heimgesucht hatten.

Er drehte sich ihr zu. »Hast du es gelesen?«

Sie sah ihm lange in die Augen, als müsste sie erst abschätzen, ob sie ihm in dieser Hinsicht vertrauen konnte. »Cruxia hat herausgefunden, weshalb Calita Zugriff auf die Magie haben und Menschen nicht. Dieses Wissen … Damit könnten sie Menschen Magie verleihen.«

Seine Augenbrauen zuckten in die Höhe. »Warum kommst du damit zu mir?«

»Ich brauche deine Jägerin. Beim letzten Mal ist sie weggerannt, das törichte Biest.«

Seine Finger zuckten in Richtung seiner Messer, doch er behielt sie unter Kontrolle. »Pass auf, wie du über sie sprichst.«

»Ach, dir liegt wirklich etwas an ihr?«

Er antwortete nicht.

»Du hast sie gebunden, weil du von ihrem Vater weißt, oder?«

Die Frage erwischte ihn kalt. Er hatte vergessen, wie gut sie informiert war.

»Nein. Aber du hast sie Letan ausgeliefert«, konterte er. »Wolltest du, dass sie sich gegen mich stellt?«

»Dein größtes Problem ist dein Misstrauen, Coz. Es wird irgendwann dein Untergang sein, wenn du es nicht in den Griff bekommst.«

»Wie wäre es mit einer Antwort?«

Iuvanis schaute an ihm vorbei in den Laden, wo Tamiel an ihrer Harfe zupfte. »Sie ist eine so sanfte Seele. Wenn ihr Leben anders verlaufen wäre, hätte sie nicht so viel Leid erfahren müssen.«

Er folgte ihrem Blick. In diesem Moment schien die Sonne so durchs Fenster, dass sie sich in Tamiels Haaren verfing und sie mit einem bronzenen Schleier überzog. Die Saiten glühten im Licht, während sie mit den Fingern darüberstrich. In diesem Moment geschah etwas. Wärme wallte in seiner Brust auf, doch bevor sie sich ausbreiten konnte, wurde sie von Iuvanis' kaltem Blick erstickt.

»Das geht nicht nur ihr so«, erwiderte er.

Beim Hineingehen bemerkte er im Augenwinkel, dass ein Passant ihn seltsam ansah. Zu lange, um unauffällig zu sein. Kaetan warf ihm einen düsteren Blick zu und der Fremde widmete sich wieder seinen eigenen Problemen.

Lurel hatte den Vorhang beiseitegeschoben und mehr Stühle um den niedrigen Tisch gestellt, auf dem normalerweise Kekse und Tee standen. Jetzt war die Tischplatte freigeräumt bis auf einen Notizblock und ein paar Stifte.

»Damit jeder im Bilde ist«, begann Kaetan die Lagebesprechung. »Wir werden morgen einen Königssturz durchführen und jeder ist zu Verschwiegenheit verpflichtet.« Er ließ den Blick über die Runde wandern. »Unser Ziel ist es, unentdeckt in den Palast einzudringen und Letan umzubringen. Anschließend treffen wir uns im Thronsaal für die Krönungszeremonie.« Er klopfte mit dem Stift auf das Papier, ein künstliches Uhrticken. »Letan hat das Sicherheitssystem im Palast aufgestockt. Eine Alarmanlage mit Verdichtungen der Türen und Fenster, verbesserte Schlösser, für jede Wache einen Schutzschild.«

»Er rechnet mit dir«, sagte Kelsei.

»Deswegen habe ich euch.« Er ging dazu über, seine Taktik zu erläutern, verriet jedoch nicht alles. Dafür waren zu viele Calita anwesend, denen er misstraute. Auf halbem Wege unterbrach ihn Iuvanis.

Sie faltete die Hände langsam zusammen, Finger für Finger. »Was ist, wenn ich dir sage, dass es einen anderen Weg gibt? Würdest du meinen Rat annehmen?«

»Sicher doch.«

»Der Kommandant der Stadtwache. Er und seine Soldaten werden uns helfen.«

Kaetan kniff die Augen zusammen. Der Kommandant war ihm in Erinnerung geblieben. Er diente inzwischen dem dritten König in Folge. Seine Loyalität hing nicht an einer Person, sondern an dem Königreich.

»Was lässt dich das glauben?«

»Nach meiner Flucht hat er mich bei seiner Familie im Westen versteckt. Glaub mir, er ist ein Freund.«

»Der Kommandant ist dem Thron loyal.«

»Und den Leuten, die sich über Jahrzehnte hinweg um seine Zuneigung bemüht haben, weil sie ahnten, dass der Tag kommen würde, an dem seine Loyalität und damit die der gesamten Armee von Bedeutung sein könnte. Leuten wie mir.«

Iuvanis schien von ihren eigenen Worten überzeugt zu sein. Er ersetzte den entsprechenden Punkt auf seinen Notizen. »Dann vereinbare mit ihm für heute Abend ein Gespräch für Details. Hast du sonst noch Freunde im Palast?«

»Nur genauso viele Feinde wie du.«

Also fuhr er mit der Lagebesprechung fort. Sie lief besser ab als erwartet, denn Iuvanis erwies sich als kompromissbereit und Kelsei protestierte kein einziges Mal. Nach einem Tag voller Planung kam der Abschied. Kaetan blieb mit Tamiel und Lurel auf der Schwelle stehen. Kelsei war bereits aufgebrochen, sodass nur Iuvanis die Straße, die vom Laden wegführte, entlangging. Mit finsterer Miene blickte er ihr nach, bis sie außer Sicht war.

»Ich traue ihr nicht. Sie wird etwas versuchen.«

»Soll ich sie morgen im Auge behalten?«, fragte Lurel.

Kaetan nickte. Das hielt er für das Beste.

Mit einem leisen Räuspern machte sich Tamiel bemerkbar. »Ich bräuchte noch …«

»Richtig, das Geld.« Aus der Innentasche seines Jacketts holte er den Geldbeutel und ließ ihn in ihre Hand fallen.

Lurel klopfte ihm auf die Schulter. »Das wird schon.«

Anschließend wünschte er ihnen eine erholsame Nacht und zog sich zurück. Kurz darauf erloschen die Lichter im Erdgeschoss.

Kaetan nahm einen tiefen Atemzug. Die kühle Nachtluft war nach der hitzigen Diskussion eine Wohltat.

»Begleitest du mich zu den Aufständlern?«

Tamiel neigte den Kopf. »Wenn du willst.«

Kaetans Mundwinkel sackten nach unten. Seine Finger wanderten zu der Stelle, an der der Ring gewesen war. Tamiels Manipulation war unumgänglich gewesen, das durfte er nicht vergessen. Ein Krieg erforderte Opfer …

Er runzelte die Stirn. Es war merkwürdig still, das fiel ihm erst jetzt auf. Kein Passant lief vorbei, kein Fenster stand offen, nirgends war Leben.

Hinter seinem Rücken bedeutete er Tamiel zu warten, während er in die Mitte der Straße trat. Er drehte den Kopf, tastete mit dem Blick die Umgebung ab, blieb an einer Stelle auf der Mauer hängen, wo ein Stein flimmerte, und drehte sich um. Er kratzte sich an der Hüfte und spürte den Messergriff.

Da – eine Bewegung hinter ihm. Darauf vorbereitet, wich er zur Seite aus, zog sein Messer und rammte es dem Angreifer in die Schulter. Die Straße war nicht länger leer. Wie Geister hatte sich ein Trupp Soldaten materialisiert. Ihre Speerspitzen zitterten.

Kaetan warf einen Blick auf das Gesicht des Verwundeten und konnte sein Glück kaum fassen. Da war ihm tatsächlich der königliche Berater in die Hände gefallen.

Hinter ihm erklang das knarzende Geräusch von Tamiels Bogen, als sie die Sehne nach hinten zog. Kaetan zog das Messer heraus, hielt Salar jedoch weiterhin fest, der sich angesichts seiner Verletzung kaum wehrte. Anschließend positionierte er sich so, dass der Berater das Schild zwischen ihnen und den Soldaten bildete.

»Du hättest dich nicht bewegen sollen, als du dich an der Mauer versteckt hast«, wisperte Kaetan in sein Ohr. »Dorraeves sind eben nicht unsichtbar.«

Salar riss den Kopf herum, sodass er Kaetan anschauen konnte. Es war leicht, seinen Hass zu sehen. Er sammelte Spucke in seinem Mund, aber Kaetan wich rechtzeitig aus.

Angeekelt packte Kaetan ihn fester. »Ich schlage euch etwas vor.« Seine Stimme hallte über die Straße. »Ihr lasst uns gehen, dafür lasse ich den königlichen Berater am Leben. Ein fairer Tausch.«

Die Soldaten begegneten ihm mit steinerner Miene. Doch sie wagten keinen Angriff.

Weshalb waren sie ihm aufgelauert? Wenn Cruxia ihn einfangen wollte, hätten sie kaum den königlichen Berater geschickt. Er war kein Kämpfer.

Sein Blick wanderte zu dem Obsidian, der an Salars Ohrläppchen prangte. Doch dann fiel ihm ein, warum Salar einen Grund gegen ihn haben könnte, und er brauchte keinen Flandactes mehr, um das Motiv zu erkennen.

»Ah ... Es geht um Lokur.«

Salar stieß ein Grollen aus. »Du wirst büßen für deine Taten.«

Trotz seiner eingeschränkten Lage gelang es ihm, einen Pfeil aus einer Schlaufe an seinem Gürtel zu ziehen. Kaetan spannte sich an. Doch Salar griff ihn nicht an. Stattdessen warf er den Pfeil auf den Asphalt.

Es war einer von Tamiels Seelenpfeilen.

»Da! Oder habt ihr Lokur schon vergessen?«

Mit einem kaum wahrnehmbaren Nicken bedeutete er Tamiel, den Pfeil aufzuheben. Während sie sich bückte und damit ihre Defensive verließ, fokussierte er sich auf die drei Soldaten, die ihr am nächsten standen. Sollte sich einer von ihnen regen ...

Er war abgelenkt und reagierte zu langsam. Er konnte nicht ausweichen, als ein Soldat außerhalb seines Sichtfeldes seinen Speer nach vorne stieß und Kaetan am Oberarm traf. Schmerz wallte auf. Reflexartig ließ er Salar los und stolperte zurück. Er riss den Speer aus der Wunde, woraufhin sein Jackett an dieser Stelle schwer und nass wurde. Ihm war schwindelig, als er den Eisengeruch vernahm, aber er hielt sich auf den Beinen.

Tamiel schoss einen Pfeil ab und traf seinen Angreifer in die ungeschützte Kehle. Als Kaetan sein Messer hob, hatte sie den Bogen erneut gespannt. Sie rief eine Warnung und Kaetan drehte sich um. Die Längsseite eines Speerstabs zielte auf ihn. Anstatt sich zu ducken, riss er die Arme hoch und fing den Schlag ab. Die Wucht des Aufpralls vibrierte durch seinen Körper. Sein verwundeter Arm protestierte, als er den Speer umfasste und damit den dazugehörigen Soldaten an sich zog.

Es gab eine Emotion, die Kaetan sehr gut von allen anderen unterscheiden konnte: Furcht. Sie flackerte in den Augen des Soldaten auf. Der Ausdruck war auf seiner Miene eingebrannt, als Kaetan ihn mit aufgeschlitzter Kehle zu Boden fallen ließ.

Er fuhr sich durch die Haare, verteilte das Blut in ihnen. Ein Tropfen rann auf seine Wange und ließ seinen Magen rumoren. Mit den Schatten griff er nach einem weiteren Soldaten. Erst als dessen Körper verpufft war, bemerkte er etwas.

Seine Adern pulsierten vor Adrenalin. Seine Müdigkeit war betäubt. Seine Wunde pochte und er konnte den Ansatz eines tiefen Schmerzes spüren. Doch eine Sache fehlte, denn da war kein Hunger, den er stillen musste. Keine Euphorie nach dem Töten.

Davor hatte er es nur geahnt, doch jetzt wusste er es sicher: Die Schatten in seinem Kopf kehrten nicht mehr zurück.

Die Soldaten zogen sich zurück – sie flohen. Salar wurde von ihnen gestützt und hinterließ eine Blutspur auf dem Asphalt, die sich mit Matsch und Schmutz mischte. Mit hämmerndem Herzen blickte Kaetan ihnen nach, seine Füße fest mit dem Boden verwurzelt.

Sobald sie außer Sicht waren, ließ er sein Messer sinken. Ein Stöhnen entwich ihm, als sein Arm aufbrannte. Auf einmal war da Tamiel an seiner Seite, die den ohnehin schon ruinierten Ärmel abschnitt, um die Wunde freizulegen. Dann verschwand sie kurz. Als sie zurückkehrte, konnte er mitverfolgen, wie sich neue Hautzellen über der Verletzung bildeten.

»Soll ich ihnen nachgehen?«

Kaetan schüttelte den Kopf. Zischend atmete er ein, versuchte, den Schmerz zu unterdrücken.

Langsam ließ er seinen Arm los und inspizierte in einer Fensterscheibe sein blutverschmiertes Aussehen. So konnte er sich nicht bei seinen Anhängern blicken lassen.

»Wir müssen einen Zwischenstopp bei mir einlegen, bevor wir zu den Aufständlern gehen.«

28

Tamiel

Insgesamt waren es zweiunddreißig Türen, an die Kaetan klopfte. Zweiunddreißig Hände, die er schüttelte, und zweiunddreißig Paar Ohren, die er einweihte. Zweiunddreißig Mal tauschte er ein paar Sphee aus und zweiunddreißig Mal wurden ängstliche Herzen überzeugt. Jedoch wurde nur fünfmal ein Geheimnis verraten, immer dasselbe, das lautete, dass man zu den Ruinen gehen und die Kapitänin eines Schiffes treffen sollte.

Während Kaetan mit den Aufständlern sprach, wiederholte Tamiel stumm die Worte, die sie für die Zeremonie gelernt hatte.

Schwört Ihr, unser Erbe in Ehren zu halten?

Kaetan unterhielt sich mit einem Flandactes, der die Tür mit einer nervösen Miene geöffnet hatte. Mit anderen Worten: ein Aufständler, der zweifelte. Kaetan erzählte ihm von dem Plan und seinen Aufgaben und redete ihm gut zu, und dann reichte er ihm ein paar Scheine. Als der Aufständler die Tür schloss, war wieder Farbe in dessen Gesicht zurückgekehrt. Geld in Kaetans Händen bewirkte Wunder.

Schwört Ihr, mit Gerechtigkeit und Weisheit zu regieren und in guter Absicht für alle Calita?

Am Ende ihres Rundgangs hatte er sowohl das Geld ausgegeben, das Iuvanis für den Auftrag ausgezahlt hatte, als auch einen Teil seiner Ersparnisse. Den Rest trug Tamiel bei sich, bis sie ihn einsetzen musste.

Schwört Ihr, bei etwaigem Scheitern Eurerseits ohne Wehr und in der Einsicht, gerecht behandelt zu werden, von objektiven Dritten festgelegte Konsequenzen zu erdulden?

Sie hielten an einer Sitzbank an, wo Kaetan einige Sätze auf den Notizblock schrieb. Es waren Notizen, die nur er entschlüsseln konnte. Nicht weil sie in einer Geheimschrift verfasst waren, sondern weil das Papier ein Labyrinth aus Tinte war. Von dem Wort Königssturz aus deuteten so viele Pfeile in so viele Richtungen, dass man nur mit einem Finger ihre Flugbahn verfolgen konnte. Wörter wie *vorher* oder *höchstens vier* waren mehrfach unterstrichen worden. Die Linien waren mit so einer Dringlichkeit gemalt worden, dass sie im Papier Kerben hinterlassen hatten.

»Denkst du, wir haben alles?«, fragte Tamiel.

Er sah nicht auf. »Ich plane diese Nacht schon seit Jahren.«

»Das war keine Kritik.«

Endlich löste er sich von den Notizen. Seine Haare waren noch feucht von der Katzenwäsche, der er sich vor dem Rundgang unterzogen hatte, um das Blut und den Schmutz loszuwerden. »Warum hast du dann gefragt?«

»Weil ...« Sie schweifte ab, denn es lagen nicht die nötigen Worte auf ihrer Zunge.

»Tamiel, diese Nacht wird so ablaufen, wie ich es will. Und selbst wenn es anders kommt ... Ich will alles oder nichts. Weißt du noch, was ich dir vor dem Einbruch bei Merritt gesagt habe?«

Sie nickte.

»Keine Rücksicht auf Verluste«, sagten sie gleichzeitig. Eine ernste Falte grub sich in seine Stirn. »Wenn etwas schiefgeht ... mach es diesmal richtig.«

Dann weihe ich Euch mit dem heiligen Äther, der uns und alle Welten verbindet. Er soll Euch daran erinnern, woher wir kommen und was wir erreicht haben.

Ihre Knochen schmerzten von dem langen Tag, aber sie folgte

Kaetan klaglos zu der nächsten Station. Das Anwesen des Kommandanten lag in dem Reichenviertel vor den ehemaligen Pferdeweiden. Tamiel hatte Kaetan noch nie in so einer vornehmen Umgebung gesehen. Die Villen waren hübsch und die Gärten ordentlich zurechtgeschnitten. Auf Kaetan traf keines von Beidem zu.

Er blieb nicht lange darin. Nach ein paar Minuten ging das Licht über dem Eingang wieder an. Ein kleiner, muskulöser Mann mit Schnurrbart trat heraus. Seine Glatze reflektierte das Licht, sodass es aussah, als würde er schwitzen. Es war derselbe Mann, der in der Kerkerzelle Tamiels Handschellen aufgeschlossen hatte.

Nach ihm verließ Iuvanis das Anwesen; sie war schon vor Kaetans Ankunft drin gewesen. Sie schüttelte dem Kommandanten die Hand, danach erschien Kaetan und tat dasselbe. Während die Geschwister dem Weg zum Tor folgten, blickte der Kommandant ihnen mit einer Falte zwischen seinen Augenbrauen nach. Am Tor drehte sich Iuvanis kaum merklich um und erwiderte sein Lächeln, das er eine Sekunde lang aufblitzen ließ. Kaetan bemerkte nichts davon.

Er soll Euch auch mit Euren seligen Ahnen verbinden, die an ebendieser Stelle knieten. Auf deren Schultern wird das Königreich getragen.

Auf dem ganzen Weg zu den Ruinen schwang eine schwere Stille zwischen den Remex, die Tamiels Zehenspitzen kribbeln ließ. Sie zeugte aber nicht von einer schlechten Laune Kaetans. Er war nicht ungehalten, sonst hätten sich die Geschwister längst gegenseitig Worte an den Kopf geworfen. Vielleicht war es eine zufriedene Stille. Deshalb erschien sie Tamiel so fremd. Das Treffen mit dem Kommandanten war also nach seinen Vorstellungen verlaufen. Er hatte ein Bündnis geschlossen und die Schläfer an den richtigen Orten positioniert. Ein Schritt näher an einem erfolgreichen Königssturz.

Bei Iuvanis' Unterschlupf angekommen, musterte Kaetan die Überreste mit gerümpfter Nase. Seiner Schwester genügte ein Seitenblick, um seine Gedanken zu erraten.

»Es genügt mir«, sagte sie.

»Habe auch nichts gesagt.«

Iuvanis präsentierte ihm *Akasha.* »Willst du darin lesen?«

Sein Zögern, bevor er den Kopf schüttelte, konnte Tamiel nicht einordnen. Er nickte in ihre Richtung. »Was muss sie tun?«

»Äther ist ihr Gebiet. Das weiß sie doch hoffentlich selbst. Oder, Tamiel?«

Tamiel nickte. Sie konnte Ätherstahl zerstören und das Buch folgte einem ähnlichen Prinzip.

Sie stieg in die geistige Welt, in der sie den Äther vom Ledereinband trennen konnte. Wie ausgeleierte Wolle trieben die Ätherstränge durch die Luft, aber nach kurzer Zeit vermengten sie sich mit dem Meer und Tamiel stieg zurück. Wo einmal die blauen Muster verlaufen waren, blieben nur leere Einbuchtungen im Einband zurück.

Ohne die Verbindung zwischen den beiden Welten war das Buch nur noch ein Buch. Es konnte brennen.

Kaetan und Iuvanis starrten auf die Flammen. Das Feuer spiegelte sich in ihren schwarzen Augen. Ein Schauer kroch über Tamiels Rücken. In diesem Moment war die Ähnlichkeit zwischen den Geschwistern erschreckend deutlich.

Und so wird es auch auf Euren Schultern getragen, König Coziel Lurel der Siebte.

»Jetzt ist Cruxia machtlos«, sagte Iuvanis.

»Ich würde nicht machtlos sagen«, widersprach Kaetan, aber nicht so, als wollte er einen Streit beginnen.

Iuvanis schien sich dieser Tatsache vergewissert zu haben, ehe sie weitersprach. »Bist du sicher, dass du ihn morgen töten willst?«

Kaetan seufzte.

»Letan ist nur die Puppe, Coziel. Die Fäden zieht Cruxia.«

»Iuvanis. Meine liebe Schwester. Auf dem Thron kann ich viel mehr bewirken als auf den Straßen. Dann ist es egal, wie stark Cruxia ist, weil ich stärker bin.«

»Du bist älter geworden, Coz, aber du klingst genauso jung wie damals.«

Tamiel begegnete seinem Blick und dachte, er würde in die Offensive gehen, aber stattdessen schloss er die Augen. »Nenn mich nie wieder so.«

»Das ist dein Name. Und der Name unseres Vaters und der unseres Großvaters.«

Er schüttelte den Kopf. »Wenn ich gekrönt werde, dann nicht als König Coziel.«

Iuvanis schnaubte. »Etwa als König Kaetan?« Als sie merkte, dass er es ernst meinte, runzelte sie die Stirn. »Und wie willst du das logistisch anstellen? König Kaetan der Neunte etwa? Du kannst nicht vor deinem eigenen Namen davonlaufen.«

Etwas bewegte sich in seinem Gesicht, doch Tamiel konnte es nicht deuten. Ihr fiel ein, was er gesagt hatte, kurz bevor Lurel an ihren Gedanken gepfuscht hatte. Obwohl in seinen Augen Schatten tanzten, war sein Kopf frei von ihnen. Und allmählich bemerkte sie den Unterschied.

Auch wenn er Iuvanis keine Antwort gab, verbesserte sie den zeremoniellen Spruch in ihrem Kopf.

Und so wird es auch auf Euren Schultern getragen, König Kaetan der Neunte.

29

Kelsei

Es war ein neuer Tag und in weniger als vierzehn Stunden würde sie alles, was ihr lieb und teuer war, aufs Spiel setzen.

Keine Sekunde lang saß sie still. Sie durchsuchte das Küchenregal auf der Suche nach einer bestimmten Flüssigkeit, sammelte Kräuter, legte sie zum Trocknen auf die Fensterbank. Nun hieß es warten. Sie schüttelte die Bettdecken aus, wusch das Geschirr, entfernte altes Kerzenwachs. Mischte die Kräuter mit den übrigen Zutaten und verstaute das fertige Gebräu in ihrer Manteltasche. In zwei Phiolen, zur Sicherheit. Bis auf das Quallensekret ähnelte das Rezept einem einfachen Hustensaft. Sollte jemand die Flaschen entdecken und sie darauf ansprechen, würde sie als Erklärung verhalten husten.

Endlich berührte die Sonne den Horizont. Kelsei setzte sich neben Ceria und strich ihr eine blonde Strähne hinters Ohr. Sie drückte ihre Lippen auf ihre Stirn. Auf ihre Nase, ihren Mund. Sie schmeckte Salz und wandte sich ab, bevor sie den Mut verlieren konnte.

Die Straßenlaternen vor Lurels Laden beleuchteten die Szene wie an einem gemütlichen Abend, an dem sich Freunde in Lokalen trafen und um die Häuser zogen.

»Ah, Kelsei.« Kaetan hielt ihr die Hand hin. »Bist du bereit?« Er wackelte mit den Fingern und Kelsei ergriff seine Hand.

Es war nicht das erste Mal, dass sie ihr Netz über ihn warf, aber es war das erste Mal, dass sie wusste, wessen Gestalt sie in Wirklichkeit annahm. *Für meinen Schutz,* hatte er diesen Schritt begründet. Wenn er wüsste.

Sie zog das Netz zurück und breitete es über ihrem eigenen Körper aus. Ihre Haut wurde heller und ihre Züge kantiger, ihre Haare kürzer und schwärzer. Iuvanis begegnete ihrem Blick, als würde sie Kelsei eine stumme Botschaft übermitteln wollen.

Wir versuchen alle, Vertrauen vorzutäuschen. Selbst er. Das hatte sie nach der Lagebesprechung zu ihr gesagt, als sie sich in sicherem Abstand zu Lurels Laden getroffen hatten. Kaetan sollte sie nicht zusammen sehen und Verdacht schöpfen.

Ehe sie sich versah, ragten die Palastmauern vor ihr auf, dunkel und bedrohlich. Kaetan hatte behauptet, es wäre kein Einbruch, weil der Palast das Zuhause der Geschwister sei, und in dieser Nacht würden sie es sich lediglich zurückholen.

Sie näherten sich nicht wie Einbrecher, kletterten über Mauern oder nahmen geheime Tunnel – sofern es solche gab. Die Wachen am Tor ließen sie eintreten, sobald sie Iuvanis erkannten. Kelsei folgte ihr, hinter ihr ging Lurel. Vor dem normalen Auge versteckt, passierten auch Kaetan und Tamiel.

Iuvanis hatte ihrem Bruder weisgemacht, dass der Kommandant von ihm überzeugt war, aber Kelsei hatte sie die Wahrheit anvertraut: Der Kommandant und die Soldaten taten nur das, was Iuvanis ihnen befahl. Die Gehorsamkeit gegenüber Kaetan war ein Schein.

Nach einigen Schritten warf Kelsei einen Blick zurück. Eine in Schatten gehüllte Gestalt sprach mit den beiden Wachen.

Sie lehnte sich zur Prinzessin. »Was hat Kaetan mit denen zu tun?«

Iuvanis folgte ihrem Blick, behielt ihre Gedanken jedoch für sich. Lurel verschluckte sich, was Kelsei argwöhnisch registrierte.

Der Hof war leer. Ein Springbrunnen plätscherte vor sich hin, ein Transportwagen stand verwahrlost neben dem Eingang der Kaserne. Iuvanis ging hin und klopfte dreimal dagegen. Kurz darauf verließ der Kommandant mit einer Soldatentruppe das Gebäude. Sie zählte nur dreißig Männer und Frauen. Je weniger eingeweiht waren, desto geringer die Gefahr, dass etwas schiefging.

Dem Kommandanten folgte eine Lichtkugel. Sein gezwirbelter Schnurrbart schwang bei jedem Schritt mit.

»Mein König«, murmelte er und verbeugte sich vor Kelsei, wobei sie ein Schauer überfuhr. Dann wandte er sich Iuvanis zu und drückte ihre Hand.

Geöffnete Palasttüren – daneben eine Soldatin mit einer langen Narbe im Gesicht.

Kaetan, der wieder aus den Schatten auftauchte und Worte mit ihr wechselte.

»Er macht irgendwas«, wisperte Kelsei der Prinzessin zu.

Diese blieb unbekümmert. Was hatte sie noch gesagt? *Wir müssen sein Spiel mitspielen.*

Ein langer Gang, das meiste im Dunkeln. Schmucklose Kronleuchter tauchten im Schein der Lichtkugel auf, verschlossene Türen. Auf dem kahlen Parkett klackerten die vielen Schuhe, zu laut für einen Einbruch.

Eine große Halle, eine weite Treppe, die sich in den ersten Stock wand. Die Lichtkugel des Kommandanten blitzte einmal blau auf und die Soldaten verteilten sich. Über ihren Köpfen erschienen weitere Lichtkugeln.

»Zwanzig Minuten«, sagte der Kommandant. »So lange werden wir warten.«

Kelsei nickte, Iuvanis nickte, und voran gingen sie. Dann spürte sie ein dunkles Ziehen an ihrer Seele und sie hielt inne – zähneknirschend. Fast hätte sie es vergessen, aber auf seine unangenehme Weise erinnerte Kaetan sie daran.

Sie imitierte ihre beste Version des gefallenen Königs. »Meine Jägerin wird mit einigen deiner Soldaten den Weg zum Thronsaal sichern, während wir weg sind. Gib ihr, was sie benötigt.«

Ohne eine Antwort abzuwarten, drehte sie sich weg. Kaetan gehorchte man sowieso.

Endlose Treppenstufen. Oben: ein Schatten, eine Gestalt – Kelsei ließ die Verkleidung fallen.

»Tu, was wir besprochen haben«, sagte Kaetan knapp und verschwand mit Iuvanis in der Finsternis, bevor Kelsei ihn ermahnen konnte, nie wieder an ihrer Seele zu zupfen.

Vorsichtig spähte sie über das Treppengeländer nach unten. Tamiel und Lurel waren verschwunden. Der Kommandant schlenderte von Soldat zu Soldat und tauschte mit ihnen raunende Worte aus.

Sie ließ sich am Geländer nach unten sinken und lehnte den Kopf zurück, sodass die Säulen gegen ihren Hinterkopf drückten. Vor ihr zeichneten sich Umrisse von Gemälden ab, doch eine Betrachtung wurde ihr durch das fehlende Licht verwehrt. Manchmal wünschte sie sich, sie wäre eine Phasnes wie Ceria.

Ceria …

Nicht mehr lange.

30
Tamiel

Während Tamiel per Tastsinn ihre Münzen abzählte, musterte sie die Gesichter der vier Soldaten, die sie begleiteten. Aufgrund ihrer Helme war der Bereich von Stirn bis Nase verdeckt, aber soweit sie erkennen konnte, handelte es sich um eine Phasnes, zwei Nodifaex und einen Scitellax. Drei Frauen und ein Mann. Die Phasnes hielt sich mit ihrer Leuchtkugel nahe bei Tamiel auf, sodass der Weg sichtbar war.

Wenn es sein musste, könnte Tamiel den Weg sogar in totaler Finsternis finden. Kaetan hatte ihr auf einem Grundriss die genaue Länge und Breite des Gangs aufgezeigt sowie seine Höhe, damit Tamiel auf jede erdenkliche Situation vorbereitet war. Falls die Soldaten ihr Schwierigkeiten bereiten sollten, wüsste sie einen Weg, um die Lage zu retten.

Kaetan hatte für alles einen Plan.

Der Gang endete im Thronsaal. Obwohl er der Dreh- und Angelpunkt all seiner Träume und Alpträume darstellte, hatte Kaetan ihn mit keiner einzigen Geschichte erwähnt. Deshalb war er in Tamiels Vorstellung immer nur ein unwichtiger, grauer Fleck gewesen. In dieser Nacht würde er allerdings drastisch an Bedeutung gewinnen. Es war Zeit, ihn mit Farbe zu füllen.

Die Wände bestanden aus kompaktem, grauem Stein und verflossen in einer Rundung mit der kuppelförmigen Decke, sodass es so aussah, als befände man sich in einer zurechtgeschliffenen

Höhle. Mächtige Säulen mit Reliefs an den oberen Enden trugen den Saal und säumten den Mittelgang zum Thron. Im Vorbeigehen war ein Teil von Tamiel dazu geneigt, die Verzierungen mit ihren Fingerspitzen abzutasten, aber es war weder der richtige Zeitpunkt noch die richtige Gesellschaft dafür. Auf beiden Saalseiten erstreckte sich hinter den Säulen je ein Durchgang, der mit Spiegeln ausgekleidet war. Dadurch konnte sie in der Reflektion sich selbst und, was viel wichtiger war, die toten Winkel sehen. Es gab keine Versteckmöglichkeiten.

Und erst der Thron. Er bestand aus dem schwärzesten aller Obsidiane und war so glatt poliert, dass sich das Licht darin verfing und Tamiels Schatten abbildete. Sie konnte sich mühelos vorstellen, wie ein Schattenkönig nach dem anderen von dort oben aus regiert hatte. Mit all seiner Grausamkeit.

»Folgt ihr den Befehlen von Kaetan oder Iuvanis?«

Alle sahen sie verwirrt an, aber der Scitellax machte als Einziger den Mund auf. »Wir befolgen die Befehle des Kommandanten.«

»Kaetan. Oder Iuvanis.« Ihre Stimme war kalt.

Die Soldaten tauschten Blicke aus.

»Hör mal ... wir wissen genau so viel wie du.«

Tamiel atmete tief ein. Sie ließ eine Münze auf ihrer Handfläche erscheinen.

Die Phasnes schob ihre Lichtkugel ein wenig höher in die Luft. »Wir werden gut bezahlt.«

Drei weitere Münzen folgten, sodass sich nun vierhundert Sphee auf ihrer Handfläche befanden. Der Kommandant war dem Thron loyal, aber seine Soldaten dem Geld, das er ihnen zahlte.

Die Soldaten wurden unruhig. Sie traten auf der Stelle und warfen unauffällige Blicke zur Tür.

Plötzlich schoss die Hand des einen nach vorn und schloss sich um die Münzen.

Seine Kolleginnen sahen ihn mit unverhohlenem Schock an.

»Luc!«, rief die Phasnes.

Er zuckte mit den Schultern und bot ihr eine Münze an, aber sie schlug seine Hand weg.

»Lässt du dich wirklich bestechen?«

Tamiel starrte sie an, ohne zu blinzeln. Wie das Raubtier, zu dem Kaetan sie gemacht hatte. Die Soldatin war so darauf konzentriert, ihrem Blick standzuhalten, dass sie zu spät bemerkte, dass ein Seelenpfeil in Tamiels Hand gewandert war.

Ihre Augen weiteten sich. »Also gut, schon gut, ich –«

Weiter kam sie nicht, denn Tamiel holte aus. Der Pfeil durchstach ihren Körper mit so großer Wucht, dass er auf der anderen Seite aus ihrem Rücken trat. Die Phasnes gefror in ihren Bewegungen. Durch den Pfeil wurde sie aufrechterhalten, aber sobald Tamiel ihn herauszog, knickten ihre Beine unter ihr ein. Ihre Seele flüchtete, ohne ein Geräusch zu hinterlassen.

Tamiel drehte sich zu den übrigen Soldaten um und betrachtete jeden von ihnen eingehend. »Ein Angebot. Ihr folgt ab jetzt meinen Befehlen und denen des Kindkönigs – und nur unseren.« Sie nickte auf die Leiche. »Ich denke, wir verstehen uns. Wenn Kaetan Erfolg hat, werdet ihr noch mehr Geld sehen.«

Sie wartete, aber es gab keine Proteste. Luc hielt die Münzen umklammert und senkte den Kopf. Die anderen taten es ihm gleich. Dann ordnete Tamiel sie an, hier zu warten und keine Waffen einzusetzen, sollten dreiunddreißig fremde Calita den Thronsaal betreten.

Die Leiche versteckte sie in einer angrenzenden Kammer, die neben der Krone und anderen Materialien zur Krönungszeremonie auch einen Schrank beherbergte. Die tote Phasnes passte bis auf den Millimeter genau hinter die Kleiderbügel. Es war nur wichtig, dass sie während der Zeremonie unentdeckt blieb. Tamiel würde sie am nächsten Tag zu einer besseren Ruhestätte bringen.

Als sie in die Treppenhalle zurückkehrte, marschierte der Kommandant auf sie zu.

»Jägerin. Wo sind meine Soldaten?«

»Sie bewachen den Thronsaal.« Sie zeigte auf drei weitere Soldaten und gab ihnen zu verstehen, dass sie sich von ihren Positionen lösen sollten.

Der Kommandant verstellte ihr den Weg. »Was soll das?«

Tamiel blickte zu ihm auf. Er war größer als sie und trotzdem fühlte er sich seiner Autorität beraubt. »Wir haben nicht mehr geplant als ihr.«

Iuvanis konnte mich noch nie leiden und wird es auch jetzt nicht tun, hatte Kaetan am Vortag erklärt.

»Die Soldaten, die Coziel unbedingt an den Toren haben wollte«, erwiderte der Kommandant. »Was ist mit denen?«

Tamiel schwieg.

»Lurel kann sie nicht manipulieren. Sie sind davor geschützt.« Aus seinen Worten sprach Angst, auch wenn sie sorgfältig versteckt war.

»Dann kann ja nichts schiefgehen, oder?«, erwiderte sie und deutete sogar ein Lächeln an.

Eine schrille Sirene durchschnitt die Luft. Die Soldaten schreckten auf, auch Tamiel zuckte zusammen. Während der Kommandant damit beschäftigt war, einen Soldaten in den Kontrollraum zu schicken, um den Alarm abzuschalten, nutzte Tamiel die Ablenkung und lockte den neuen Trupp aus der Halle.

Sie konnte ihnen ansehen, dass sie Tamiel gern ausgefragt hätten – warum der Alarm losging, was sie darüber wusste. Aber auch wenn sie den nötigen Mut dazu aufgebracht hätten, hätte sie nicht geantwortet. Sie wusste es auch nicht. Der Alarm war kein Teil des Plans. Und das bereitete ihr Sorgen.

Trotz aller Planung konnte immer etwas Unvorhergesehenes

passieren, wie auch schon in Merritts Haus. Das wusste Kaetan, aber er würde lieber sterben wollen als aufzugeben. Die alte Tam hätte dafür gesorgt, dass er notfalls aus dem Palast flüchten könnte, aber so viel Freiheit stand Tamiel nicht zu. Daher konnte sie nur hoffen, dass es nicht zu einer Niederlage kommen würde.

31

Kaetan

Im Palast sollte er sich wie zu Hause fühlen, aber ... die Gemäuer wirkten fremd.

»Coz?«

Da erst merkte er, dass er vor dem leeren Fleck der Ahnengalerie stehen geblieben war, wo früher sein Porträt gehangen hatte.

»Kaetan«, korrigierte er und lief weiter. Nur noch eine Ecke bis zu den königlichen Gemächern. Der Geschmack von Rache lag auf seiner Zunge. Am liebsten wäre er gerannt.

Vor der Biegung schoss seine Hand nach oben, sodass Iuvanis stoppte. Da war ein Geräusch, ein Hüsteln. Drei Atemzüge vergingen, dann stahl er einen Blick um die Ecke.

Zwei Soldaten waren an der Tür zu den Gemächern postiert. Sie wechselten kein Wort.

»Ich nehme den Linken«, zischte er Iuvanis zu. Diese gab ein kurzes Nicken zurück.

Schatten umhüllten ihn. Iuvanis tat dasselbe. Der Soldat, der auf der linken Seite der Tür Wache hielt, wirkte, als würde er im Stehen schlafen. Für ihn war es eine Nacht wie jede andere – er gehörte nicht zu den Auserwählten des Kommandanten.

Es war leicht, sich hinter ihm zu materialisieren und ihm die Kehle zu durchschneiden. Gurgelnd sackte er zu Boden. Kaetan stützte ihn, damit seine Leiche geräuschlos aufkam.

»Scheiße!«

Kaetans Kopf zuckte hoch. Der andere Soldat war noch am Leben. Er ragte über ihm auf, seinen Speer erhoben, Schock im Gesicht.

Kaetan hatte seine Messerhand nicht frei. Sie war immer noch um die Leiche geschlungen. Er zog seinen Kopf ein, machte sich bereit zum Wegrollen –

Blut flog durch die Luft und regnete auf ihn nieder. Eine zweite Leiche landete auf dem Boden, für die Iuvanis jedoch keinen Blick übrighatte. Bewusst langsam säuberte sie ihren Dolch.

»Wir hätten es auf die Remextour machen können, das wäre sauberer gewesen.« Sie steckte den Dolch zurück. »Aber dein Weg ist auch nicht schlecht.«

Schnaubend erhob er sich. Eine einzige Sekunde lang hatte er geglaubt, dass er naiv gewesen war. Dass Iuvanis ihn schon jetzt entsorgen wollte.

»Damals beim Abendessen«, sagte er unvermittelt. »Warum hast du mit ihm gesprochen?«

Natürlich wusste sie, wovon er redete, schwieg jedoch. Der Abend, an dem sie sich mit Letan unterhalten hatte, kurz bevor er seine Krone verloren hatte.

»Hat er dir seinen Plan verraten? Dass sie mich vergiften wollen?«

»Ist das wirklich der richtige Moment für Zweifel?«

Als er nichts erwiderte, fasste sie nach seiner Hand, aber er zuckte vor der Berührung zurück.

»Ich habe jahrelang in deine Augen geblickt und nach meinem Bruder gesucht, aber konnte nur Wut entdecken.«

Er verdrehte die Augen. »Iuvanis –«

»Warum warst du so wütend, Coz?«

Er hievte einen den Soldaten nach oben und presste dessen Hand gegen den Scanner.

Mit einem viel zu lauten Klacken entriegelte sich das Schloss.

Kaetan drückte die Klinke – die Tür sprang auf.

Er drehte sich zu Iuvanis um. Sollte er etwas sagen? Er entschied sich dagegen. »Bis gleich.«

Iuvanis nickte.

Schnell trat er durch die Tür und schloss sie hinter sich, damit er ihr nicht länger als notwendig den Rücken präsentierte. Beherrscht atmete er aus. Vorerst musste er sie aus seinen Gedanken streichen. Möglicher Verrat hin oder her – wenn er gekrönt werden wollte, musste er zuerst den König stürzen.

Das Kaminfeuer war erloschen und die Nacht dunkel, sodass Kaetan nicht viel erkennen konnte. Das erleichterte ihn, weil er nicht sehen wollte, was Letan aus seinem Reich gemacht hatte.

Leise öffnete er die Tür zum Schlafzimmer. Eine kleine Lampe leuchtete neben dem Bett. Letan ruhte unter der Decke, ein Buch auf seiner Brust und eine Brille auf seiner Nase. Im Schlaf wälzte er sich unruhig von rechts nach links, seine Lippen bewegten sich stumm. Das Buch verrutschte Zentimeter für Zentimeter.

Kaetan packte das blutige Messer fester. Endlich.

Mit einem Japsen schreckte Letan hoch. »*Coziel.*«

Rasch wandelte sich Kaetan zu einem Schatten. Aus einem Versteck unter dem Schrank beobachtete er, wie sich ein Mann, der bis dahin von der Dunkelheit verdeckt worden war, gähnend neben Letan aufsetzte.

»Was war es diesmal?«

Letan rieb sich die Stirn. »Alles war finster. Und doch war da dieser Schatten, der dunkler war als der Rest. Coziel, er …«

»Ja?« Der Fremde ließ eine Lichtkugel erscheinen, die das Zimmer zusätzlich erhellte. Kaetan versteckte sich tiefer im Schatten.

»Faris … Die Tür ist offen«, flüsterte Letan.

»Ich sehe nach.«

Letan griff nach seinem Handgelenk. »Sei vorsichtig.«

»Bin gleich wieder da.« Faris gab ihm einen schnellen Kuss.

Kaetan wollte die Augen verdrehen. Hier war König Letan und präsentierte sich genauso verletzlich, wie Coziel es in den ersten Jahren gewesen war. Die Liebe beruhigte Letan und das hielt Kaetan für einen sehr unüberlegten Schritt. Er war froh, dass er sich von dieser Schwäche vor langer Zeit verabschiedet hatte.

Sonst hätte er womöglich nicht aus dem Schatten auftauchen und dem Phasnes den Weg versperren können. Ehe dieser die Situation erfassen konnte, rammte Kaetan ihm das Messer in die Brust und drehte es um hundertachtzig Grad. Als er es herauszog, tränkte das Blut in Sekundenschnelle das Nachthemd und rann über Kaetans Hände.

Er trat über den leblosen Körper und lächelte Letan an. Die Lichtkugel war erloschen, sodass nur die kleine Lampe Licht spendete. Sein Phasnes hatte für die Nacht wohl die Illusionen aufgehoben, denn Letan sah alt aus. So unglaublich alt. Und das nur wegen ein paar Falten. Außerdem hatten die Illusionen noch etwas anderes verdeckt: Verbrennungen. Dasselbe weiche Netz aus Narben, das Kaetan schon beim Abendessen damals aufgefallen war. Wenn das Volk seinen König so sehen könnte, würde es Kaetans Arbeit übernehmen und Letan selbst vom Thron stoßen.

Der Menschenkönig krallte die Finger ins Laken.

»Coziel.«

»Guten Abend.«

Letan beherrschte sich, nicht zu seinem toten Liebhaber zu schauen, aber es gelang ihm nicht. Ein gequälter Ausdruck zeichnete sich auf seiner Miene ab. Kaetan rechnete damit, dass er sich auf ihn stürzen und sich mit jeder Faser seines Körpers rächen würde.

Zitternd atmete Letan aus. »Ich habe von dir geträumt.«

»Soll ich mich geehrt fühlen?«

Letans Hand zuckte zum Nachttisch. Kaetan sah die Bewegung und erwartete eine Waffe – stattdessen ging in der Ferne ein Alarm los.

Es war lächerlich.

Dachte Letan etwa, er könnte so leicht triumphieren? Er würde schon merken, wie weit Kaetan vorausgeplant hatte, wenn die Verstärkung ausblieb.

Es ärgerte ihn, dass Letan ruhig blieb. Er wusste nicht, was er sich vorgestellt hatte. Sicherlich nicht diese Akzeptanz. Er hatte immer nur über den Weg zum Königssturz fantasiert – wie er in den Palast käme, welche Leute er bräuchte. Dabei hatte er nie überlegt, wie er Letan für seine Taten büßen lassen sollte. Mit dieser Aufgabe hatten sich seine Schatten beschäftigt. Jetzt auf sich allein gestellt, war er überwältigt von der Frage, was zu tun war.

Letans Mund nahm einen grimmigen Zug an. »Es hätte heute Nacht nicht mehr als einen Toten geben müssen.«

»Du scheinst dich mit der Tatsache abgefunden zu haben, dass du sterben wirst.«

Letan sah erst auf Kaetans Messer, dann auf seine eigenen leeren Hände. »Ich bin alt, Coziel. Wenn du noch ein paar Jahre gewartet hättest, hättest du dir das Blut sparen können.«

Das Lächeln, das Kaetan aufsetzte, schmerzte, aber es hielt stand. »Derselben Meinung war meine Schwester auch.«

Letan richtete sich auf. »Sie ist hier? Am Leben?«

Kaetan nickte. Dann kam die Frage einfach aus ihm heraus: »Hat sie dir damals geholfen?«

Iuvanis hätte keinen Doppelgänger zu ihrem Schutz eingesetzt, wenn sie keine Gefahr für die Königsfamilie gewittert hätte. Dafür hatte sie über Cruxias Pläne Bescheid wissen müssen.

»Sie hat uns mit Informationen versorgt. Und am Ende zeigte sie uns den Weg zu deinem Bett.«

Siedende Wut blitzte auf, doch verebbte genauso schnell, wie sie aufgekommen war. Was hatte er anderes von Iuvanis erwartet?

»Und dann, weil du keine rechtmäßige Thronerbin im Weg haben wolltest, hast du sie umgebracht«, schloss Kaetan.

»Ich dachte, ich hätte sie umgebracht.« Letan erhob sich mit wackeligen Knien. Die Brille ließ er auf dem Kissen liegen. »Ich sorge mich sehr um das Königreich, Kaetan. Wie wird es ihm ergehen, mit dir an der Spitze?«

Kaetan nahm die Hände nach vorne und liebkoste die Klinge. Auch diesmal zuckte Letan nicht zusammen – er schien ausschließlich auf Kaetans Miene fokussiert zu sein. Deshalb ließ Kaetan ein spitzes Lächeln im Mundwinkel erscheinen, eines, das er an anderen hasste, weil es arrogant wirkte. »Ich glaube, ich werde heute Abend doch kein Blut mehr vergießen.«

Letan wagte es tatsächlich, einen Schritt auf ihn zuzugehen. »Was wirst du als König tun?«

Der Alarm erstarb. In der Stille klangen die Worte nach und drängten sich ihm auf. Was würde er als König tun?

Kaetan steckte das Messer weg. »Du hast mir keine letzten Worte zugestanden«, rief er ihnen beiden ins Gedächtnis. »Dagegen hattest du heute Nacht schon zu viele.«

Letans Stimme bebte. »Cruxia wird dich bekämpfen. Du kannst Drohungen aussprechen und Exempel statuieren. Du kannst dein ganzes Repertoire an Machtspielen auspacken, aber es wird wieder Aufständler geben, und irgendwann wird sich die Geschichte wiederholen. Und ich hoffe, dass Iuvanis dich erneut verraten wird.«

Den letzten Satz sprach er mit so einer Inbrunst aus, dass es wie ein Fluch klang.

Kaetan brummte zustimmend. »Ich schätze, deine Hoffnung wird nicht umsonst sein.«

Er wollte Letan irritieren, aber der falsche König entglitt seinen Worten aufs Neue. »Und deine Jägerin«, fuhr Letan fort. »Was ist mit ihr? Ich habe sie gesehen, ihre Zweifel. Sie zweifelt an dir, Kaetan.«

Genug.

Er wusste nicht, ob er das Wort brüllte oder dachte. Er wusste nur, dass da auf einmal diese gewaltige Ruhe in seinem Körper war, eine Ruhe, die in ihrem Innersten einen so uralten Zorn beherbergte, wie ihn kein Sterblicher je fühlen könnte. Als diese tiefe Empfindung in ihm widerhallte, war er nur auf dieses eine Wort konzentriert – *genug* – und er griff nach Letans Seele und zerrte sie in die Schattenwelt.

Es war genug.

Letan bäumte sich auf, als hätte sich eine unsichtbare Hand in seinem Brustkorb verfangen. Sein Gesicht verzerrte sich zu einer unkenntlichen Grimasse und seine Fäuste liefen weiß an, als er sie ballte, aber Kaetan ließ nicht los.

Letan schien den letzten Rest Stimme aufzuklauben, der ihm noch geblieben war. »Was wirst du tun?« Der Satz endete in einem gequälten Schrei.

Kaetan blinzelte nicht. Er merkte sich die Art, wie Letan sich von innen nach außen auflöste, wie er mit jeder verstreichenden Sekunde mehr Schatten als Mensch war. Seine Kleidung glitt zu Boden und schließlich waberte Dunkelheit in der Luft, als würde sie auf eine Antwort warten, bis sie dem Sog der anderen Welt nachgab und im Schatten unter dem Bett verschwand.

Kaetan fiel mit den Händen auf die Knie und konzentrierte sich auf seine Atmung. Ein Schwindelgefühl erfasste ihn. Am Anfang hielt er es für Euphorie, aber dann wurde ihm schlecht und er ließ sich gegen den Bettpfosten sinken. Sein Blick schoss durch den Raum, suchte nach etwas, das ihm Besserung verschaffen könnte. Die Nachtleuchte, die Kleidung, die Leiche, die Tür. Alles ließ seinen Magen rebellieren, bis er sich zur Seite beugte und sich auf den polierten Holzboden übergab.

Letans Worte spulten sich in seinem Kopf in einer Endlosschleife ab, als wäre er noch am Leben.

Was wirst du tun? Was wirst du tun? Ich hoffe, dass Iuvanis dich wieder verraten wird. Und was ist mit deiner Jägerin? Sie zweifelt.

Als wäre er um zwei Jahrhunderte gealtert, zog er sich am Bett hoch und stakste auf wackeligen Beinen durch den Raum. An der gegenüberliegenden Wand stützte er sich wieder ab, doch in seinem Magen war nichts mehr, was nach außen gelangen konnte. Er schlug gegen die Wand, und dann wieder, und wieder, bis sich ein faustgroßes Loch öffnete.

Seine Knöchel bluteten. Er war ein wenig erstaunt angesichts des Schmerzes, auch als er seine Hand aus dem Loch zog und sie behutsam an sich drückte. Mit einem Taumeln gelangte er zur Tür. Er berührte das kühle Material der Klinke und merkte, dass seine Finger zitterten. Also wartete er ab, bis er sie unter Kontrolle gebracht hatte, wischte sich den Schweiß von der Stirn und marschierte aus den Gemächern.

»Iuvanis?«, rief er, vielleicht ein wenig zu laut, aber der Gang war leer. Er richtete sich zu seiner vollen Größe auf, obwohl sich sein Rücken schwer anfühlte, als würden tausendundein Gewichte darauf lagern. Er besah sich seine Hand, bewegte die Finger probeweise und beschloss schließlich, dass es sich nur um Schrammen handelte. Es gab Wichtigeres als eine verletzte Hand.

Es gab Wichtigeres. Diesen Gedanken umklammerte er, bevor er sich auf die Suche nach seiner Schwester machte.

32

Kelsei

Gegen das Geländer gelehnt, spähte Kelsei in die Düsternis, die in jede Richtung abzweigte. Gerade war in weniger Entfernung eine Tür aufgegangen, aber die Person, die hindurchgetreten war, war kurz darauf von der Dunkelheit verschluckt worden. Allerdings meinte Kelsei, Sinkhas braune Haare gesehen zu haben – war sie wirklich hier? Sie konnte sich nicht von ihrem Posten lösen, um nachzusehen.

Als Iuvanis zurückkehrte, rappelte Kelsei sich auf. »Ist er tot?«

Ein angedeutetes Kopfschütteln. »Kaetan ist gerade bei ihm. Ich brauche jetzt das Gift.«

»Und es fällt ihm nicht auf, dass du fort bist?« Währenddessen wühlte sie in ihrer Jackentasche nach dem ... *Hustensaft*. Zwischen zerknüllten Taschentüchern und vertrockneten Pflanzenstielen wurde sie fündig.

Fast hätte sie die Phiole fallen gelassen, als eine Sirene die Stille zerfetzte. Ihr Trommelfell vibrierte wie nach einem Paukenschlag. Sie konnte förmlich spüren, wie ihr im nächsten Moment Blutfäden aus den Ohrmuscheln laufen würden. Nach dem ersten Schreck gewöhnte sich ihr Gehör allmählich an den Lärm. Sie wurde ruhiger, als sie sah, wie entspannt Iuvanis ihre Hand ausstreckte.

Kelsei legte die Phiole hinein. Sie musste ein Schaudern unterdrücken, als sie mit Iuvanis' kalter Haut in Berührung kam.

»Warte hier auf ihn. Verhalte dich so, wie ich mich verhalten würde.«

»Was ist, wenn er etwas merkt?«

»Das wird nicht passieren.« Iuvanis zog ihre Hand fort und musterte Kelsei. Sie wirkte zufrieden mit dem Ergebnis. Nachdem sie mit den Schatten verschmolzen war, starrte Kelsei in den leeren Gang und wünschte, sie könnte sehen, was in den königlichen Gemächern vor sich ging.

Ein Arm umschlang sie von hinten und nagelte sie gegen einen harten Körper. »Und jetzt sagst du mir ganz in Ruhe, was hier vor sich geht.«

Die Stimme. Panik. Kelsei konnte nicht reden, alles in ihr spielte verrückt, sie konnte nicht denken, sie wollte nur weg von hier. Sie stieß mit dem Ellbogen nach hinten, traf etwas – Irin ließ sie los und Kelsei stolperte nach vorn, keuchte, spürte am ganzen Körper ein Kribbeln, schlug auf ihre Arme, ihre Beine, der Skorpion, er sollte weggehen.

Ein Knurren. »Gut, dann überspringen wir das Gespräch.«

Licht explodierte. Kelsei riss die Hände vor ihr Gesicht, doch es war zu spät. Sie sah nur weiß. Nach und nach kehrten Umrisse zurück – nicht schnell genug. Sie hörte Irins Bewegungen. War sie links von ihr? Kelsei taumelte und prallte gegen eine Wand. Von irgendwoher erklang ein Lachen.

Hektisch blinzelte sie und sah gerade noch eine Faust auf sich zu fliegen. Sie duckte sich – zu langsam. Irin erwischte sie an der Schläfe. Schmerz lud sich aus, eine Feuerwelle, die durch ihr Gehirn raste. Ihre Ohren klingelten.

Kelsei rutschte an der Wand nach unten, machte sich klein. Ein Tritt in die Seite ließ sie aufschreien – aber ihr entwich nur ein Jammern.

Inzwischen war ihre Sicht vollständig zurück. Irin grinste hämisch auf sie herab.

Kelsei hatte gerade genug Kraft, um eine Hand zu heben. »Bitte …«

Irins Miene wurde bitter. Sie holte mit dem Fuß aus und landete ihren zweiten Treffer.

Kelsei krümmte sich zusammen. War es das? Sie hätte sich mit Torders Angebot begnügen sollen. Jetzt würde sie Ceria nie wiedersehen.

Unter ihren tauben Fingern, die sich auf ihren schmerzenden Unterleib pressten, hob sich etwas Hartes hervor. Ihre Jackentasche … Doch da kam der dritte Tritt, und ihre Hand rutschte ab.

Sie hatte keine Kraft mehr, sich zu wehren. Sie wollte nur, dass es aufhörte.

Wie auf magische Weise ließ Irin tatsächlich von ihr ab. Nicht ohne auf sie zu spucken.

»Ich komme später zu dir zurück. Und wenn ich sehe, dass dem König auch nur ein Haar gekrümmt wurde, wirst du es bereuen.«

Ihre Stimme verschwamm zu einem Echo. Das Dröhnen in Kelseis Kopf wurde lauter. *Wirst du es bereuen …*

Durch einen langen Lichttunnel beobachtete sie, wie Irin sich abwandte. Ihr schwarzer Zopf schwang in ihrem Nacken hin und her, als würde er ihr höhnisch nachwinken.

Kelsei biss die Zähne zusammen, während sie ihre Finger in die Jackentasche schob. Suchte nach dem warmen Glas, umklammerte es.

Mit letzter Kraft rappelte sie sich auf. Ein Keuchen kam über ihre Lippen. »Warte …«

Irin drehte sich nicht um.

Mit den Zähnen entkorkte Kelsei die Phiole. Sie zwang ihre Füße, sich nach vorn zu bewegen. Sie torkelte, fiel hin. Zog sich am Treppengeländer nach oben, hechtete nach vorn, ihre Beine gaben unter ihr nach – und sie warf.

Das Gift ergoss sich über Irins Nacken. Sie schrie auf. Trotz ihrer

Schmerzen lächelte Kelsei, als die Spionin sich auf den Boden warf und versuchte, so gegen ihren brennenden Rücken anzukommen.

Jetzt war sie ihr nicht mehr überlegen.

Kelsei krabbelte auf allen vieren zu ihr. Iuvanis hatte ihr vor dem Königssturz einen kleinen Dolch gesteckt, nicht länger als ihre Hand. Kelsei hätte nicht gedacht, dass sie ihn brauchen würde. Nun war sie umso dankbarer für Iuvanis' Voraussicht.

Beim Anblick der Waffe riss Irin die Augen auf. Sie bäumte sich ihr entgegen, konnte aber nichts ausrichten. Das Gift hatte seine maximale Wirkung entfaltet.

»Darauf habe ich lange gewartet«, wisperte Kelsei.

Ihre Hand zitterte, während sie die Klinge über die schmale Kehle der Spionin führte. Blut quoll daraus hervor, als wäre Kelsei eine Göttin und hätte eben einen Wasserfall erschaffen.

Irin und ihr Skorpion hatten sie seit ihrer Begegnung auf dem Schiff fast jede Nacht heimgesucht. Doch als Kelsei ihre gurgelnden Atemzüge beobachtete, wurde ihr schlecht.

Schwer atmend starrte sie auf die Klinge, auf das Blut, das daran hinablief und auf den Boden tropfte. Erst als sie ihre eigenen blassen Arme sah, wurde ihr bewusst, dass sie noch Iuvanis' Haut trug. Sie betastete ihre Schläfe. Sie pochte, blutete jedoch nicht. Gut. Bei Verletzungen wäre Kaetan misstrauisch geworden. Denn Iuvanis hätte Irin in die Schattenwelt befördert, bevor sie ihr gefährlich werden könnte.

Ihr Herz schlug so stark, dass es in ihrer Kehle wehtat. Halb besinnungslos stolperte sie die Treppe hinunter. Erst bei der Hälfte merkte sie, dass sie den Dolch immer noch hielt. Sie versuchte, ihre verkrampften Finger zu entspannen. Schließlich musste sie die andere Hand zu Hilfe nehmen, um sie aufzuzwingen. Klackernd traf der Dolch auf den Stufen auf.

Sie ... hatte jemanden ermordet. Hautnah.

Zischend atmete sie ein, atmete aus. Sie musste den Schmerz

unter Kontrolle bringen.

Sie nahm kaum wahr, wie ihr der Kommandant entgegentrat. Er sagte etwas zu ihr, aber sie merkte nur, wie er ihr Handschuhe überreichte. Was … was sollte das? Die Handschuhe waren für Iuvanis vorgesehen. Kelseis Unwohlsein verstärkte sich. Hinter dem Kommandanten … da strömten Calita in die Halle. Der Kommandant fragte sie etwas, aber Kelsei konnte nur den Kopf schütteln. Sie hatte keine Ahnung. Es war alles zu viel.

Jetzt sprach der Kommandant mit jemand anderem, mit Tamiel. Die Neuankömmlinge folgten ihr in den Durchgang, der wohl zum Thronsaal führte.

Kelsei stand abseits von den anderen, fühlte sich wie in einer Blase, von der sie das Geschehen aus als Unbeteiligte beobachten konnte. Bis sie ein Schnauben aufschreckte.

»Ihr werdet euch irgendwann in euren Intrigen verstricken, bis sie euch erdrosseln.«

Die Worte kamen von einer Person, die von zwei Soldaten flankiert wurde. Zuerst konnte Kelsei sie nicht einordnen – dann kam ihr die Erinnerung. Sinkha! Dann hatte sie vorhin doch richtig gesehen.

Sinkha grinste höhnisch. Diese Version erschien so anders als die nette Frau, die Lamita behütet hatte. »Auch wenn ihr den König umbringt, ist das hier nicht zu Ende.«

An ihrer Schläfe prangte eine Schramme, aber ansonsten wirkte sie unverletzt.

Der Kommandant schob sich in ihr Sichtfeld. »Ab mit ihr in den Kerker«, wies er die Soldaten an. Dann wandte er sich Kelsei zu. Sie bemühte sich, seine Worte aufzufangen. »Wir müssen auf Plan B ausweichen. Iuvanis hat mich gewarnt, dass sie aufgehalten werden könnte. Traust du dir das zu?«

Es dauerte, bis sich ihre Verwirrung lichtete. Iuvanis war entgegen dem eigentlichen Plan nicht zurückgekehrt, was bedeutete, dass Kelsei ihren Part während der Krönung übernehmen musste, damit Kaetan ihr falsches Spiel nicht witterte. Ursprünglich war es nur vorhergesehen gewesen, dass sie Iuvanis' Abwesenheit decken würde, falls er frühzeitig zurückkam.

Sie gab sich einen Ruck. Sie musste anwesend sein, um das Bevorstehende zu meistern. Ihre Qualen hinunterschlucken.

Mit zusammengebissenen Zähnen schlüpfte sie in die Handschuhe.

Selbst in ihrem vernebelten Zustand merkte sie, wie sich die Atmosphäre von einem Herzschlag zum anderen änderte. Von einem aufgeregten, dennoch zuversichtlichen Stimmengewirr zu starrem Schock.

Dafür musste Kaetan kein Wort sprechen oder einen Finger heben. Seine Anwesenheit genügte, um jegliche Aufmerksamkeit auf sich zu ziehen. Kelsei schluckte einen Kloß hinunter, als er die Treppen herunterschritt. Er war blutbesprenkelt, als kehrte er aus einem Gemetzel zurück. Erst als er sie fixierte, fiel ihr ein, dass sie in diesem Moment eine Rolle spielte.

»Ist er tot?«, brachte sie heraus.

Kaetan nickte. Dann: »Tamiel ist schon im Thronsaal?«

»Mit der Hälfte meiner Soldaten und ein paar Dutzend Aufständlern«, brummte der Kommandant.

»Wo ist Lurel?«

Der Kommandant sah sich um, als bemerkte er erst jetzt seine Abwesenheit. Auch Kelsei konnte nur ratlos mit den Schultern zucken.

»Dann fangen wir ohne ihn an.«

Mit einem Schauer stellte Kelsei fest, dass er sich nicht nach ihrer eigenen Abwesenheit erkundigte.

Kaetan bot ihr den Arm an. Ihr blieb nichts anderes übrig, als sich einzuhaken und sich von ihm wegziehen zu lassen – und ein klein wenig war sie dankbar dafür, weil sie eine Stütze hatte.

Trotzdem wollte sie sich im Gang zum Thronsaal lösen, aber er hielt sie weiter fest.

Er stimmte einen Plauderton an. »Warum bist du weggegangen, liebe Schwester?«

»Ich ...« Krampfhaft überlegte sie, was Iuvanis erwidert hätte. »Ich ... habe mich um ein paar Leute gekümmert. Irin. Und eine Frau, Sinkha.«

Kaetan hob die Augenbrauen. »Die Leiche habe ich gesehen. Was ist mit Sinkha?«

So schwer war ihr Lügen noch nie gefallen. Aber auch die Wahrheit hätte sie in diesem Moment nur stotternd über die Lippen gebracht. »Sie ... wollte uns schaden. Ist jetzt im Kerker.«

Unverwandt beobachtete er sie von der Seite. Irgendetwas an seiner Miene war falsch, hinterlistig, als hätte er ein Rätsel gelöst und freute sich darüber.

»Es ist gefährlich, in diesem Körper zu stecken«, sagte er schließlich.

Sie bemühte sich um ein Lächeln. »Es ist in jedem Körper gefährlich.«

»Wo steckt meine Schwester?«

Ihr entwich ein klägliches Lachen. »Was soll das, Coz?«

»Plant sie einen Hinterhalt?«

Kelsei erkannte, wann sie verloren hatte. »Woran hast du mich erkannt?«

Kaetan zog ihren Arm enger heran. »An deinem Aussetzer.«

Sie wusste, dass hinter ihr der Kommandant mit seinen Soldaten lief, aber sie hatte sich noch nie einsamer gefühlt.

»Ich wusste, dass sie etwas plant. Ich bin vorbereitet, Kelsei. Egal, was ihr vorhabt.«

»Ich hasse dich.«

Das Gespräch kam zu einem plötzlichen Ende, als sie die Tür zum Thronsaal erreichten. Ihre Wut musste sie hinunterschlucken.

Sie beobachtete, wie er die Tür öffnete. Am liebsten hätte sie seinen Nacken gepackt und ihn erwürgt, diesen ignoranten Remex.

Immerhin hatte ihr die Wut Besinnung eingeflößt, sodass sie ihre Umgebung genau wahrnahm. Der Thronsaal war eine Säulenhalle, mit nicht mehr Inneneinrichtung als einem Thron. Alles war unglaublich schlicht und eintönig, nicht so, wie Kelsei sich das Machtzentrum eines Königreichs vorstellte. Andererseits sollte man Macht nicht auf Ästhetik basieren, sondern auf Nutzen.

Und der Thronsaal war nützlich. Es gab keine Ecken, in denen man sich verstecken konnte, weil der Bereich hinter den Säulen mit Spiegeln bedeckt war. Gerade zeigten sie die Rücken der Aufständler, die von den Soldaten in Schach gehalten wurden.

Der Thron war unbewacht. Vor den drei Stufen hoch zum Podium wartete nur Tamiel, die jeden Neuankömmling mit derselben gleichgültigen Miene musterte. Gegen den Thron aus Obsidian lehnte ihre Harfe, als würden die beiden Gegenstände zusammengehören.

Kelsei wurde langsamer, als sie merkte, dass die Soldaten alle an bestimmten Positionen stehen blieben, je näher sie dem Thron kamen. Schließlich waren sie und Kaetan die Einzigen ihrer kleinen Prozession.

Mit einem arroganten Lächeln ließ er seinen Blick über die Menge schweifen, bis er zu Kelsei zurückkehrte. »Tamiel. Begleitest du die Prinzessin zur Krone?«

Suchend sah Kelsei sich um und entdeckte eine Tür, die zwischen den nächststehenden Säulen versteckt war. Sie konnte ihre Nervosität kaum verbergen, als sich Tamiel an sie heftete und sie zusammen darauf zu hielten.

Sie spürte Kaetans Blick im Rücken brennen, als sie den Raum betrat. Er war klein, eingeengt von einem Wandschrank und einer Vitrine, in der sich zwei rote Polster befanden. Auf einem thronte eine elegant geformte Phiole, in der eine blaue Substanz – der heilige Äther – waberte; auf dem anderen die Krone.

Kelsei hielt die Luft an, als sie merkte, dass der Schrank einen Spalt weit offenstand. Einen Herzschlag lang hatte sich darin etwas bewegt. War das Iuvanis? Tamiel ging daran vorbei – *bitte schau nicht hin* – und Kelsei sackte erleichtert zusammen, als die Jägerin vor der Vitrine stehenblieb.

Sie versuchte, den Schrank und was sich darin verbarg zu ignorieren, während sie neben Tamiel trat und wartete, bis diese die Vitrine geöffnet hatte.

Die Schattenkrone. Sie schien aus einer anderen Welt zu stammen. Wie ein zu Zacken geformter Schatten sah sie aus, als würde sie ihren Besitzer erdolchen wollen. Selbst durch ihre Handschuhe spürte Kelsei den kalten, harten Edelstein.

Tamiel nahm die blau leuchtende Phiole und ließ ihr mit leicht gebeugtem Kopf den Vortritt. Kelsei beeilte sich, aus dem Raum zu verschwinden – in der Hoffnung, dass Tamiel es ihr gleichtat. Als die Jägerin die Tür hinter ihr schloss, atmete Kelsei aus.

Zurück an Kaetans Seite verkrampften sich ihre Finger um die Krone. Noch ein wenig fester und sie würde in Stücke brechen. Sie konnte nicht anders – Kaetan wirkte so selbstsicher, als ließe ihn das Fehlen seiner Schwester kalt.

Sie beobachtete, wie er die Stufen erklomm und sich hinkniete. Als sich ihre Blicke begegneten, hob er seine Mundwinkel, doch in seinen Augen lag ein gefährlicher Glanz. In diesem Moment konnte sie nachvollziehen, warum die Leute von dem Kindkönig wie von einem Monster sprachen.

Er war Kelsei und Iuvanis um ein Geheimnis voraus; nun blieb nur zu hoffen, dass er nicht auch das zweite aufgedeckt hatte.

Kelsei stellte sich neben ihn und Tamiel vor ihn, wie es der Tradition entsprach. Der Thronsaal, der schon davor leise gewesen war, wurde noch stiller, sodass selbst der eigene Atem ein Echo verursachte.

Hinter einer Säule entdeckte sie eine vertraute Person: Nan, die Kapitänin der *Zygon*. Diese war zu sehr auf Kaetan fixiert, um Kelseis Blick zu bemerken. Sie trug einen langen, ungewöhnlichen Mantel mit breiten Schultern und weitem Schnitt, der ihrer Figur in keiner Weise schmeichelte.

Während Tamiel die Eröffnungsworte sprach, fiel Kelsei auf, dass andere Aufständler Mäntel derselben Art trugen. Fünf weitere, um genau zu sein.

Die Zeremonie ging schneller vorbei, als sie registrieren konnte. Im einen Moment hatte Tamiel die Versammelten begrüßt, im nächsten hatte Kaetan bereits die Schwüre abgelegt. Kelseis Finger umklammerten die Krone, sodass das unechte Leder der Handschuhe sich unangenehm verzog. Tamiel entkapselte die Phiole und ließ den Äther auf ihre Handfläche gleiten. In einer elenden Pfütze schwebte er wenige Millimeter über ihrer Haut. Als Tamiel die Hand kippte, löste er sich.

»Dann weihe ich Euch mit dem heiligen Äther, der uns und alle Welt verbindet.«

Besagter Äther waberte unentschlossen in der Luft, bevor er sich in Perlen über Kaetans Schultern verteilte.

»Er soll Euch daran erinnern, woher wir kommen und was wir erreicht haben«, fuhr Tamiel fort. »Er soll Euch auch mit Euren seligen Ahnen verbinden, die an ebendieser Stelle knieten. Auf deren Schultern wird das Königreich getragen und so wird es auch auf Euren Schultern getragen – König Kaetan der Neunte.«

Während Tamiel den Äther wieder einfing, die Aufständler klatschten und die Soldaten so taten, als würden sie sich ebenfalls freuen, umrundete Kelsei den knienden König. Trotz des Lärms hatte sie das Gefühl, dass sie die beiden einzigen Anwesenden waren. Er blickte zu ihr hoch, seine Lippen zu einer grimmigen Linie gepresst.

Sie bemühte sich um eine neutrale Miene, vielleicht mit ein, zwei

Tropfen Furcht, um sein Ego zu stärken. Dann senkte sie die Krone auf sein Haupt; ein Zittern konnte sie nicht unterdrücken. Der Obsidian spannte sich um seinen Hinterkopf und presste sich an seine Stirn und Schläfen. Für einen Moment sah es so aus, als würde er problemlos aufstehen können. Dann wankte er und knickte vornüber ein.

Der Applaus brach ab. Kaetan lag zuckend am Boden. Tuschelnde Stimmen ersetzten die Stille. Tamiel hastete zu ihm und rüttelte ihn, wisperte seinen Namen. Seine Lider flatterten und eine Ader pulsierte auf seiner Stirn. Sein Gesicht lief rot an.

Die Tür zum Nebenraum flog auf und daraus stolzierte Iuvanis. Sie schleifte einen schlaffen Körper hinter sich her, dessen Stiefel auf den Steinfliesen quietschten. Kelsei sog die Luft ein, als sie merkte, dass es eine Leiche war.

Trotzdem durchströmte sie Erleichterung. Iuvanis lebte. Es fühlte sich gut an, die Verkleidung endlich fallenlassen zu können. Alle hatten Augen für Iuvanis; niemand nahm Notiz davon, wie Kelsei zu ihrer eigenen Gestalt zurückkehrte.

Hinter Iuvanis huschte Lurel in den Thronsaal. Er hielt sich eng an der Wand, schien sich in seiner Haut unwohl zu fühlen. Hatte er versucht, Iuvanis zu überwältigen? Aber warum war er dann noch am Leben?

Ohne zu zögern, schritt Iuvanis auf das Podium und riss Kaetans Kinn hoch. Dadurch rutschte ihm die Krone vom Schädel und fiel mit einem dumpfen Schlag zu Boden.

»Wolltest du deinen Flandactes die schmutzige Arbeit erledigen lassen?«, zischte sie.

»Du kannst mir nichts mehr tun«, erwiderte er schwach. Obwohl die vergiftete Krone beseitigt war, klebte noch ein kleiner Teil des Gifts an seiner Haut. Die Krämpfe blieben.

Iuvanis drehte sich um und wurde von sechs Gewehren begrüßt, die auf sie gerichtet waren. Geführt von Nan und den anderen Aufständlern mit den eigentümlichen Mänteln. Jetzt war klar, was sich darunter verborgen hatte.

Kelsei kannte die Waffen der Menschen nur aus Büchern. Mit einem ganzen Haufen anderer unnatürlicher Technologie waren Gewehre nach dem Scheinkrieg zerstört worden. Allerdings erzählte man sich, dass Sklaven ein paar davon versteckt hätten. Einige Gewehre könnte man noch heute in Ruinen oder Wäldern finden. Wie sich herausstellte, enthielten die Geschichten einen wahren Kern.

Iuvanis zeigte keine Ehrfurcht vor den verbotenen Waffen. Stattdessen schwang sie anklagend ihren Zeigefinger in Richtung ihres Bruders. »Dieser Junge, der sich König rühmt, wollte mich still und heimlich beseitigen!« Ihre Stimme hallte durch den Saal und hätte selbst die stärkste Person kleingekriegt. »Nur dem Glück habe ich es zu verdanken, dass ich seinen Flandactes rechtzeitig bemerkt habe.«

Selbst in seinem Zustand brachte Kaetan ein Schnauben zustande. Er durchschaute Iuvanis' Lügen genau wie Kelsei – aber die Umstehenden konnten nicht wissen, dass die Prinzessin keine Sekunde lang in Lebensgefahr geschwebt hatte. Deshalb war sie nicht in die Treppenhalle zurückgekehrt, nachdem sie die Krone vergiftet hatte: Lurel musste ihr in der Kammer aufgelauert haben. Vermutlich war sie bei ihm im Schrank geblieben, um sicherzustellen, dass er Kaetan nicht warnen konnte.

»Und als wäre das nicht schlimm genug, mordet seine Jägerin selbst in diesen geheiligten Mauern für ihn.«

Die Anwesenden zuckten zusammen, als Iuvanis die Leiche nach oben riss, sodass alle sie sehen konnten.

»Wollt ihr den da wirklich als König? Er verrät sein eigenes Blut, ohne mit der Wimper zu zucken!«

Als hätte die Anklage ihm Kraft verliehen, schaffte Kaetan es mit Tamiels Hilfe, sich zu erheben. Seine Stirn triefte vor Schweiß.

»Du hast dasselbe mit mir gemacht.« Im Kontrast zu Iuvanis' klang seine Stimme wie rostiges Eisen.

»Oh nein, Coziel, das habe ich nicht. Ich habe nur die Krone vergiftet.« Sie stolzierte über das Podium zu der Stelle, an der die Krone gelandet war. Mit ihrer Schuhspitze stieß sie gegen die Zacken. »Es war deine Entscheidung, sie aufzusetzen.«

Er zog eine Grimasse. »Was hättest du getan, wenn ich sie dir überlassen hätte? Wärst du zu einem Märtyrer geworden?«

»Hättest du das getan? Hättest du sie mir wirklich überlassen?« Als er nicht antwortete, setzte Iuvanis sich in Bewegung. Sie schritt die Stufen hinunter und blieb vor den Gewehren stehen. »Erschießt mich, aber das ändert nichts daran, dass ich die rechtmäßige Königin bin. Ihr habt gesehen, wohin uns der Kindkönig geführt hat.«

Nan entsicherte ihre Waffe mit einem Klicken.

»Letan ist tot. Coziel ein Verräter.« Iuvanis fixierte Nan, ohne Angst zu zeigen. »Wenn ihr mich wählt, wählt ihr die Freiheit.«

Nan schoss.

33

Tamiel

Die Kugel durchschnitt die Luft und ging ins Leere. Einen Meter weiter von ihrem ursprünglichen Platz entfernt tauchte Iuvanis wieder aus den Schatten auf.

»Wenn ihr euch gegen mich stellt, seid ihr Narren! Wer sonst sollte auf dem Thron sitzen?«

Ein Kampf entbrannte unterhalb des Podiums. Tamiel war sich nicht sicher, wie viele von den Aufständlern und gekauften Soldaten für Kaetan kämpften, aber das Verhältnis wirkte ausgeglichen. Gewehrschüsse hallten von den Wänden wider, Todesschreie durchschnitten die Luft. Iuvanis wandelte zu einem Schatten, um Angriffen auszuweichen, und materialisierte sich wenige Schritte weiter, um sich zu rächen.

Das verlief überhaupt nicht nach Plan.

Tamiel beugte sich über Kaetan und hoffte, ihn so abschirmen zu können. Er schwebte in seiner eigenen Welt des Schmerzes. Sie legte seinen Kopf auf ihren Schoß und versuchte, mit Spucke das Gift wegzuwischen. Es brannte auf ihren eigenen Fingern, aber was er verspürte, musste tausendmal schlimmer sein.

»Das ist sinnlos«, sagte auf einmal Kelsei. Sie stützte ihre Hüfte, als täte ihr etwas weh. Mitleidig musterte sie Tamiel. »Entweder versagt sein Herz zuerst oder seine Atmung. Spucke hilft da nicht.«

Tamiel schloss die Augen und spürte, wie ihre Wimpern nass wurden. »Was muss ich tun?«

Doch Kelsei war nicht mehr da.

Sie senkte den Kopf, bis ihre Lippen Kaetans Ohrmuschel berührten. »Du darfst nicht sterben.«

Sie hatte gedacht, auf alles vorbereitet zu sein. Doch gegen Gift kam sie nicht an. Sie konnte kein Wunder wirken. Ohne Lurels Manipulation hätte sie Kaetan von hier wegschaffen können. Vielleicht hätten sie es rechtzeitig zu einem Heiler geschafft. Aber eine Rettung bedeutete eine Niederlage, und weil Kaetan keine Niederlage wünschte, waren Tamiel die Hände gebunden.

Alles oder nichts.

Es beruhigte sie, seine stetige Atmung zu hören. Die Zeit war noch nicht abgelaufen. Sie schöpfte Hoffnung, als sich Worte unter seine Atemstöße mischten.

»Ich würde sterben, weil ich dir das Leben rette. Das dachte ich immer.«

Sein Gesicht war schweißgebadet. Seine geschlossenen Lider zuckten. Doch er redete.

»Der Gefallen, den ich dir schulde.« Er öffnete die Augen. »Ein Leben für ein Leben.«

Sie wollte sagen, dass sie sein Leben vor dreißig Jahren gerettet hatte, weil sie an das Gute in ihm glaubte – dass sie ihn wieder retten würde, auch wenn er ihr niemals etwas zurückzahlen könnte. Aber heraus kam etwas anderes.

»Du hast mir nie etwas geschuldet.« Es war der Versuch der Jägerin, Tams Gedanken gerecht zu werden.

Er sah so aus, als lägen zu viele Gedanken auf seiner Zunge, um sie in einer einzigen Nacht auszusprechen. Statt es zu versuchen, hob er eine zitternde Hand und legte sie an ihre Wange. Ihre Lippen berührten sich, so leicht und so kurz, dass es ein Versehen gewesen sein könnte. Und mit diesem Kuss lösten sich all die Worte und Gesten auf, die zwischen ihnen in einer ewigen Starre gefangen gewesen waren; unfähig, ausgesprochen oder ausgeführt zu werden.

Als sie sich trennten, schloss er die Augen. Er atmete gleichmäßiger, aber langsamer. Obwohl hinter ihr Stille eingekehrt war, drehte sie sich nicht um. Wollte nicht sehen, welche Seite gewonnen hatte.

Jemand kniete sich neben sie. Es war Lurel. Er legte seine Hand auf ihre Schulter, forderte sie auf, ihn anzuschauen.

Seine Augen sprachen Entschuldigungen aus, die seine Worte überflüssig machten. »Es tut mir so leid, Tamiel.«

Lurel überrumpelte sie damit, dass er ihre Schläfen berührte. So sanft, dass sie erst die Augen schloss – und dann bemerkte, dass etwas nicht stimmte.

Blinzelnd stellte sie fest, dass hinter ihm Iuvanis stand. Vom Kampf unbeschadet, beobachtete sie die beiden. Fast lauernd. An ihrer Seite tauchte Kelsei auf.

Ein tiefer Stich fraß sich in Tamiels Herz. Jahrelang war Lurel mit Kaetan befreundet gewesen. Die Jägerin verstand nicht, was ihn zum Verrat getrieben hatte, aber vielleicht hätte es Tam.

Lurel fügte eine weitere Manipulation in ihre Gedanken ein.

Tu, was sie dir jetzt sagt.

Es überraschte sie. Sie hatte absolute Kontrolle erwartet, jeglicher Funken von freiem Willen von ihr abgeschnitten – stattdessen fügte er eine Gasse hinzu.

Jetzt.

Er ließ ihr einen Fluchtweg.

Iuvanis gab ihr Anweisungen. Gemeinsam mit Kelsei wartete sie ab, was Tamiel tun würde. Ob sie gehorchen würde.

Tamiel besah sich die Krone zwischen Kelseis Handschuhen und die Leichen im Saal. Tränen liefen über ihre Wangen, während sie zulassen musste, dass ihre Hände der Harfensäule einen Seelenpfeil entnahmen. So behutsam wie möglich durchbohrte sie damit Kaetans Körper und wechselte die Welten. Seine Seele schmiegte sich wie ein Kätzchen an ihre Hand. Sie erstrahlte in Gelb und Grün und Dunkelblau mit vielen, vielen Funken aus Licht.

Man munkelte, dass die Seelen von Remex mit Schatten verwoben waren, doch das stimmte nicht. Die Unterschiede lagen in den Körpern und die waren nach dem Tod bedeutungslos. Jede Seele konnte in jeden Körper schlüpfen und jede Rolle spielen und Kaetans alte, sehr alte Seele hatte ihre Rolle bisher gut gespielt.

In ihrer Tasche ruhten drei Glasgefäße, die sie für den Notfall eingepackt hatte. Drei Gläser, falls sie die Schläfer zurückholen müsste. Drei Gläser, falls sie andere Seelen stehlen sollte. Drei Gläser schadeten nie.

In eines davon wanderte Kaetan.

Aber nicht für immer. Eine Idee glomm auf.

Sie blickte hoch, als Iuvanis sie ansprach. Nach einem Zögern gehorchte sie und wiederholte die Worte der Krönungszeremonie. »Schwört Ihr, unser Erbe in Ehren zu halten? Schwört Ihr, mit Gerechtigkeit und Weisheit zu regieren und in guter Absicht für alle Calita? …«

Wie aus weiter Ferne hörte sie Iuvanis die Schwüre wiederholen. Tamiel fühlte sich wie eine Zuschauerin in ihrem eigenen Körper, als sie Iuvanis weihte und die gereinigte Krone auf ihr Haupt setzte.

Ihr Blick wanderte über die Leichen. Es waren nicht so viele, wie sie erwartet hatte. Am Ende hatten Aufständler wie Soldaten zwischen Geld und Leben wählen müssen – und das Leben gewählt. Nan befand sich unter den Toten. Die meisten Aufständler hatten die Gewehre abgelegt und stimmten in die Rufe der Soldaten mit ein.

»Lang lebe Königin Iuvanis die Zehnte!«

Tamiels Lippen bewegten sich ohne ihr Zutun mit. In ihrem Kopf formte sich ein Plan.

34

Kelsei

Der erste Schnee fiel und bedeckte die Landschaft mit einem weißen Tuch. In Soeldam blieb er nicht liegen, aber die Schneeflocken waren groß und bauschig. Kelsei lehnte am Wohnwagen und blickte ohne jegliche Sehnsucht auf die Stadt. Sie konnte nicht glauben, dass seit dem Königssturz erst fünf Tage vergangen waren.

Schritte zerbrachen die feine Schicht aus Eiskristallen auf dem Gras und der Mann vom Caelirat stand ihr gegenüber. Er hatte sich eine Mütze über die Ohren gezogen, sodass nur seine geröteten Ohrläppchen hervorragten.

»Es ist ja viel passiert in letzter Zeit«, sagte er anstatt einer Begrüßung. »Wie geht es dir?«

Kelsei bewegte sich zum ersten Mal seit einer halben Stunde, als sie seine bloße Hand schüttelte. Der Schnee fiel aus ihren langen Zöpfen und verfing sich in ihren Wimpern. Ihre Finger berührten sich, aber unter ihren dicken Handschuhen war das kaum zu spüren.

Mit dem Händedruck überreichte Kelsei ihm einen Zettel. »Hier ist der Name der Auftraggeberin.«

Zuerst geschah nichts. Er entfaltete den Zettel und blickte stirnrunzelnd auf das Papier. Es stand tatsächlich ein Name darauf. Doch bevor er reagieren konnte, wirkte das Gift. Seine Knie knickten ein. Der Zettel flatterte zu Boden und wurde schnell durchweicht und unleserlich.

Trotz der Kälte war ihr warm, als sie ihm die Handschellen anlegte. Sie war sich nicht sicher, ob er es mitbekam. Es waren dieselben, die Iuvanis vom Tisch gepflückt hatte, nachdem Kaetan sie nicht länger benötigt hatte, um Tamiel gefügig zu machen. Ursprünglich waren sie für Kaetan reserviert gewesen, doch das Gift hatte ihn mehr geschwächt als erwartet, weshalb Iuvanis ihn in Freiheit hatte sterben lassen.

Kelsei trat von Torder zurück, der seine zitternde, steife Hand an sich drückte. »Warum solltest du das tun?«, presste er hervor.

Sie fühlte nichts. Der geschwächte Mann im Schnee war ein Fremder, ein kleiner Preis, den sie für Iuvanis' Hilfe zahlen musste. »Ich hatte zwei Optionen, wie ich meine Freundin zurückbekomme. Ich habe die gewählt, mit der ich nicht meine eigenen Leute verrate.«

Sie trat zurück, um Platz für Lurel zu schaffen, der aus dem Wohnwagen trat. Torder hatte einen Obsidian im Ohr, den Lurel geschickt beseitigte. Sie merkte, wie Iuvanis aus den Schatten erschien, aber sie hielt den Blick auf Lurel und Torder gerichtet. Die Königin und sie waren sich in den letzten Tagen nähergekommen, sodass sie sich nicht andauernd gemäß der Etiketten begrüßen mussten. Iuvanis vertraute ihr und beriet mit ihr das weitere Vorgehen, weil sie Kelseis Klugheit schätzte. Vermutlich machte sie das zu einer königlichen Beraterin. Sie wusste noch nicht, wie sie Iuvanis beibringen sollte, dass sie nicht bleiben konnte.

Nachdem Torder manipuliert worden war, kehrten sie zum Palast zurück, denn Ceria war nicht länger im Wohnwagen. Endlich hatte Kelsei die immer brennende Kerze löschen und die Heizung abstellen können. Iuvanis hatte Ceria ein Zimmer im Palast eingerichtet, damit Kelsei sie bei sich hatte. Ihr Herz klopfte vor Aufregung, als sie zu viert vor dem Bett standen, Torder ganz vorne. Lurel hatte ihn genauso manipuliert wie Tamiel; er musste alles tun, was Iuvanis ihm befahl.

Torder senkte eine Nadel in Cerias Arm. Angespannt beobachtete Kelsei, wie er am Kolben zog, als würde er Blut abnehmen, und dann – sie ließ ihren angehaltenen Atem so schnell entweichen, dass ihr kurz schwindelig wurde. Denn die Muster verschwanden. Sie *verschwanden*.

Ihre Handflächen fühlten sich feucht an. Sie konnte kaum stillhalten. Angespannt beobachtete sie, wie die Spritze jegliche blaue Farbe aus Ceria saugte. Als ihre Haut wieder rein war und die durchsichtige Röhre gefüllt, zog Torder die Nadel heraus und reichte Kelsei die Spritze. Ungläubig starrte sie auf die kleine Menge Äther, die so viel Schaden angerichtet hatte.

Als Torders Körper zusammensackte, während er in der geistigen Welt nach Ceria suchte ... Das dabei aufkeimende Gefühl ließ sich kaum beschreiben. Unbändige Hoffnung gemischt mit der immerwährenden Angst vor einer Enttäuschung. Kelsei presste die Spritze an ihre Brust, weil sie sich an irgendetwas klammern musste. Zu ihrer Überraschung legte Iuvanis ihr eine Hand auf die Schulter. Sie lächelte sogar und zum ersten Mal sah es nicht so aus, als hätte sie diese Fähigkeit verlernt. Es war nicht viel Trost, aber mehr, als Iuvanis in den letzten Jahrzehnten jemals gespendet hatte, und das brachte Kelsei ebenfalls zum Lächeln. In ihrem Bauch flatterte etwas. Hastig wandte sie den Blick ab und konzentrierte sich wieder auf Ceria.

Sie wirkte wie eine welke Blume. Jegliche Farbe war ihrer Haut entzogen und dafür in ihre Haare gesteckt worden, die durch den fehlenden Sonnenschein bräunlicher geworden waren. Als ihre Lider flatterten, vergaß Kelsei, wo sie war, und wäre fast gegen Torder geprallt, der wieder zurückgekehrt war. Er trat zurück, damit sie an die Bettseite sinken konnte. Blindlings legte sie die Spritze weg und strich Ceria durchs Haar. Diese drehte sich in Kelseis Richtung, die erste Bewegung in Monaten.

»Ceria«, wisperte Kelsei. Ihre Stimme schien auf einmal Tonnen zu wiegen. Sie hörte, wie die anderen das Zimmer verließen.

Ceria öffnete die trockenen Lippen. »Da waren so viele Stimmen in meinem Kopf.« Sie hatte kaum die Kraft, die Augen offenzuhalten, geschweige denn, Worte zu formen.

Kelsei griff nach einem bereitstehenden Wasserglas und führte es vorsichtig an Cerias Lippen. Mit einer Hand stützte sie ihren Kopf, damit sie sich leichter aufrichten konnte. Sie hatte erwartet, dass Ceria gierig trinken würde, aber nach wenigen Schlucken sackte sie wieder zurück.

»Danke.« Ihre Augen fielen zu.

»Wie geht es dir?«

Ceria schüttelte den Kopf. Es war eine so langsame Bewegung, dass Kelsei vermutete, dass sie vom Schlaf gelockt wurde. Aber diesmal würde sie wieder erwachen.

Kelsei zuckte zusammen, als Iuvanis etwas sagte. »Kommst du? Wir sollten sie ausruhen lassen.« Sie stand an der Tür und wartete auf Kelsei.

Kelseis Gelenke knacksten, als sie sich erhob und das Zimmer durchquerte. An der Türschwelle blickte sie auf ihre schlafende Ceria zurück. Nun würde endlich alles gut werden.

35

Tamiel

Fünf Tage lang hatte sie gewartet.

Die ganze Zeit über hatte sie so getan, als wäre sie die willenlose Dienerin, die Iuvanis erwartete. Dreimal am Tag stieg sie mit einem Essenstablett in die Kerker und kehrte mit einem leeren Tablett zurück. Für das benutzte Geschirr war sie nicht zuständig, weil es ihr nicht explizit aufgetragen worden war.

Du bringst der Gefangenen dreimal am Tag Essen, hatte Iuvanis befohlen.

Wenn sie schon eine willenlose Dienerin war, dann keine mit einem Sinn für Ordnung. Es waren die kleinen Angelegenheiten, in denen sie sich zur Wehr setzte.

Deshalb stapelten sich an Sinkhas Zellenwand mehrere Schüsseln mit angetrockneten Essensresten, die die Luft verpesteten. Soweit Tamiel beurteilen konnte, war sie die einzige Bedienstete, die zu der Gefangenen vorgelassen wurde. Iuvanis wollte die menschlichen Bediensteten nicht zu einer Cruxianerin lassen, aus Angst, dass Sinkha sie zum Widerstand anstiftete. Lurel hatte noch keine Zeit gehabt, die Flandactes gefügig zu machen.

Lurel. Wann immer sie an ihn dachte, bekam sie Kopfschmerzen. Auch jetzt, während sie die Stufen nach unten in den Kerker stieg, bahnte sich ein Pochen hinter ihren Schläfen an. Beim Königssturz war es Lurels Aufgabe gewesen, Iuvanis zu folgen und sicherzustellen, dass sie keinen Schaden anrichtete. In einem perfekten Szenario hätte er Kaetan gewarnt, nachdem er beobachtet hatte, wie Iuvanis die Krone vergiftete.

Allerdings hatte sie ihn bemerkt und festgehalten. Dann war er mit verkehrten Loyalitäten zurückgekehrt. Was war in der Nacht des Königssturzes mit ihm geschehen?

Tamiel schob die Frage in den Hintergrund und konzentrierte sich stattdessen darauf, im Halbdunkeln keine Stufe zu übersehen. Mit seiner niedrigen Decke wirkte der Kerker klein und eng. An den Wänden waren Fackelhalter montiert worden statt normaler Lichtquellen, um Scitellax keine Chance auf Befreiung zu geben. Das war vor der Erfindung von Ätherstahl gewesen, als man noch hatte aufpassen müssen, dass die Gefangenen sich nicht auf magische Weise befreiten.

Die dritte Zelle war belegt. Es war dieselbe Zelle, in der Tamiel als Letans Gefangene gefristet hatte. Eine leise Stimme in ihrem Kopf ermahnte sie, Mitleid zu zeigen und zumindest das schmutzige Geschirr wegzuräumen, aber ihre Gedanken sperrten die Stimme von ganz allein aus.

Die leere Zelle neben Sinkhas war am Vormittag von einem Soldaten hergerichtet worden, was bedeutete, dass sie bald einen neuen Gast empfangen würden. Tamiel wusste sogar, um wen es sich dabei handelte. In einem unbeobachteten Moment war sie in die geistige Welt gestiegen, um die Königin im Studienzimmer zu belauschen. Sie hatte zusammen mit Kelsei und Lurel einen Hinterhalt für jemanden geplant, einen Caeli namens Torder. Der Name kam ihr bekannt vor und kurz darauf war ihr der Grund eingefallen: Torder war einer der Caeli, der ihr auf der Reise nach Cruxia im Himalaya über den Weg gelaufen war. Allerdings war ihr rätselhaft, was sie daraus schließen sollte.

Auch wenn Lurels Verrat schmerzte – sie war ihm dankbar, dass er ihr die Freiheit gelassen hatte, im Palast umherzuwandern. Ursprünglich hatte Iuvanis der Jägerin zusätzlich einen Ätherstahl umlegen wollen, doch als sie den Kommandanten darauf angesprochen hatte, hatte sich herausgestellt, dass der Palast über keinen mehr verfügte. Vor ihrer Gefangennahme hatte Sinkha den Vorrat zerstört. Zwar hatte Iuvanis noch einen in Reserve, aber den benötigte sie für den heutigen Hinterhalt. Deshalb war Tamiel glimpflich davongekommen. Sie war frei, zumindest in der Theorie.

In der Praxis würde sie erst heute Abend in Freiheit zu Bett gehen, soweit alles nach Plan lief.

Als sie Sinkha einen dampfenden Gemüseeintopf durch die Klappe schob, beachtete diese sie nicht und tat so, als würde sie nicht einmal die Geräusche hören. Bei Tamiels erstem Besuch hatte sich keine von beiden anmerken lassen, die jeweils andere zu erkennen. Tamiel war mit ihr fertig, und Sinkha anscheinend auch mit ihr. Sie wollte nicht daran denken, dass diese Frau Lamita besser kannte als sie selbst. Aber natürlich dachte sie daran.

Lamita ... Sie war inzwischen bestimmt schon in Saetres angekommen und fragte sich, wo Tamiel blieb.

Augenblicklich verbannte Tamiel die Vorstellung aus ihrem Kopf.

Zurück in der Treppenhalle, entfernte sich sie unauffällig aus dem Sichtfeld der Wachen. Dann stieg sie in die geistige Welt. Sie musste schnell sein, jetzt mehr als sonst. Mehr als dass ein Hinterhalt außerhalb des Palasts geplant war, wusste sie nicht. Iuvanis könnte jederzeit zurückkehren. Bis dahin musste Tamiel aus ihren Gemächern verschwunden sein.

Den Weg kannte sie auswendig. Der Grundriss, den Kaetan ihr gezeichnet hatte, hatte sich in ihr Gedächtnis gebrannt. Zudem war sie in den vergangenen Nächten pausenlos durch den Palast gestreift, um sich zu vergewissern, dass sich nichts verändert hatte, seit Kaetan hier gelebt hatte.

Sie schlich die Treppen hoch in den ersten Stock. Ihr war bewusst, dass Kaetan denselben Weg vor fünf Tagen zurückgelegt hatte. Sie trat in seine Fußstapfen. Ununterbrochen hielt sie ihre Sinne nach einem vertrauten Gefühl gespitzt, irgendetwas, das Kaetan ihr näherbrachte, doch vergebens. Sie wanderte durch einen gewöhnlichen Korridor mit feinen Tapeten und Gemälden an den Wänden. Nirgends eine Erinnerung an ihn.

Die Tür zu den königlichen Gemächern wurde von zwei Soldaten bewacht, aber das Fenster daneben war geöffnet, weshalb Tamiel kurzerhand hindurchstieg und sich an der Außenmauer entlanghangelte zu den Fenstern der königlichen Gemächer. Eines stand offen.

Tamiel verschwendete keine Zeit damit, sich umzuschauen. Sie war auf der Suche nach zwei Gegenständen, deren Form und Farbe so unverwechselbar waren, dass sie ihr sofort ins Auge sprängen, wenn sie hier wären. Sie durchquerte das Schlafzimmer und öffnete die Tür einen Spalt weit. Als niemand zu sehen oder zu hören war, schlüpfte sie in das Kaminzimmer, in dem Lokur verhört worden war.

Ihr Blick wurde vom Kaminsims angezogen. Dort stand Kaetan, oder vielmehr seine Seele in einem Glas. Sie funkelte in so intensiven Farben, dass Tamiel sich sicher war, dass sie ein dumpfes Brummen absondern würde, wenn Seelen denn Klänge erzeugen könnten. Sie pflückte das Glas vom Kaminsims und klemmte es unter ihren Arm.

Die nächste Tür, die Tamiel ansteuerte, war nicht der Ausgang. Beim Betreten des Büros bereitete sie sich darauf vor, demselben Labyrinth aus Büchern wie beim letzten Mal zu begegnen. Doch das Büro war leer. Nicht nur war der Boden frei geräumt worden von Papieren und Büchern, die Regale waren es auch. Tamiel wagte keinen Mucks zu machen, aus Angst, dass das Geräusch von den Wänden widerhallen würde. Einzig der Schreibtisch wies darauf hin, dass sich hier gelegentlich jemand aufhielt. Dort lag zum einen ihre Harfe, was einen Stein von ihrem Herzen löste. Andererseits ruhte daneben ein Bücherstapel und ein geöffnetes Notizbuch, als stünde die Harfe kurz vor einer gründlichen Untersuchung. Kein Wunder, denn sie war ungewöhnlich genug, um neugierige Fragen auf sich zu ziehen.

Doch Tamiel brauchte die Harfe. Mit der Untersuchung musste Iuvanis warten.

Als sie das Instrument vom Tisch nahm, entdeckte sie hinter dem Schreibtisch ihre Tasche. Darin befanden sich immer noch die zwei Gläser, die sie eingepackt hatte. Vorsichtig legte sie Kaetans Seele dazu und achtete darauf, dass die Gefäße beim Gehen nicht klirrten.

Auf demselben unkonventionellen Weg, auf dem sie die Gemächer betreten hatte, verließ Tamiel sie wieder. Die Wachen übersahen erneut, wie eine unsichtbare Person durch das Fenster stieg. Es war faszinierend, welch große Hindernisse Wachen für andere Leute sein konnten, während sie für Tamiel ebenso gut Steinsäulen hätten sein können.

Gleich nach der ersten Ecke bog sie nach rechts in eine Bibliothek ab, wo sie die Tasche samt Harfe in einer Truhe verstaute. Die dicke Staubschicht darauf ließ vermuten, dass die Wahrscheinlichkeit gering war, dass jemand sie in den nächsten Stunden zufällig öffnen und die Gegenstände entdecken würde.

»Tamiel, da bist du ja.«

Beim Klang der Stimme zuckte Tamiel herum, auf alles gefasst. Sie bereitete sich darauf vor, wie die willenlose Dienerin zu wirken, die Lurel allem Anschein nach aus ihr gezaubert hatte, überlegte sich bereits eine Ausrede – aber all diese Gedanken lösten sich in Luft auf. Lurel stand auf der offenen Schwelle.

»Wie hat Iuvanis dich überzeugt?« Erst da holte sie ihr taktisches Denken ein und sie presste die Lippen zusammen, stellte sich stumm, auch wenn es dafür zu spät war.

Nach einem prüfenden Blick hinter sich schloss Lurel die Tür und betrat den Raum. Tamiel wich zurück, aber er hielt nicht auf sie zu. Stattdessen setzte er sich seitlich auf die Armlehne eines Sessels, der zusammen mit anderen in der Nähe der Fenster stand und den Leuten, die tatsächlich zum Lesen hierherkamen, einen geeigneten Leseplatz bot.

»Es freut mich, dich hier zu treffen, Tamiel. Ich habe darauf gewartet, dass du endlich etwas unternimmst.« Er lehnte sich zurück. Als Tamiel nichts erwiderte, fuhr er fort. »Ich dachte schon, mir sei ein Fehler unterlaufen und du bist wirklich ihre treue Untertanin geworden.«

Tamiel entschied sich dafür, ahnungslos zu spielen, solange sie nicht wusste, was in Lurel vorging. »Wovon sprichst du?«

Lurel musterte sie mit gerunzelter Stirn. Als er nichts Auffälliges an ihr fand, wanderte sein Blick zur Truhe, auf deren Deckel die Staubschicht aufgewirbelt worden war. Seine Miene hellte sich auf.

»Was tust du, wenn Iuvanis merkt, dass Kaetans Seele fehlt? Sie würde dich sofort verdächtigen. Warum bist du nicht schon längst auf der Flucht?«

Als Tamiel gehört hatte, dass Iuvanis einem Caeli auflauern würde, hatte sie sofort Hoffnung geschöpft. Sie müsste nur kurz mit ihm sprechen, dann würde sie sich ihre Tasche schnappen und von hier verschwinden.

Lurel mochte ihr Geheimnis kennen, aber sie kannte seines nicht. Sie hatte nicht vor, ihm alle Antworten zu geben, falls er wirklich auf Iuvanis' Seite stand. Doch sie spürte wieder Kopfschmerzen bei dem Gedanken, Intrigen spinnen zu müssen, deshalb fragte sie geradeheraus: »Warum sollte ich dir trauen?«

»Nun, zum einen rufe ich gerade nicht die Wachen, obwohl ich eine Diebin im Palast entdeckt habe. Ich werde nichts tun, um deinen Plan zu vereiteln. Außerdem habe ich dich nicht an Iuvanis gebunden. Genügt das nicht als Beweis, dass du mir vertrauen kannst?«

Sie schüttelte den Kopf. Wenn er nicht Iuvanis' Diener war, was war er dann?

»Also gut.« Er strich abwesend über die verschnörkelten Muster auf dem Sessel, als könnte er seine Erklärung so verzögern. Doch Tamiel war in Geduld geübt.

»Als Iuvanis mich entdeckte, bannte sie mich mit ihren Schatten. Es war … unschön. Dann hat sie mich vor dieselbe Wahl gestellt wie vor dreißig Jahren auch: Entweder ich halte zu Kaetan – oder zu ihr.«

Etwas in ihrer Miene musste ihre Verwirrung verraten haben, denn er holte aus: »Damals kam sie zu mir und fragte mich, ob ich sie unterstützen würde, wenn sie Königin wäre. Ich sagte ihr, ja, das würde ich in der Tat, aber nicht, solange Coziel noch lebte. Ich bin mit ihm zusammen aufgewachsen. Meine Eltern waren mit Coziels Vater befreundet, und so fand ich nach ihrem Tod ein Zuhause im Palast. Manchmal kam mir Coziel sogar wie ein Bruder vor … hätte er nicht diese Aussetzer gehabt. Ich weiß, das scheint heute nicht mehr so. Damals habe ich seinem Vater ein Versprechen gegeben: Ich würde Coziel immer zur Seite stehen und alle meine Taten sollten seinem Wohl dienen. Das alles sagte ich Iuvanis und sie ließ mich in Ruhe, bis vor fünf Tagen. Da fragte sie mich wieder, zu wem ich halte.«

Er hörte auf, über die Muster zu streichen, und sah abrupt auf, sodass er direkt Tamiels Blick begegnete. Doch er zuckte nicht zusammen, wie es andere bei dem starren Blick der Jägerin taten, sondern lächelte mit einem schmerzhaften Zug um den Mund.

»*Wenn du zu ihm hältst,* sagte sie, *nutzt das niemandem, weder ihm noch dir selbst.* Wenn ich mich weiterhin gegen sie stelle, würde sie mich umbringen. Kaetan hätte mich verloren, und ich mein Leben. Wenn ich aber zu ihr halte, würde sie mich verschonen.«

»Du hast Kaetan verraten.«

»Nein. Ich hätte ihn verraten, wenn ich die Hand gegen ihn erhoben hätte. Aber sein Schicksal war bereits besiegelt, als er sich die Krone aufsetzte, und da war ich noch in Iuvanis' Gewalt. Ich werde ihn auch in Zukunft nicht verraten.«

Er nickte auf die Truhe und Tamiel verstand. Er setzte darauf, dass sie eine Möglichkeit fand, Kaetan zurück unter die Lebenden zu bringen. Solange konnte er ihm nicht dienen, deshalb gehorchte er Iuvanis, um weiterhin am Leben zu bleiben.

»Du erinnerst mich ein wenig an mich selbst, Tamiel. Deshalb hatte ich immer eine weiche Stelle für dich. Wir beide stecken unseren Glauben in einen verlorenen Jungen.«

»Er war nicht länger verloren«, widersprach sie. »Er hat seine Schatten in Nex gelassen.«

Das war es, was Tam nicht rechtzeitig erkannt hatte. Sie war davon ausgegangen, dass seine inneren Dämonen immer noch in seinem Kopf hausten. Da sie die Veränderung nicht bemerkt hatte, hatte Kaetan das Vertrauen in sie verloren.

Lurel neigte den Kopf zur Seite, eine stille Zustimmung.

Tamiel setzte zu einer neuen Frage an. »Wie konnte er sie in Nex lassen? Was waren das für Stimmen in seinem Kopf?«

»Hmm. Soweit ich gehört habe, war Nex auch voller Stimmen.«

»Das hat Kaetan auch gesagt, aber ich habe sie nicht gehört.«

Er nickte gedankenverloren. »Was wäre, wenn ein paar dieser Stimmen in seiner Kindheit zu Kaetan gedrungen sind? Wie dieser Äther, der von Kelseis Freundin Besitz ergriffen hat. Was ist, wenn der Äther nicht das Einzige war, das aus der geistigen Welt in diese gesickert ist? Und die Stimmen dabei verzerrt wurden, sodass sie nach Gewalt gierten?«

Tamiel dachte darüber nach, verstand jedoch zu wenig von *Akasha* und den Sphären, um ihm zustimmen oder seine Theorie widerlegen zu können.

Lurel warf einen Blick aus dem Fenster. »Es ist später, als ich dachte. Sie werden Ceria mittlerweile zurückgebracht haben. Ich behalte Iuvanis für dich im Auge. Mach du das, was du für nötig hältst.«

Tamiel nickte, aber Lurel blieb sitzen, obwohl das Gespräch beendet war. Er sah sie an, als erwartete er etwas von ihr, eine Widerrede vielleicht. Da Tamiel keinen Grund zum Protestieren sah, wollte sie den Raum verlassen. Doch vor der Tür rief Lurel sie zurück.

»Ich dachte, dass du mich darum bitten würdest, die Manipulation aufzuheben. Die Maske der Jägerin, die Kaetan wollte.«

Für einen kurzen Moment stellte Tamiel sich vor, wie es wäre. Sie war sich sicher, dass Tam, hätte sie das Sagen, die Manipulation lösen wollte. Jeder würde den freien Willen bevorzugen. Doch wenn Tam zurück wäre ... was würde sie bezüglich Kaetans Seele unternehmen? Sicherlich würde sie sie behalten, aber sie würde sich keine unmittelbaren Mühen machen, einen passenden Körper für ihn zu finden. Tam würde zu ihrer Familie zurückkehren, wie sie es mit Lamita vereinbart hatte. Das entsprach weder Tamiels noch Kaetans noch Lurels Wunsch. Niemand hätte gesiegt, außer Tam.

Besser, sie ließ die Dinge, wie sie waren.

»Ich bin so lange Kaetans Jägerin, wie er mich braucht«, sagte sie nur, was als Antwort genügen musste. Es war genug für sie.

36

Kelsei

Iuvanis führte sie in die Kerker. Obwohl Kelseis Verletzungen behandelt worden waren, stellten die Treppenstufen eine Qual dar.

Die zwei Gefangenen waren in den einzigen Zellen untergebracht, die noch nicht so weit verfallen waren, dass sogar Schlafwandler ohne Mühe ausbrechen könnten. Torder saß auf einer Holzbank und las ein Buch. Ihn schien seine Umgebung nicht zu stören, was sie Lurels Manipulation zu verdanken hatten. Doch die Flandactes neben ihm war noch sie selbst.

Als Sinkha sah, wer sie besuchte, sprang sie zu den Gitterstäben und drückte ihr Gesicht dagegen. »Ihr habt das Buch zerstört, aber Cruxia wird nicht aufhören. Wir werden euch in die Knie zwingen!«

Iuvanis beachtete sie nicht. Die Drohung hatte Sinkha schon mehrere Male auf die ein oder andere Weise ausgesprochen.

Bei Sinkhas Befragung hatten sie nichts erfahren. Vielleicht würden sie Antworten auf die prekären Fragen erhalten, sobald Lurel sie verhörte. So lange blieb Sinkhas Nutzen ihnen allen verborgen.

Bevor das geschehen konnte, war er mit der Aufgabe beschäftigt, den Gehorsam der Sklaven abzusichern – der menschlichen Bediensteten, wie sie ab sofort genannt wurden. Nicht einmal Letan hatte die Bezeichnung für Sklaven geändert, obwohl er allerhand Sklavengesetze abgeschafft hatte. Nach dem menschenfreundlichen

König konnte Iuvanis keinen radikalen Übergang zurück zu Sklavengesetzen und strikter Diskriminierung vollbringen. Deshalb führte sie vorerst seine Ideen weiter.

Von dem alten König hatte Kaetan nicht mehr als einen Kleiderhaufen zurückgelassen, der auf dem Friedhof vergraben worden war. Iuvanis hatte ein zeremonielles Begräbnis abgehalten, um so den Tod des Königs durch ihren eigenen Bruder zu entschuldigen. Das Volk glaubte, sie wäre aus ihrem Versteck aufgetaucht, sobald Kaetan sich als ernste Gefahr für König Letan entpuppt hatte. Sie hätte alles in ihrer Macht Stehende versucht, um ihren Bruder aufzuhalten. Als sie gescheitert war, hätte sie ihr Versagen so sehr bereut, dass sie sich, ihrer Linie zum Thron treu bleibend, mit dem Gewicht der Schattenkrone und der dazugehörigen Todesgefahr belastet hätte.

»Torder.« Iuvanis blieb vor seiner Zelle stehen.

Mit einem seligen Lächeln legte der Angesprochene das Buch beiseite. Kelsei wusste, dass Lurel ihn gebändigt hatte, aber sie vertraute dem Caeli jetzt noch weniger. Jemand wie er könnte eine Manipulation vortäuschen.

»Wo sind die anderen Mitglieder des Caelirats?«, fragte Iuvanis.

Seine Antwort war ein gemächlicher Singsang. »Überall verstreut.« Ein Muskel in seinem Gesicht zuckte, der nicht zu seiner glücklichen Miene passen wollte. Lurel hatte gemeint, es käme vor, dass sich jemand trotz Manipulation bestimmten Situationen zur Wehr setzen konnte.

Natürlich hatte Kelsei alles erzählt, was sie über den Caelirat wusste, was nicht gerade viel war. Sie hatte über Famiren im Himalaya gesprochen und wie diese den Rat verlassen hatte. Iuvanis hoffte, mit ihr Kontakt aufnehmen zu können, um die Beziehung zu Cruxia zu verbessern.

Iuvanis verfolgte einen Plan, der Kelseis Herz leicht werden ließ. Nicht vor Freude – auch wenn diese nicht eindeutig auszuschließen war. Viel eher vor Verwirrung. Seit ihrer Geburt war sie Konflikte gewohnt, aber Iuvanis glaubte an eine friedliche Lösung. Existierte so etwas überhaupt in dieser Welt?

»Wo befinden sich die Kopien von *Akasha*?«

Dieselbe Frage hatte sie bereits Sinkha gestellt, zusammen mit Dutzenden anderen. *Was hat es mit der Operation auf sich? Wart ihr schon mal erfolgreich? Was hattest du hier zu suchen?*

Offenbar hatte Cruxia einen Weg gefunden, Menschen mithilfe einer Operation Magie zu verleihen. Der Gedanke erzeugte bei Kelsei einen Schauer. Iuvanis mochte zwar an einer friedlichen Lösung interessiert sein, doch Cruxias Pläne wollte sie nach wie vor vereiteln.

»Meine Königin ... von welchen Kopien sprecht Ihr?«

Iuvanis presste die Lippen zusammen – auf ihr stummes Kommando hin bäumte Torder sich auf. Ein langgezogener Klagelaut entwich ihm. Kelsei sah ihre Königin prüfend an. In ihren Augen tanzten Schatten, noch deutlicher als bei Kaetan. In dem Moment, in dem Kelsei etwas sagen wollte, gab Iuvanis seine Seele frei.

»Ich komme morgen wieder, dann erwarte ich Antworten.«

Als sie sich zum Gehen wandten, fanden sie Tamiel vor sich, die ein Tablett mit Essen balancierte. Selbst im manipulierten Zustand verursachte sie keine Geräusche. Sie starrte voraus und senkte nur kurz den Kopf zu einer Verbeugung, als Iuvanis sie passierte. Kelsei beobachtete über ihre Schulter, wie sie den Gefangenen die Tagesrationen reichte.

»Denkst du wirklich, dass sie dir gehorcht?«, flüsterte Kelsei.

»Soweit? Ja.« Iuvanis öffnete die Tür und hielt sie offen, damit Kelsei als Erste die Kerker verlassen konnte.

»Aber was ist, wenn Lurel uns anlügt?«

Iuvanis schnaubte. Erst an ihren gehobenen Mundwinkeln erkannte Kelsei, dass es ein amüsierter Laut gewesen war. »Man kann sich nie sicher sein, ob jemand lügt oder nicht. Aber wer wären wir, wenn wir niemandem vertrauen könnten? Wir müssen Risiken eingehen, unser ganzes Leben lang.«

Die Treppenhalle wirkte größer als in der Nacht des Königssturzes. Kelsei erinnerte sich kaum mehr an die genaue Stelle, an der sie Irin getötet hatte.

»Warum hast du seine Seele aufgehoben?«, fragte Kelsei. Iuvanis behandelte Kaetans Seele wie eine schaurige Dekoration.

»Weil ich sie Cruxia im Tausch gegen Frieden anbieten möchte.«

»Es wäre für alle besser, wenn er ganz tot wäre.«

Iuvanis schwieg. »Er ist immer noch mein Bruder«, sagte sie schließlich. »Der Stadtrat kann entscheiden, was mit ihm passiert.«

Ihr Tonfall klang neutral, aber Kelsei war besser darin geworden, ihre Stimmungen zu deuten. In diesem Moment sagte sie entweder die Wahrheit, auch wenn sie etwas anderes meinte, oder sie belog sich selbst.

Auch Kelsei hatte das Gefühl, sich selbst zu belügen. Es war an der Zeit, endlich mit der Wahrheit herauszurücken. Sie musste ehrlich sein. Doch die richtigen Worte fielen ihr erst ein, als sie sich im Studienzimmer am Schreibtisch gegenübersaßen.

»Ich kann nicht bleiben.«

Iuvanis, die auf ihrem Schreibtisch nach etwas gesucht hatte, hielt inne. »Musst du wohin?«

»Nein – ich kann nicht hierbleiben, bei dir. In Soeldam.«

Langsam nickte Iuvanis. Ihr Blick wanderte zu einem Fenster, das auf die Stadt blickte. Im Westen sank die Sonne und überflutete den Schreibtisch mit einem warmen, rötlichen Licht. Auf ihm stapelten sich Papiere und Bücher, so viele, dass sie auf den Boden überquellten. Iuvanis hatte Letans Büro hierher verlegt, damit sie die Bestandteile in Ruhe überprüfen und Nützliches anschließend ins Büro zurückräumen konnte.

Kaetan musste vor drei Jahrzehnten ebenfalls hier gestanden haben. Vielleicht hatte auch er auf die Stadt geblickt und sich gefragt, was die Zukunft bringen würde.

»Du willst zur nächsten Bühne?«

»Sobald Ceria wieder auf den Beinen ist, ja.«

Iuvanis senkte den Blick und strich über die Papiere. Rechnungen und Tabellen und Verträge – alles, was das Regieren so mühsam machte. »Ich lasse dich ungern ziehen, Kelsei. Ich könnte deine Hilfe gebrauchen bei dem, was kommen wird.« Sie hob ein Dokument auf, auf dem das Verhör mit Sinkha protokolliert war. »Sie hat nämlich Recht, weißt du. Cruxia gibt nicht so schnell auf.«

Kelsei biss sich auf die Lippe und versuchte, die Königin nicht anzustarren. »Vielleicht komme ich wieder.«

»Das wäre schön.«

Kelsei war überrascht, das zu hören, aber sie sagte nichts dazu. Immerhin war das noch kein Abschied. Trotzdem müsste sie heute Abend Lorie und die anderen aufsuchen, um ihre lange Abwesenheit zu erklären. Es war so viel passiert. Sie wusste nicht, ob sie ihnen die Wahrheit gestehen konnte.

An der Tür blieb sie stehen. Iuvanis hatte sich wieder abgewandt, sodass ihr Gesicht in den Schein des Sonnenuntergangs getaucht wurde. Kurz erlaubte Kelsei sich vorzustellen, wie sie hierbleiben würde. Ein Leben als königliche Beraterin. Doch dann drängte sich ihr Ceria auf wie eine Pflicht, die sie sich selbst zugeschrieben hatte. Nein, keine Pflicht – ihr Leben. Kelsei liebte ihr Leben. Sie würde außerhalb des Palasts glücklich werden.

Es war kein Abschied, aber es fühlte sich wie einer an, als sie die Königin hinter sich ließ. Kelsei hatte zwar jemanden, zu dem sie zurückkehrte – aber sie fühlte sich viel mehr so, als wäre sie genauso einsam wie Iuvanis.

37

Tamiel

Die grauen Wolken hingen wie träge Gewichte über dem Himalaya. Der zunehmende Mond kristallisierte sich klar heraus, als wäre er neugierig, was die Jägerin vorhatte. Sein silberner Schein reichte kaum als Lichtquelle aus, aber er beruhigte Tamiel, während sie über die Dächer huschte.

Das Gespräch im Kerker, das beim allabendlichen Essensgang stattgefunden hatte, dominierte ihre Gedanken. Sie fragte sich, ob sie Torder trauen durfte.

Er hatte gewusst, wer sie war. Ehe sie sich hatte vorstellen können, hatte er sie angesprochen.

»Du bist Pruns Große, oder?«

Tamiel hatte kurz innegehalten, um nach Geräuschen zu lauschen. Doch Iuvanis und Kelsei waren bereits wieder in der Treppenhalle, die dunklen Ecken des Kerkers gewiss schon lange vergessen.

Sie nickte und schob eine Schüssel mit Haferbrei und Apfelstücken durch die Klappe.

»Ich kannte deinen Vater. Habe seine Arbeit bewundert. Er war der Erste, der es geschafft hat, dieselbe Seele in mehrere Körper zu stecken, ohne ein einziges Mal zu scheitern. Wie war das für dich?«

Sie zögerte, bevor sie ihm das Geschirr hinterherschob. Er schnitt den Grund an, weshalb sie sich von Iuvanis zu einer Dienstbotin hatte degradieren lassen. Es wirkte zu schön, um wahr zu sein.

»Nach dem ersten Mal habe ich mich daran gewöhnt«, erwiderte sie.

»Sicher. Man hängt doch immer sehr am ersten Gesicht der Mutter.«

An das erste Gesicht konnte sie sich nicht mehr erinnern. Nur von Bildern kannte sie es. Doch ab diesem ersten Mal war es ihr wie das Selbstverständlichste der Welt vorgekommen. Menschen alterten, wurden schwach oder krank. Außerhalb von Tamiels Lebenswelt fanden sie dadurch den Tod, aber ihre Mutter war ein Sonderfall: Prun hatte dafür gesorgt, dass sie weiterleben konnte.

Tamiel schwieg. Sie wollte ihn zu nichts drängen, vor allem weil sie nicht wusste, wie streng seine Gedankenwellen manipuliert waren. Er musste ihr von sich aus Informationen geben, wenn sie kein Risiko eingehen wollte.

»Weißt du«, sagte er nach einer Weile, in der Tamiel schon längst hätte gehen müssen. »Du siehst deiner Schwester sehr ähnlich. Wir wollten zuerst dich rekrutieren, aber weil wir dich nicht finden konnten, haben wir Lamita kontaktiert. Es ist aber noch nicht zu spät für dich.«

»Obwohl ich Kaetan gekrönt habe?«

»Sinkha, was genau hat sie beim Königssturz getan?« Er klang dabei nicht so, als wollte er es wirklich wissen, sondern als sollte Tamiel es hören.

In der Nachbarzelle bewegte sich etwas. In Iuvanis' Gegenwart war die Flandactes nicht einzuschüchtern, aber ohne die Königin in Hörweite wurde sie stiller.

»Nichts Besonderes. Ein bisschen rumgelaufen, ein bisschen Leute abgelenkt, Sprüche aufgesagt.«

»Siehst du, Tamiel? Es ist nicht zu spät.«

Tamiel umklammerte das leere Tablett. Falls jemand käme, musste sie so tun, als wäre sie gerade erst fertig geworden. »Das ist nicht alles.«

»Was hast du noch getan, was es zu spät für dich machen könnte?«

»Ich habe dasselbe wie mein Vater versucht. Aber ich bin gescheitert.« Ihre Stimme brach. »Siebenmal.«

»Und wie oft nicht?«, hakte er nach.

»Dreimal.«

»Und wie bist du vorgegangen?«

In gewisperten Worten erklärte sie es ihm. Am Ende nickte er gemächlich, als hätte sie nur nicht verstanden, wie man Noten las.

»Es geht nicht um Stärke, Tamiel. Es geht vor allem um Gemeinsamkeiten.«

Sie schaute ihn verständnislos an, weshalb er ausführlicher wurde.

»Würdest du dir den Körper mit jemandem teilen, der andere Bücher liest als du? Der mit anderen Leuten beisammen ist? Der anders *denkt*? Zwei Seelen müssen sich ähneln, Tamiel. Dann kann es egal sein, ob die eine stärker ist als die andere, weil sie sich gut verstehen.«

Sie sprang auf, als sich die Kerkertür öffnete. Die Silhouette eines Soldaten zeichnete sich im Durchgang ab.

»Ist da jemand?«, rief er.

»Überleg es dir gut, Tamiel!«, flüsterte Torder.

»Warum bist du nicht manipuliert?«, wollte sie wissen, in ebenso minimaler Lautstärke.

Er schmunzelte. »Oh, ich bin manipuliert. Aber nur darauf, der Königin zu gehorchen, nicht, meine ganze Ideologie zu verwerfen.«

»Hallo?«, rief der Soldat.

Tamiel wandte sich von Torder ab und trat ins Licht. Nachdem sie dem Soldaten das Tablett gezeigt hatte, ließ er sie gehen.

Sie war so in der Erinnerung versunken, dass sie erst merkte, dass sie ihr Ziel erreicht hatte, als sie sich taumelnd an einem Schornstein festhalten musste, um nicht vom Haus zu fallen. Der Kunstplatz wurde beleuchtet von Straßenlaternen und den Fenstern, die an ihn grenzten. Gegen Nachmittag war die Stadt abgekühlt, sodass die

Pflastersteine mit einer niedrigen Schneeschicht bedeckt waren. Die Kälte betäubte ihre Finger.

Als eine Tür geöffnet und der Schnee davor erhellt wurde, versteckte sie sich im Schatten. Sie beobachtete eine junge Frau, die sich von zwei Personen verabschiedete. Diese winkten ihr nach und schlossen die Tür erst, als sich Kelsei entfernt hatte. Der Kunstplatz wurde wieder etwas dunkler.

Kelsei zog den Mantel enger und tauchte in die Gasse, die an Tamiels Dach grenzte.

Tamiel klemmte einen Pfeil in die Bogensehne und zielte. Kaetan hatte gesagt, dass er und Kelsei sich ähnlich waren. Sie hatten Gemeinsamkeiten.

Die Sehne zitterte an ihrer Wange, während sie sie gespannt hielt. Die Pfeilspitze verfolgte Kelsei durch den Schnee. Sollte sie das wirklich tun ...?

Sie schoss.

Der Pfeil bohrte sich in Kelseis Brust. Es ging so schnell, dass Kelsei nur erschrocken aufkeuchen konnte, ehe sie zusammenbrach. Als Tamiel bei ihr ankam, wirkte sie wie eine Schlafende. Der feine Schnee, der durch Tamiels Atem in Aufregung versetzt wurde, tanzte über Kelsei durch die Luft. Einzelne Flocken schmolzen auf ihrem Gesicht. Ihre Augen starrten in den Himmel. Schnell wandte Tamiel den Blick ab.

Nachdem sie den Pfeil gelöst hatte, packte sie Kaetans Seele aus. Sie strich über das Glas, das unter ihrer Berührung beschlug. »Ich rette dich«, wisperte sie. Die Seele dahinter gab kein erkennbares Zeichen, dass sie verstanden hatte.

Ein blau glühender Tentakel kroch bereits aus Kelseis Brust. Der Schnee fiel durch es hindurch, und Tamiel gesellte sich in der geistigen Welt zu ihm. Doch bevor sie es berühren konnte, echoten Worte in ihrem Kopf.

Wir sind uns zu ähnlich.

Seine genauen Worte. Nicht ähnlich, sondern zu ähnlich. Machte das einen Unterschied? Sie dachte daran, wie sich Kaetan und Kelsei schon nicht hatten ausstehen können, als beide ihre eigenen Körper besessen hatten. Was würden sie tun, wenn sie sich einen teilten? Sicherlich würde diese Erfahrung sie zusammenschweißen. Und Seelen lebten für Erfahrungen …

Tamiel sah zu, wie sich das Tentakel weiter nach oben tastete. Es bestand die Chance, dass alles gut enden würde, aber sie erlaubte sich auch, ein Scheitern in Betracht zu ziehen. Wenn sie scheiterte, wenn Kelsei und Kaetan sich gegenseitig auslöschten, dann wäre alles umsonst gewesen. Der Königssturz, Lurels Fluchtweg, Tamiels Plan.

Sie nahm ihre Hand weg. Es gab noch einen anderen Weg, einen sicheren. Ein Körper war erst dann tot, wenn er keine Seele mehr hatte. Deshalb wartete sie, bis Kelseis Seele fast ganz aus dem Körper getreten war, die Haut nur noch ein wenig berührte, und dann –

Tamiel hatte Kaetans Seele bereits in den Händen und schob sie zur Wunde. Er müsste nur das Tentakel ausstrecken, dann wäre er gerettet. Dann hätte er einen lebendigen Körper für sich allein. Die beiden Seelen waren nur einen Luftzug voneinander entfernt. Kelseis Seele schwebte höher. Tamiel beobachtete Kaetans, die regungslos verweilte.

Ihre Fingernägel gruben sich in ihre Haut. Sie hätte gern etwas getan, sie hätte ihn sogar angeschrien, wenn es etwas geholfen hätte. Er müsste nur einen Tentakel ausstrecken, dann wäre er wieder ein Teil der Lebenden.

»Bitte«, flüsterte sie.

Doch er tat es nicht.

Kelseis Seele verblasste, bevor Kaetan in ihren Körper schlüpfen konnte. Nur noch eine Leiche blieb zurück.

Ihre Lippen zitterten – ihre Schultern bebten, ihr ganzer Körper vibrierte. Kaetan schwebte über der Wunde, bis Tamiel aufgab und ihn in das Glas zurückführte. Während sie den Deckel zuschraubte, starrte sie ihn an und wünschte, seine Gedanken stünden einmal mehr in einem Buch geschrieben.

Sie erhob sich und wollte nach ihrem Bogen greifen, als etwas in ihr versagte. Ihr Kopf kippte nach hinten. Die Schneeflocken schmolzen auf ihrer warmen Haut und liefen ihr wie Tränen über die Wangen.

Dieser Schneefall in tiefer Nacht war einer der Augenblicke, die in der Kunst verewigt werden sollten. So wie die goldene Stunde kurz vor dem Einbruch der Nacht, wenn die Zeit anhielt, um den Moment zu genießen. Tamiel fragte sich, ob sie die Einzige war, die ihn mit der Zeit zusammen teilte. Aber nein, sie hatte Kaetan. Er war auch da. Es war nicht nur seine Seele, es war er. Solange er nicht verblasste und solange er nicht wiedergeboren wurde, blieb er Kaetan, mit Kaetans Erinnerungen und Kaetans Gedanken.

Daran hielt sie sich fest.

Tamiel griff nach ihrem Bogen. An diesem Abend hatte sie keinen Erfolg gehabt, aber genauso wenig war sie gescheitert.

Während sie davonging, entschlüpfte Kelseis Leiche bereits ihren Gedanken. Sie war nicht gescheitert. Sie hatte nur gelernt. Das war es, was Seelen taten. Tamiel hatte gelernt, dass sie nach einer bestimmten Seele suchen musste, nach einem Körper, der für Kaetan der richtige war. Von nun an hatte sie eine einzige Mission: Sie musste die richtige Person finden. Eine einzige Person im ganzen Königreich – oder auf der ganzen Welt.

Tamiel war noch jung. Sie hatte Zeit für die Suche. Sie hatte genug Geld, um sich über Wasser zu halten, und keine Verpflichtungen.

Einmal würde sie es wie Kaetan tun: nicht an das Scheitern denken.

Sie würde Erfolg haben.

Sie war die Jägerin und sie hatte eine Seele zu fangen.

Epilog

Nachdem Pruns älteste Tochter die Kerker verlassen hatte, öffnete der Mann, der zwischen den Welten ging, sein Buch und versuchte gleichzeitig, den Haferbrei zu essen, den Tamiel ihm gebracht hatte. Dabei spürte er den Blick der Flandactes auf sich.

»Du kleckerst gleich«, sagte Sinkha irgendwann, vermutlich, weil sie nicht länger ignoriert werden wollte.

Torder erwiderte erst etwas, nachdem er heruntergeschluckt hatte. »Wer sagte dir, du sollst nach Soeldam reisen?«

Es waren die ersten Worte, die er in der Zweisamkeit der Kerker an sie richtete.

»Das war ich selbst. Ich warte nicht darauf, dass der Caelirat zusammenkommt und sich den weisesten Weg für meine Zukunft überlegt.«

Normalerweise fürchteten Calita den Caelirat. Selbst König Letan hatte ihm gebührende Ehrfurcht entgegengebracht. Doch es gab immer Ausnahmen. Sinkha war sich bewusst, dass sie eine unentbehrliche Hilfe war, nicht zuletzt deswegen, weil sie vor Letans Krönung allen, die ihn noch als menschlichen Abgeordneten gekannt hatten, die entsprechenden Erinnerungen geraubt hatte, damit die wahre Identität des neuen Königs geheim blieb. Durch ihr Selbstbewusstsein handelte sie gelegentlich unüberlegt.

»War es weise, dass du allein hergekommen bist, um Letan die

Operation vorzuschlagen? Ohne jemals Erfolge verzeichnet zu haben?«, fügte Torder hinzu.

Vor vielen Wochen hatte Lamita sich nicht getraut, ihm in die Augen zu blicken, weil schon wieder jemand unter der Operation gestorben war. Den Menschen Magie einzupflanzen, war eine kniffelige Aufgabe. Das wussten sie alle. Doch jemand Junges wie Lamita nahm alle Fehlschläge persönlich.

»Die Zeit wurde knapp, Torder. Dass Letan ein Mensch war, war nicht länger ein Geheimnis. Außerdem ist Lamita nach Hause zurückgekehrt, was ich als Wink des Schicksals verstanden habe, dass ich in Cruxia nicht länger gebraucht werde.«

Torder seufzte einen seiner berüchtigten Sorgenseufzer.

»Wie hat Letan reagiert?«

»Willst du wirklich die Einzelheiten besprechen, damit der Soldat da hinten auch bloß die Ohren spitzt und alles an die Königin weitergibt?«

Er blickte kurz zu dem Soldaten, der in der Nähe der Treppe neben einer Fackel lehnte. Sein Speer balancierte an der Wand und er selbst wirkte schlafend. Torder wandte sich wieder Sinkha zu.

»Wie lange, denkst du, kannst du noch schweigen, wenn sie dich verhört? Wie lange, bis sie einen Flandactes holt?«

»Wie lange, bis *du* nicht mehr mit der Rolle des halb Verrückten überzeugst und sie endlich richtige Antworten haben will?«

Sinkha hatte recht. So sehr Torder sich auch wie der weise Caeli fühlen wollte, als der ihn der Stadtrat sah: Sinkha und er befanden sich in Gefahr. Sie mussten entkommen, solange die Königin über keine konkreten Informationen verfügte.

»Also gut, wir stehen auf derselben Seite. Einigen wir uns auf Waffenruhe.« Torder klappte das Buch zu. Ihm war nicht länger nach Lesen zumute. »Was hast du im Hinblick auf die Forscher unternommen? Das Buch ist zerstört.«

»Ich ließ sie schlafen. Ich ... habe Hoffnung. Wir können zwar nicht länger nachlesen, was sie in den Sphären erfahren, aber sie merken es sich. Wenn wir sie aufwecken, können sie uns hoffentlich Bericht erstatten. Außerdem haben wir noch Merritts Kopien von *Akasha.*«

Torder seufzte. »Weißt du, ich denke oft darüber nach, was Famiren gesagt hat.«

»Ich war nicht dabei, falls du dich noch erinnerst.«

»Richtig. Ich habe auch mit Bèl darüber gesprochen ... Famiren meinte, dass es unsere einzige Aufgabe wäre, etwas über den Magiemangel herauszufinden, so wie es von Anfang an geplant war.«

»Hast du ihr gesagt, dass wir die Calita vielleicht nicht in die Sphären zurückschicken müssen, wenn wir den Menschen auch Magie verleihen? Weil dann alle gleichberechtigt wären?«

»Sie meinte, so einfach wäre das nicht.«

»Das sind die Worte einer alten Frau.«

Torder schüttelte den Kopf. »Jetzt, wo der Kindkönig tot ist ...«

»Du meinst, jetzt, wo er ein Schläfer ist.«

»Das läuft auf dasselbe hinaus.«

»Du denkst nicht, dass Lamitas Schwester ihn zurückholen kann?« Sinkha klang ungläubig.

Darüber hatte sich Torder während des Gesprächs mit Tamiel Gedanken gemacht. Zwar hatte sie nicht verraten, um welche Seele es ging, doch es war leicht abzuleiten. Wenn Torder eine zweite Rückkehr des Kindkönigs als eine echte Gefahr einstufte, hätte er Tamiel weniger Hinweise geliefert.

»Ich bin mir sicher, dass es mit Coziel zu Ende ist«, antwortete er. »Iuvanis' Zeit wird auch noch kommen.«

»Ich hörte, dass Tamiel einige von Bèls Experimenten in ihrem Besitz hat. Seelengläser, Seelenpfeile, all die Dinge, die Prun vor seinem Tod dokumentieren wollte. Damit ist sie mächtig. Du könntest sie unterschätzen.«

Torder verneinte. »Du hast mich missverstanden. Ich zweifle nicht daran, dass Tamiel früher oder später einen Weg findet. Ich glaube nur nicht, dass der Kindkönig eine weitere Chance zum Regieren bekommt. Das kann ich mir nicht vorstellen.«

Sinkha brummte. »Wenigstens eine Sorge weniger. Und was sollen wir mit seiner Schwester machen? Woher willst du wissen, dass sie nicht noch viel schlimmer ist?«

»Das kann ich nicht wissen. Wir müssen abwarten, was sie tut.«

»Bevor oder nachdem sie uns foltert?«

»Dazu wird es nicht kommen. Jemand wird uns befreien.«

»Und dann?«

Torder dachte daran, wie es früher gewesen war. Als der Caelirat in vereinter Macht aufgetreten war. Vielleicht war es ein Fehler gewesen, sich zurückzuziehen.

»Mit dem Verstecken ist es vorbei. Wir werden uns Iuvanis zeigen.«

»Um ihr den Krieg zu erklären?«

»Du klingst genau wie Abraxas.« Er kratzte den Haferbrei zusammen und führte den Rest in seinen Mund. Die leere Schüssel wanderte ins Eck zu den anderen. Das nächste Mal, wenn Iuvanis herkam, müsste er sie darauf ansprechen. Zwar war es äußerst freundlich, dass sie ihm Lesematerial zur Verfügung stellte, trotzdem erwartete er einen gewissen Grad an Sauberkeit.

»Vielleicht brauchen wir aber einen Krieg«, erwiderte Sinkha. »Das letzte Mal war es kein richtiger gewesen. Es war ein ewiges Versteckspiel mit einigen wenigen Auseinandersetzungen, um Coziel unsere Abneigung zu zeigen. Wir sind doch keine Kinder. Wir sollten für unsere Werte einstehen, an allen Fronten, und keine Kompromisse schließen.«

»Ich bin gegen einen Krieg.«

»Warten wir ab.« Sinkha warf ihm einen langen Blick zu, dann drehte sie ihm den Rücken zu, um mit ihrem Abendessen allein zu sein.

Torder schlug die Buchseite auf, die er sich gemerkt hatte. Sein Blick schweifte über die Buchstaben, ohne ihnen einen Sinn zu entnehmen.

Bisher hatte er einen ausufernden Konflikt verhindern können. Dass er das Sprachrohr des Caelirats war, hatte einen großen Teil dazu beigetragen. Doch wie lange konnte er sich noch durchsetzen? Abraxas hatte dem Kindkönig vor über dreißig Jahren den Krieg erklären wollen, aber das hätte den Caelirat und Cruxia entblößt. Cruxia durfte nie der Feind des Throns sein, denn Cruxia war in der Minderheit, das hatte Torder immer gepredigt. Damals hatten sie Coziels Misstrauen erstickt, indem sie einen Anschlag auf ihre eigene Stadt ausgeübt hatten. Ihre Verwicklung in Coziels Tod hatte Letan für sie verhüllen können.

Doch jetzt saß Iuvanis auf dem Thron und sie wusste von Cruxias Rolle. Cruxia war der Feind des Throns. Vielleicht war es falsch gewesen, die Prinzessin einzuweihen ... Aber zu den Zeiten des Kindkönigs war sie unentbehrlich gewesen. Ihre Unzufriedenheit über ihren Bruder war allgemein bekannt gewesen. Wenn alles nach Plan verlaufen und Iuvanis in derselben Nacht wie Coziel gestorben wäre, müsste Torder nun keine Angst vor einem Krieg haben.

Kriege waren unschön. Sie zerstörten Wissen und Freundschaften. Torder schätzte beides. Doch seinen impulsiven Verbündeten war das egal.

Bisher hatte Torder ihnen die Stirn geboten, doch er hatte Angst, dass sie irgendwann gewannen. Wenn das einträfe, würden alle verlieren, die Impulsiven wie die Weisen, die Freunde und die Feinde, die Menschen und die Calita. Wenn Krieg ausbräche, würde den Leuten die Herrschaft des Kindkönigs wie ein wünschenswerter Traum erscheinen. Die Krone aus Schatten wäre nicht länger eine Schauergeschichte.

Torder lehnte sich zurück und schloss die Augen. Der Caelirat, das waren Abraxas, Bèl und er selbst. Sie hatten immer einen Kompromiss gefunden, der alle zufriedengestimmt hatte. Das würden sie auch dieses Mal schaffen.

Ende

Triggerwarnung

Dieses Buch enthält

- eine toxische Beziehung
- die explizite Darstellung körperlicher Gewalt
- Blut
- Mord
- Tod
- Drogenkonsum und Drogensucht
- Diskriminierung
- eine Erwähnung von Suizid

Danksagung

Manchmal kommt es mir so vor, als hätte ich erst wenige Geschichten geschrieben. Aber dann scrolle ich durch meinen Dokumentenordner, sehe all die Romane, Kurzgeschichten und abgebrochenen Projekte und erinnere mich, wo alles begonnen hat: Hier, bei »Die Krone aus Schatten«.

»Was Mörder Wollen«, um den grauenhaften Arbeitstitel der Dilogie kurzfristig von den Toten zu erwecken, war mein erster »richtiger« Roman, auch wenn er sich erst nach »Tales of Death« auf den Buchmarkt getraut hat. Er musste eine Menge Änderungen durchlaufen, um an den jetzigen Punkt zu gelangen. Das ist kein Wunder, immerhin arbeitete ich über sieben Jahre daran. Es gab viele verschiedene Arbeitstitel, Handlungsmuster und Enden, aber der Kern blieb derselbe: die unterschiedlichen und sich konkurrierenden Hauptcharaktere Kaetan, Tamiel, Kelsei und Lokur.

Diese vier sind das Herz der Dilogie und bei meinen Betaleserinnen der wichtigste Diskussionspunkt gewesen. Ich möchte euch danken, dass ihr derart mit den vieren mitgefiebert habt. Dass jede von euch einen anderen Liebling hatte, den ihr voller Elan verteidigt habt. Dass ihr Feuer und Flamme für die Geschichte wart, selbst in ihren wackeligen Anfängen. Es ist schon eine Weile her, aber ich erinnere mich daran, als wäre es gestern

gewesen. Ohne euch hätte ich nicht das Beste aus ihr schöpfen können.
Mein Dank gilt außerdem der Verlegerin Lena, die ihr volles Vertrauen in die Geschichte gesteckt hat. Gemeinsam mit dir Buchboxen zu entwerfen und vor Freude in die Luft zu springen, als die Chest of Fandoms eine Signieraktion mit Farbschnitt angeboten hat, war wunderbar. Auch den anderen fleißigen Mitarbeitenden des Wreaders Verlags möchte ich danken: meinen beiden Lektorinnen Paulina, mit der sowohl Grammatik prüfen als auch Schwedisch lernen Spaß macht, und Hannah, die mich sicher durch die Krise manövriert hat, den zweiten Teil um mehrere Tausend Wörter erleichtern zu müssen; Annina, meiner ehemaligen ToD-Lektorin und nun Zweitlektorin, deren Augen nicht wachsamer sein könnten; Emily, meiner zauberhaften Grafikerin; Elci, die diesen wunderschönen Buchsatz gestaltet hat; und natürlich Miriam, die nicht nur umwerfende Kapitelzierden entworfen hat, sondern auch eine Menge Illustrationen. Es grenzt an Magie, wie gut du meine chaotisch skizzierte Weltkarte entziffern und meine vage Beschreibung eines Harfenbogens umsetzen konntest.

Last but not least: Danke an euch, die meine Bücher lesen und lieben. Ihr seid fantastisch.

Und wenn ihr noch nicht genug von "Die Krone aus Schatten" habt, verrate ich euch ein Geheimnis: Im Shop des Wreaders Verlags (www.wreaders.de/shop.html) könnt ihr ein Begleitbuch zur Dilogie erwerben. Darin findet ihr nicht nur 22 von mir angefertigte Illustrationen und Informationen zur Welt der Calita, sondern auch eine kleine Fortsetzung der Geschichte in Form eines Briefwechsels. Die Idee dazu entstand in einem Gespräch mit Lena, und ich bin immer noch so froh, dass wir sie verwirklichen konnten!

Eine letzte Bitte habe ich noch: Legt dieses Buch nicht sofort weg, sondern nehmt euch die Zeit, um eine Rezension auf den gängigen Online-Portalen zu schreiben (Thalia, Amazon, Lovelybooks, Goodreads, Instagram etc.). Sie muss nicht lang sein. Ein paar Sätze reichen schon, um meinen Büchern, dem Verlag und mir zu helfen. Denn die richtige Leserschaft findet sich nicht von allein.

Bis bald!